専属秘書は極上CEOに囚われる

Yoshino & Atsuhiko

有允ひろみ

Hiromi Yuuin

エタニティ文庫

目次

専属秘書は極上CEOに囚《とら》われる

こんなの、絶対に本当の自分じゃない――

日本から飛行機で約八時間の距離にあるバリ島は、サバナ気候に属し年間の平均気温は二十八度。

けれど、さほど不快に感じないのは海からの風が暑さを和《やわ》らげているからだろうか。

聞こえてくる波の音に導かれるように、佳乃《よしの》は今夜はじめて会った男性に跨《また》がり、ゆったりとした笑みを浮かべた。

広げた脚の間にいる男性が、低い呻《うめ》き声を上げる。硬い胸筋が上下し、割れた腹筋が薄闇の中でくっきりと浮かび上がった。

「すごい……これって、ジムで鍛《きた》えてるの？　それとも、スポーツとかで自然についた筋肉？」

佳乃は少しだけ前屈みになり、男性の腹筋を指先でなぞった。

「バスケ、やってるんだ。そのためのトレーニングでマシンも使うけどね。だから、割と柔軟だし瞬発力もあるよ。なんなら、試してみる？」

「ぁんっ……！　あ……っ……！」

突然の突き上げを食らって、上体が激しく揺れる。差し伸べられた両方の掌《てのひら》に指先を絡《から》め、倒れそうになった身体を支えられた。

「君は？　日頃身体を使って何かしてる？」

緩《ゆる》く腰を上下させたまま、男性が訊《たず》ねる。

「し……してな……い、あんっ……！　やぁっ……ん、んっ……」

返事をしようとすると、男性の突き上げがいっそう激しくなった。

絡《から》め合った指に力を込め、佳乃は目を閉じて思うままに腰を揺らめかせる。途端に下腹から脳天を突き抜けるみたいな快感が襲ってきて、目の前にキラキラと小さな星が舞う。

「……やっ……気持ち……いいっ……。なに……これ……あ、ああっ……！」

まるでエロティックなメリーゴーランドに乗っているみたいだ。

「もっと……お願……、もっと……あ、あっ！　あぁっ……！」

目の前に降り続ける星が、時折大きな光の塊《かたまり》になって身体の中に溶け込んでいく。

「エロい……それに、すごく綺麗だよ。……まるで神鳥に乗って空を駆ける女神みたいだ」

まさか自分が、こんな事をするとは思ってもみなかった。

日本から遠く離れ、南国の島の熱気に晒《さら》されたせいか、心の箍《たが》が完全に外れてしまったみたいだ。

きっとこれは、この五年間ただただ品行方正に生きてきた自分に対する、神さまからのご褒美《ほうび》に違いない。

そうでなければ、これほど眉目秀麗《びもくしゅうれい》な男性と、こんなにも濃厚な夜を過ごしているはずがなかった。

今このときが真に南国の神々による賜物《たまもの》だというのなら、思いっきり楽しんで我を忘れるほどの快楽に溺《おぼ》れても誰も文句は言わないだろう。

忘れ去っていた性的な欲求が、身体の奥からこんこんと湧き出てくる。こんな感覚に陥《おちい》った事など、今までに一度たりともなかったのに……

佳乃が夢心地になっている間にも、男性は佳乃の乳房を掌《てのひら》で包み込み、先端をねじるようにしていたぶってくる。

ゆっくりと捏《こ》ね回す手つきが、たまらなく淫靡《いんび》だ。

「エロいって……どっちが……」

いつの間にか動きを止めた男性の腰の上で、佳乃はうっとりと目を閉じてため息を吐いた。

「君だろう？　こんなにそそられる女性ははじめてだよ」

彼の手が慣れた感じで身体のあちこちを触るたびに、脚の間が新たにじんわりとぬめるのを感じた。

身体を開いたのは、はじめてじゃない。

だけど、いまだかつて自《みずか》ら望んだ事はなかったし、快楽など自分には無縁のものだと思い込んでいた。

「私だって、こんなに惹きつけられる男性に会ったのは、はじめて……。ねえ、どうせなら一生忘れられないような時間を過ごしたい。もし、今後二度と会えなくても、死ぬまで憶えていられるような快感を味わいたい……。いい？」

普段の自分なら、絶対にこんな台詞《せりふ》は吐かない。

今みたいな喋《しゃべ》り方はしないし、思わせぶりな態度で男性を誘惑するような真似をしようと思った事すらなかった。

「いいよ。……ほら、こうしてじっとしているだけでも、すごく感じる。きっと俺達、身体の相性が抜群にいいんだ」

男性が鷹揚《おうよう》に笑うと、硬い腹筋が上下して花芽の突端に甘やかな炎が宿る。自然と声が漏れ、顎《あご》が上を向いた。

こんなのは、まったくもって予想外だ。

まさか自分が、こんなふうに奔放《ほんぽう》な振る舞いをするだなんて――

今まで知らなかった自身の性癖が、ついさっき会ったばかりの男性によって暴《あば》かれてしまった。

眼下にいる男性の一部が、自分の中に入っている――そう思うだけで身体が勝手に反応する。自分がこんなにも感じる事ができるなんて知らなかった。

気分は、さしずめ物語に出てくる高級娼婦だ。

ウィットにとんだ会話とともに、見ず知らずの相手と濃厚な夜を過ごす。でも、当然お金なんかいらない。ほしいのは、過去を洗い流してくれるほどの強烈な記憶と、我を忘れるくらい甘やかでスリリングな一夜だ。

そう、たった一晩でいい。

たとえ一生に一度しかない天からのプレゼントであっても、所詮旅先で出会ったゆきずりの人だ。

いくら相手が、驚くほど容姿端麗で身体の相性が抜群によくても、これが一夜限りの関係である事には変わりない。佳乃は偶然もたらされたアバンチュールを日本に持ち帰るほど初心《うぶ》じゃなかった。

「君は本当に素敵な女性だ。泣いたり笑ったり怒ったり……一緒にいてこれほど楽しいと思った女性は君がはじめてだよ。外見も中身も、完全に俺の好みだ。……特に、下から見る君の胸……彫刻にして遺しておきたいほど完璧なフォルムだな」

男性の指先が佳乃の胸元を下り、花芽の先を摘《つ》まんだ。

たったそれだけの刺激に耐え切れず、佳乃はまたしても小さく声を漏らしてしまう。

「くくっ……かーわいい……。ほんと、たまらない」

そう言って笑う男性の笑顔は、思いのほか優しかった。

男なんて、もうこりごり――そう思ってこんな南国の島まで逃げてきたのに、向けられる微笑みに心がとろけそうになっている。

佳乃は無意識に首を横に振った。

（ダメ……絶対にダメ……！）

これ以上、見つめ合い、言葉を交わしていると、本気で恋をしてしまいそうだ。

こうして男性と睦み合っているのは、あくまでも今宵《こよい》限りの事であり、この先の未来はない。ただのアバンチュールの相手に、身体だけならまだしも、心まで許してしまうなんて決してあってはならない事だ。

そうならないためには、心が置き去りになるほど淫《みだ》らに、この行為だけに溺《おぼ》れるしかない。佳乃は揺れる気持ちを振り切るように、身を屈めて自分から彼の唇にキスをする。

そして、伸びてきた男性の腕に包み込まれながら、彼の硬く膨張する屹立《きつりつ》をさらに奥深く自《みずか》らの中に招き入れた。

◇◇◇

六月最初の水曜日。

天気予報のとおり、空には今にも雨が降り出しそうな厚い曇が垂れ込めている。

都内中心部に位置するビジネス街のビルの中で、清水《しみず》佳乃は居合わせた社員達に朝の挨拶《あいさつ》をした。

「おはようございます」

「あ、清水さん。おはようございます」

「おはよう。清水さん。今にも降ってきそうな天気だね」

向けられる返事に微笑みを返しながら、佳乃はエレベーターに乗り込んで操作盤の前に立った。

それと同時に、同乗した社員達が降りる階のボタンを押す。

時間は午前七時二十分。

こんな時間に出社してくる人間は、ある程度顔ぶれが決まっている。

「今日は午後から奈良に出張なんだよ。あっちは今、晴れてるよね。どうせ地下を通るし、傘は置いていって大丈夫かな」

「奈良ですか。そうですね、昨夜から降り続いていた雨は、もう止んでいるみたいです。でも、また南から雨雲が近づいてきているようですから、もし夜遅くまで外にいらっしゃるなら、折り畳みの傘を持参されたほうがいいかもしれません」

「そうなの？　じゃあ、そうするか。いやぁ、いつも役立つ情報をありがとう」

そう言って営業部の男性社員が、七階で降りていった。

鏡面仕上げの壁面に映る黒髪は、ここ十年来ずっと変わらないボブスタイル。パーマやカラーリングとは無縁のせいか、髪の毛はいつも艶《つや》やかで健康的だ。

「清水さん。この間取材に来たケーブルテレビの……えーっと、誰だっけ？　眼鏡で口元に髭《ひげ》があるディレクター」

そう聞いてきたのは、第二営業部の主任だ。

「もしかして、笹野《ささの》さんの事でしょうか」

「あ、そうそう笹野さんだ！　彼と連絡を取りたいんだけど、連絡先、保管してあるかな？」

「はい。後ほど内線でお知らせしますか？」

「うん、そうしてもらえると助かる」

「清水さん、明日トミマス商事の田中《たなか》常務を訪ねるんだが、手土産《てみやげ》は何がいいだろう？」

「田中常務は甘党なので、烏雪堂《うせつどう》の新作和菓子がいいかと――」

ほんのわずかな時間に、あれこれと質問を投げかけられる。佳乃はその都度的確な返答をして、このあとやるべき事を頭の中に書き留めていく。

佳乃の勤務先である「七和《ななわ》コーポレーション」は、日本各地に大型スーパーを展開しており、今や海外にも多く支店を置く国内小売業の最大手だ。

そこで社長秘書をしている佳乃は、現在三十二歳で独身。勤続五年目にして秘書課主任という役職についている。

身長は百六十五センチで、体重は五十三キロ。まあまあ整った目鼻立ちは、年配の人からは美人だと言ってもらえる。どちらかといえばレトロな印象の顔をあっさりメイクでカバーし、モノトーンのスーツで身を固めれば、いかにも堅そうなデキる秘書の出来上がりだ。

社内の評判は概《おおむ》ね良好だし、人事評価は常にAランク以上。直属の上司である村井《むらい》秀一《しゅういち》社長からの信頼も厚く、ときに秘書というよりは右腕に近い役割を担《にな》う事もある。

しかし、恋愛に関していえば、仕事で大勢の男性に関わる事はあっても、今後恋に発展しそうな気配は皆無。あえて相手を探そうという気もないし、一人きりの穏やかな生活を楽しみながら暮らしている。

今のところ、その生活を手放すつもりはないし、むしろこのまま独身を貫いたほうが幸せになれる気がする今日この頃だ。

「清水さん、朝一で副社長に伝えておきたい事があるんだけど」

佳乃の斜めうしろにいた広報部の部長が、おもむろに話しかけてきた。少々いらだっている様子からすると、あまりいい話ではないのかもしれない。

「わかりました。では、出社されたらすぐにお知らせします」

「うん、頼むよ」

広報部長が頷いた直後、エレベーターのドアが九階で開く。

降りていく彼に会釈《えしゃく》して顔を上げる。エレベーターの中にいるのは、佳乃ただ一人だ。

ほっと一息つく暇もなく秘書課がある十二階に到着した。

降り立ったフロアはしんと静まり返っている。役員達が来るまでにはあと一時間以上あるし、おそらくこの階に勤務する者はまだ誰一人出社してきていないだろう。

佳乃はホールをさっと見回してから、自席に向かって歩き出す。

「ん？」

いったんはスルーしたものの、視線を巡《めぐ》らせたときにちょっとした違和感を覚えた。

振り返ると、一列に並べられた観葉植物の鉢の間に、見覚えのある小瓶が置かれている。

それは、佳乃が好んで買う南国の島で売られているビールの小瓶だった。

綺麗な緑色をしたそれは、専門店でたまに見かける事はあるが、どこにでも売っているというものではない。

「え？　何でこんなものが……」

拾い上げた瓶は、蓋《ふた》が開いていて中身は空《から》っぽだった。

いったい誰が放置したのだろう？

佳乃は口をへの字にして考え込む。金曜日の夜にここを通ったときには、絶対になかった。

そうなると、これが置かれたのは金曜日の夜遅くか、土日の間という事になる。

（残業して遅くなった人か、休日出勤した誰かが置いたのかな……。それにしても、どうして十二階に？）

このフロアは、役員の執務室と秘書課のみ。一般社員はよほどの事がない限り足を踏み入れる機会のない場所だ。十三階には展望台を兼ねたフリースペースがあるが、今は内装工事をしていて閉鎖されている。仮に間違えて十二階で降りたにせよ、オフィスにアルコールを持ち込むとは言語道断。ましてや飲んだあとの空《あ》き瓶を放置するなど、いったいどこの不届き者だろうか。

（もし見つけたら、厳重注意しなくちゃ。……って、まさか役員の中の誰かじゃないよね？）

だが、佳乃の知る限り該当しそうな役員は見当たらない。

空き瓶《あ》を片手に、佳乃はふたたび歩きはじめる。途中、給湯室に立ち寄り、空《あ》き瓶を専用のダストボックスに入れた。

（そういえば、しばらくこのビール飲んでないなぁ）

自席に着いてパソコンの電源を入れると、画面いっぱいにバリ島の風景が広がる。

その写真は、五年前に佳乃がスマートフォンで撮ったものだ。せっかくだからと壁紙に設定して以来、ずっと変更しないまま今に至る。普段はすぐに必要なソフトを立ち上げるから、壁紙を見るのはほんの一瞬だけだ。

しかし今日は、あのビール瓶のせいか、つい視線が画面の青い海に吸い寄せられてしまう。

（さてと。まずはやるべき事を片付けなきゃ）

気持ちを切り替えて、画面に連絡先管理ソフトを開いた。先ほど頼まれた第二営業部の主任に内線を入れて、必要な情報を伝える。

そのあと、いつもどおりルーチン業務を終わらせ、立ち上げた画面を最小化させた。ふたたび現れた南国の風景を眺めながら、出勤途中に買ってきたコーヒーを一口飲む。

写真を見るうちに、頭の中に旅行に行った当時の事がぼんやりと思い浮かんできた。

（もう五年も前になるんだな……）

二口目のコーヒーを飲みつつ、佳乃は少しの間だけ過去の思い出に浸《ひた》る。

バリ島へは、成田から直行便でおよそ八時間かかる。日本での季節は春。現地はちょうど乾季にあたり、絶好の観光シーズンだった。

当時、佳乃は二十七歳で、新卒で入社した会社を辞めたばかり。

旅の目的は、四年と少しの間、身を粉《こ》にして働いた自分へのご褒美《ほうび》――というのは表向きで、本当は誰も知らない国で一人きりになりたかったから。そして、一年半付き合った元カレへの感情を整理してリセットするため――

今思い出しても、心がざらついてくる。元カレは前の勤務先の上司だった。

年齢は佳乃よりも六つ年上。勤務先の創業者一族の御曹司でもある彼は、佳乃がはじめて付き合った相手だ。何もわからないまま恋人関係を続け、最後は元カレの裏切り行為で終わりを告げた。佳乃は彼に別れを告げると同時に、逃げるように会社を退職したのだった。

その足で旅行会社へ駆け込み、ものの三十分でバリ島に向かう契約を結んだ。行き先を選ぶ決め手となったのは、パンフレットに載っていた空と海の青さだったように思う。

過去、何度か海外旅行の経験はあったものの、単独で国外に出るのはそのときがはじめてだった。それでも躊躇《ちゅうちょ》なく一人旅を決めたのは、それだけ切羽《せっぱ》詰まっていたからだろう。

旅の日程は十日間。

特に何も予定を決めず、日がな一日ビーチで昼寝をしたり観光客で賑《にぎ》わう繁華街《はんかがい》を歩いたりした。そして、帰国する前日、佳乃は生まれてはじめてのアバンチュールを経験したのだ。

相手は佳乃より三つも若い日本人男性で、滅多にお目にかかれないほどのイケメンだった。

（何もかもが素敵で、まるで夢みたいだったな……）

いかにも女性にモテそうな彼が、どうして自分とそんな関係になったのか、今でも不思議で仕方がない。むろん、そんな関係はその場限りのものだし、帰国した当初は早く忘れてしまおうと躍起《やっき》になっていた。

だけど、どれほど努力しても思い出は一向に消えず、事あるごとに蘇《よみがえ》ってきては、よりいっそう鮮明な記憶として頭の中に刷り込まれる。どうしようもなくなった佳乃は、大学時代からの親友である水沢真奈《みずさわまな》に洗いざらいぜんぶぶちまけてみた。けれど、かえって記憶がくっきりと脳に刻み込まれ、逆効果になってしまった。

結局、時間が流れるに任せているうちに、あっという間に五年の月日が経ち、今に至っている。

時間にすれば、ほんの十時間ほどの出来事にすぎない。それなのに、どうしてこうも忘れられず記憶を辿《たど》り続けてしまうのだろうか……

（……って、やめやめ！）

佳乃は頭の中に広がりそうになっていた映像をかき消し、ぬるくなったコーヒーを一気に飲み干した。そして、ソフトを立ち上げて今日一日のスケジュールを確認する。

その間に、次々と秘書課の社員が出社してきた。

現在、秘書課社員は佳乃の他に男性の課長と女性社員が四人。課長を除くと、全員が年下の後輩であり直属の部下となる。

「清水主任、これなんですけど――」

隣席に座る岡《おか》が書類を示しながら質問をしてきた。三年前、新卒で入社してきた彼女は、几帳面《きちょうめん》でどちらかといえば大人しい性格をしている。人柄もよく、仲のいい同期社員も多くいるみたいだ。

一方、中途採用である佳乃には、同期はいない。入社して五年経った今でもランチタイムはだいたい一人だし、アフターファイブを共有するほど親しくしている同僚もいなかった。

仕事の事を考えれば、もっと自分からコミュニケーションをとって和気藹々《わきあいあい》とした秘書課を目指したほうがいいのかもしれない。

けれど今は、ある問題からそうするのは得策ではないと思っていた。

秘書課の課長である丸越《まるこし》が出勤してきたので、頼まれていた書類を渡しに行く。

「ありがとう。相変わらず仕事が速いね。えっと、今日は特にスケジュールの変更はなかったかな？」

「はい、変更ありません」

「ＯＫ」

丸越が親指と人差し指で丸を作った。現在五十五歳の彼は、年齢よりもかなり若く見える。だからというわけではないが、今ひとつ貫禄に欠ける印象があった。

席に戻り、かかってきた内線に対応をしているうちに八時半の始業時刻を迎えた。

パソコンでメールソフトを立ち上げ、受信ボックスを開く。佳乃が現在管理しているアドレスはふたつある。そのうちのひとつは自分自身のもの。もうひとつは、社長である村井のものだ。

社長秘書である佳乃は、本来なら朝一番に村井の執務室に出向き、一日のスケジュールを確認する。しかし、彼は先月末にかねてから経過観察をしていた脳の血管狭窄《きょうさく》の悪化のため、都内大学病院で入院加療中だ。入院期間は三カ月の予定で、その間に送られてくる村井宛の書類やメールは、彼から直々《じきじき》に委託された佳乃が開封し確認する事になっている。もともと主任として秘書課全体の統括も任されていた事もあり、このところ仕事の忙しさに拍車がかかっていた。社長不在の今、佳乃が担当する業務も一時的にとはいえ大きく変化している。

一秘書である佳乃が、どうしてそこまで――

そう思われても不思議ではないが、それにはふたつ理由があった。

ひとつは、佳乃がそれだけ村井から信頼されているから。

もうひとつは、副社長の高石恵三《たかいしけいぞう》を筆頭とする〝高石派〟と呼ばれる派閥に、トップの不在中、勝手な振る舞いをさせないためだ。

高石派がコソコソと何か企《たくら》んでいるらしい――

そういった話が漏れ聞こえてくるようになり、必然的にできたのが〝村井派〟と呼ばれる現社長の派閥だ。会社を二分しかねない今の状態になったのは、佳乃が入社する何年も前の話だと聞く。

一秘書である佳乃にはどうしようもない事であり、憂《うれ》えてもふたつの派閥が相容れる要素などないように思える。

救いがあるとすれば、これまで何かあっても、相容れないなりに均衡を保ちつつ、さざ波程度の争いで済んでいる事だ。

その均衡が今、村井の不在により崩れようとしている。

高石はここぞとばかりに村井派の人間に接触を持とうとしているし、実際に彼に懐柔《かいじゅう》されそうな人間が何人か出ていた。穏健派で物事を長い目で見るというスタンスをとっている村井に対し、高石は強硬派で迅速な利益追求を重視しがちだ。

　佳乃自身は、担当である以上どうしても村井サイドの人間にならざるを得ないし、もし仮に今の立場でなくても同様の姿勢をとっていると思う。それだけ彼の事を信頼しているし、転職してはじめてのボスが村井でよかったと思った事は一度や二度ではない。

　そんな事もあり、佳乃は少しでも高石におかしなところがあれば、すぐに報告できるよう準備している。できれば入院中の村井を煩《わずら》わせたくないが、高石がこのまま大人しく社長の帰りを待っているとは思えない……。

「じゃあ、僕はこのあと人事部に行って、本城《ほんじょう》代表をお迎えする準備をしてくるから」

　丸越が席を立ち、いそいそとエレベーターホールのほうに歩いていく。

〝本城代表〟とは、今日から新しく「七和コーポレーション」のＣＥＯに就任する人物だ。

　本城敦彦《あつひこ》というその男性は現在、二十九歳。高校卒業後渡米し、世界最高ランクの大学に入学し、同校の大学院を経て同国のメガバンクに入社を果たす。そこで、経営戦略において多大な功績を上げるなどの実績を残したあと、退職。自身で経営コンサルティング会社を設立すると、瞬《また》く間に目覚ましい実績を上げて莫大な財を築きあげた。その経営手腕たるや、名だたる経済学者も舌を巻くほど見事なものであるらしい。

　若くして国内最大級の企業の最高経営責任者になる彼は、代表取締役も兼ねる。つまり、社長を除くもう一人の会社代表であり取締役副社長である高石よりも権力を持つ。

『本城君は信頼に値する男だ』

村井にそう言わしめた本城とは、共通の知人を介して知り合い、意気投合したのだと聞く。ビジネスにおいては、性別や年齢差など関係ないし、村井の人を見る能力は確かだ。

本城がどんな人物であろうと、仕事さえできれば文句などない。

ただ、不思議に思うのは、本城が出社するまで彼自身の顔写真や住所などの個人情報が一切明らかにされていない事だ。

もっとも、事前にそれらを明かしてしまうと、就任前に彼に接触を持とうとする者が出ないとも限らない。

ネットの検索で顔写真くらいヒットするかと思ったが、一件も見当たらなかった。高石派への対策なのかもしれないが、そこまで大がかりな事ができるのだろうか。

今風のイケメン？　それとも、強面《こわもて》の体育会系だろうか？

（ま、どっちみち私には関係ないけど）

要は、自社にとって有益であるかどうかだ。

（社長が入院してすぐに就任とか、ほんとタイミングがよくて助かったかも。これで、多少なりとも高石派の増長は抑えられるはず……）

そんな事を思いながら、手際よく目の前の仕事をこなしていく。気がつけば、もう十時半になっていた。本城の出社予定時刻は午前十一時の予定だ。

佳乃はキーボードを叩く指を止めて、席を立った。秘書課を囲むパーティションの外へ出て、役員室が並ぶ方向へ進む。

廊下右手奥が社長の執務室。その正面の部屋を本城に使ってもらう事になっている。

佳乃は本城の執務室に入った。彼を迎え入れる準備はすでに整っているが、念のため最終チェックをしておこうと思ったのだ。

（机周り、よし。窓、よし。観葉植物もよし……と）

部屋をぐるりと歩き回り、ついでにガラスに映った自分自身の身だしなみをチェックする。

「自分、よし」

小さく呟いたとき、廊下の向こうからエレベーターの到着を知らせる電子音が聞こえてきた。無意識に耳をそばだてると、役員のものではない若くはつらつとした男性の声が聞こえてくる。

「案内ご苦労さま。もう仕事に戻っていいよ」

声の主は、大股でこちらに近づいてきている。

エレベーターホールから今いる部屋まで、男性の歩幅でおよそ二十歩の距離だ。

（もしや、本城代表がいらっしゃったんじゃ……）

佳乃は急ぎドアの近くまで駆け寄り、一歩外に出てかしこまった。そして、こちらに向かって歩いてくる男性を見た途端、驚きのあまり石のように固まってしまう。

（まさか……嘘でしょ？）

目の前の現実を受け止めきれずに、脳が拒否反応を起こしている。そうしている間に、男性は佳乃のほうに近づいてきて、ほんの一メートル先で立ち止まった。

「やあ、お出迎えありがとう。本城です。君が社長秘書の清水佳乃さんかな？」

上質で力強いテノールの声が、佳乃に向けて発せられる。

「は……はい、そうです」

まるで、頭の中をジャンボジェット飛行機が通り過ぎているみたいだった。目の前に見える形のいい唇が、何か話している。しかし、何を言っているのかまるで耳に入ってこない。

佳乃は我が目を疑い、今一度男性を見返してみた。しかし、何度見ても目の前に突きつけられた現実は変わらない。

今、目の前にいる男性こそ、佳乃が五年前に南国の島で一夜をともにした相手に違いなかった。

――キーン……

頭の中に飛行機が発する高周波音が響き渡っている。できる事なら、この場から逃げ出してしまいたい。どんなベテランの秘書でも、こんな不測の事態には対応しきれないのではないだろうか。

「——じゃあ、行こうか」

「はっ？　い、行くってどこへですか？」

うっかり、思った事をそのまま口に出してしまった。秘書としてマヌケすぎる発言を悔いたところで、あとの祭だ。鷹揚《おうよう》に微笑んだ本城が、片方の眉尻を上げる。

「役員の方々に、ひと言ご挨拶《あいさつ》したい。まだ新しい職場に不慣れだから、案内を頼めるかな？」

唖然として動けずにいる佳乃を見つめながら、本城が微かに首を傾《かし》げた。確かに見覚えのあるしぐさに、心がくじけそうになる。しかし、秘書課主任のプライドにかけて、今ここにある危機を回避しなければならない。

「は……はい、かしこまりました。では、こちらへ」

破裂しそうになる心臓を押さえながら、佳乃はなんとか平静を装《よそお》って歩き出す。

そして、本城の進行の邪魔にならないよう気を配りながら、在室中の役員の部屋を回った。

（落ち着いて、佳乃……。とりあえず今を乗り切らないと）

五年前、南国の島で見た彼は、見るからに軟派そうな微笑みを浮かべ、不遜《ふそん》なほどセクシーなオーラを振りまいていた。

しかし、目の前にいる彼は、いかにも紳士然としており、整った顔立ちにクールな雰囲気をまとっている。佳乃は目前を歩く本城のうしろ姿を見つめた。

(雰囲気がぜんぜん違う。もしかして双子? なんなら三つ子とか、いっそ五つ子とか――)

考えが突拍子《とっぴょうし》もないほうに流れていきそうになり、佳乃はあわてて自分を叱咤《しった》する。

いくら心が乱れているとはいえ、ここはオフィスであり今は就業時間内だ。

役員室に一通り顔を出し終えると、ようやく本来の顔合わせの時間になった。

集まってくる各部署の部課長達は、もれなく若き代表取締役を見て驚きの表情を浮かべる。

本城は大会議室に集まった社員達を前に、堂々たる風格を見せて就任の挨拶《あいさつ》をした。

その間の佳乃はと言えば、相変わらず心の中に嵐が吹き荒れており、彼の言葉を聞きながら平静を装《よそお》っているのがやっとだ。

佳乃は部屋の隅に立ち、壇上に立つ本城を凝視した。

どう見ても五年前に会った男性と同一人物だ。しかし、そう断言するには相手の反応が薄すぎるような気もする。

(もしかして、私の事を憶えてない……? もう五年も前の事だし、多少は顔立ちも変

わっているはず……。それに、あれだけのイケメンだもの。この五年の間にたくさんの女性の相手をしてきたよね）

きっとそうだ。自分はそんな女性達の中の一人にすぎない。それに、一緒にいたのは半日にも満たないほんのわずかな時間だ。

頭の中に、希望的観測がムクムクと広がりだす。

（ああ、お願い！　私の事なんか綺麗さっぱり忘れていますように！）

佳乃は壇上に向かって、精一杯の念を飛ばした。到底効果があるとは思えないが、今の佳乃はまさに藁《わら》にもすがる思いでいるのだ。

顔合わせのあと、本城は各部署の部長らと個々に挨拶《あいさつ》を交わし、社内を見て回るべく彼らを引き連れてエレベーターホールに向かう。

先行した佳乃は、やってきた無人のエレベーターに乗り込んで操作盤の前に陣取る。本城は周囲と雑談を交わしながら、悠然と中に乗り込んで佳乃の背後に立った。

心なしか、後頭部にものすごく強い視線を感じる。面と向かっているわけではないのに、これほどの威圧感を与えられるなんて……。

目的の階に到着し、エレベーターのドアが開いた。

身を硬くして操作盤を凝視していた佳乃は、部課長達が順次フロアに出ていくのを見守る。最後まで残っていた本城が、ドアの外に一歩足を踏み出す。

（とりあえずお役御免《ごめん》――）

佳乃が、ほっと胸を撫で下ろそうとしたとき、本城がふいに佳乃のほうを振り返り、他の誰にも聞こえないような声で言葉を発した。

「騎乗位――」

（えっ……？）

佳乃は、はっとして本城の顔を見つめた。

その顔に浮かんでいるのは、さっきとは打って変わった不遜《ふそん》なほどセクシーな微笑み。

佳乃の頭の中に、バリ島で過ごした最後の夜が思い出される。今、目の前にいる本城の瞳と、あの夜ベッドで睦み合った年下男のそれが完全に一致した。

彼はすべてを憶えている！

そう確信した佳乃は、遠ざかる背中を呆然と見送りながら、抱《いだ》いていた希望をすべて手放し絶望した。

その日一日の仕事を終え、佳乃はいつもどおり電車を乗りついで自宅に帰り着いた。

気分はどんよりと落ち込んでいるし、叫び出したいのを我慢し続けていたせいで神経がこれ以上ないほどすり減っている。

本当にわけがわからない。

いったいなぜ、今頃になってあのときの彼が目の前に現れたのか——

しかも、自分の勤務先のＣＥＯ兼代表取締役として、だ。

こんな最悪の巡《めぐ》り合わせがあるだろうか？

玄関の鍵を開けながら、佳乃は最後に見た本城の顔を思い出す。

あの顔は、きっと何か企《たくら》んでいるに違いない。そう思うと、自分の人生において最大の危機の真っただ中に放り出された気分になった。

「ああああ～！　なんで⁉　どうしてなの？」

家に入り、履いていたパンプスを蹴り飛ばす勢いで式台に上がる。廊下を進もうとして、上がり框《かまち》に思いっきりつま先をぶつけた。

「いったあ……い……」

あまりの痛みに、廊下に倒れ込んで転げ回る。

こんな姿、絶対に会社の人達には見せられない。日頃、完璧な秘書というイメージをまとっている佳乃だが、プライベートはまるで違う。

実際、家では真逆と言っていいほど気を抜いて過ごしていた。

ようやく痛みがとおり過ぎ、佳乃はのろのろと起き上がる。そして、ため息を吐きながら居間のちゃぶ台の前でへたり込んだ。

「もう、何なのよ……。私が何をしたっていうのよ～」

不平不満を漏らしても、何の解決にもならない事はわかっている。だけど、そうせずにはいられないほど心身ともにダメージを受けていた。

じっとしていられず、立ち上がって庭を囲む縁側をうろうろと歩き回る。

佳乃が住んでいるのは、都内下町にある築七十数年の一軒家。

持ち主は母方の叔父で、夫婦が十年前に海外に移住したのを機に佳乃が移り住んだ。あれこれと使い勝手は悪いものの、住み心地は悪くはない。今は毎月気持ちばかりの家賃を払っているが、叔父さえよければここを買い上げて終《つい》の棲家《すみか》にしようかと思いはじめているところだ。

「いったいどうすればいいの？　まずい……いろいろとヤバすぎるでしょ」

頭の中に、スーツ姿の本城が思い浮かぶ。

彼は事前に聞いていた経歴にふさわしい外見をしていたし、顔を合わせた者を一瞬で懐柔《かいじゅう》してしまうほど強烈なカリスマ性を感じさせた。

渡米後の彼は、大学在学中に主だった経済関係の資格を取得した上にインターネット関連の起業まで果たしている。のちにそれを売却したときに得た金額は、日本円にして十億はくだらなかったと聞く。

そんな名実ともに超一流のビジネスマンである彼が、なぜ今になって佳乃の前に現れたのだろう。

彼は「七和コーポレーション」に佳乃がいると知った上でやって来たのか。

そうだとしたら、いったいいつのタイミングでそれを知ったのか。

それとも、それはただ単に偶然の巡《めぐ》り合わせだったのか。

（……偶然に決まってるよね？　だって、もう五年前の話だし……）

うろうろしながら考え込んだ末に、佳乃はそう結論を出した。

恐らく本城は意図的に佳乃の前に現れたわけではなく、あくまでもビジネスとして「七和コーポレーション」の要職に就く事になっただけだ。

そして、思いがけず五年前にベッドをともにした相手と再会した。きっと、それまで佳乃の事など綺麗さっぱり忘れていたに違いない。

いい加減歩き疲れ、佳乃は居間の壁にもたれかかるようにして座り込んだ。

いつもなら、家に帰り着くなりリラックスし、すぐにゆるゆるのプライベートモードに入る。だが、今日に限っては心の中に大型の台風が吹き荒れている感じだ。

本城が去り際に言った言葉を思い返すたびに、とうの昔に忘れ去ったはずの思い出がありありと蘇《よみがえ》ってくる。

再会の理由はさておき、五年前に彼とただならぬ仲になったのは事実だ。

「ああ……もう、最悪……」

今後は会社のトップに就いた彼のもとで、勤務を続けなければならない。仕事をする上で彼に従う事には何ら不満はなかった。

問題は、本城が佳乃との過去をどう思っているかなのだ。

もし彼が二人の間に起こった出来事を、会社の誰かしらに漏らしたとしたら――

その可能性を考えただけで、全身が縮み上がって息苦しくなってくる。

この世に生を受けて三十二年。今までコツコツと積み上げてきたものが、たった一度の過《あやま》ちのせいで崩壊するかもしれない。佳乃は畳の上に仰向けになって倒れた。

そして、本城とはじめて会ったときの事を思い出す――

事の発端《ほったん》は、五年前に行ったバリ島で起きた出来事だった。

十日間の旅を締めくくる最後の夜。

佳乃は一人、ビーチサイドで沈みゆく夕日を見ながらたそがれていた。

南国の空や海は素敵だし、出会った現地の人々は皆幸せそうに暮らしている。それらを見ているだけで晴れやかな気分になるし、知らず知らずのうちに溜め込んでいたストレスも発散できたような気がしていた。

しかし、夕方すぎに一人ぼっちで何もせずにいるときや、夜になって広々としたベッドに一人眠るときなど、ふととてつもない寂寥感《せきりょうかん》に囚《とら》われて泣きそうになるのだ。

わざわざ遠い異国の地までやってきて、自身の心の奥底に隠れていた孤独に気づくなんて。

(帰りたい……)

こんな気持ちになるくらいなら、旅行なんかやめて自宅にこもっていればよかった。

そんな事を思いながら海を見続けていたら、現地の若い女性二人に声をかけられた。言葉が通じないながら身振り手振りで話すうち、一緒に近くのレストランで食事をする事になり、連れ立って店に向かったのが午後五時頃だっただろうか。

そのときの自分は、寂しさのあまり著《いちじる》しく危機管理能力が低下していたのだと思う。相手が女性だったから油断していたのもあった。だが、一緒に歩くうちに何となく違和感を覚えはじめる。しかし、適当な理由を作って帰ろうと思ったときには、現地の人しか利用しないようなレストランの二階に連れ込まれてしまっていた。

しかも、席についてしばらくすると、座っていたボックス席に男性が三人合流してきた。現地の言葉で話しかけられ、こちらがわからないのをいい事に明らかに度数の高いアルコールを注文され、一気飲みを促《うなが》される。

必死に断るものの、執拗《しつよう》に言い寄られて困惑が恐怖に変わった。そんなとき、ふらりと近寄ってきて佳乃を救い出してくれたのが本城だった。

『ごめん。この子、俺の彼女なんだ』

こんがりと焼けた小麦色の肌に、よれよれのＴシャツとサーフパンツ。

なにより驚いたのは、彼が思わず見とれてしまうほどの容姿をしていたという事。

くっきりとした目鼻立ちに、完璧な口元。おまけに、一流のモデルばりにスタイルがよく、一見しただけで身長が百八十センチを優に超えているのがわかった。

くしゃくしゃに伸びた前髪を指先でかき上げ、微笑みながら言った日本語が彼らに通じたとは思わない。けれど、彼が放つ強烈なオーラが、一瞬にしてその場にいた者を掌握《しょうあく》してしまったみたいだ。

大声を上げるわけでも、下手《したて》に出るわけでもない。本城がにこやかに話しかけるうちに、彼らはものの見事に制圧され、あっさりと佳乃を解放したのだった。

去っていく彼らの顔が、一様に蛇《へび》に睨《にら》まれた蛙《かえる》みたいだった事を今でもよく覚えている。

佳乃は彼に何度も助けてくれたお礼を言い、せめてもの気持ちとして彼に夕食を奢《おご》る事にした。

イケメンでモテ男のオーラ全開の本城を前に、最初はひどく気後れをして上手《うま》く喋《しゃべ》れなかったように思う。けれど、彼は思いのほか気さくで、その上話し上手の聞き上手だった。

少々アルコールが入っていたせいもあり、佳乃は問われるまま自分がなぜ一人ぼっちでバリ島に来たかを話しはじめた。

話すうちについ感情が高ぶってしまい、彼の前で大泣きするという醜態を晒《さら》してしまったのは、今思い返してみても顔から火が出そうなほど恥ずかしい。

けれど、結局はそれをきっかけに一気に距離が縮まり、二人して彼の宿泊先に向かった。慰《なぐさ》められつつどちらからともなくキスをして、お互いの身体にきつく腕を回していた。

それはごく自然な流れだったように思う。

決して、どちらかが無理にそうしたわけではないし、彼と一夜をともにすると決めたのも自分だ。

でも、ともに夜を過ごすにあたり、佳乃はひとつだけ彼に条件を出した。

それは、お互いに名前や素性を明かさない事――

不思議がる本城に、佳乃はせめて朝が来るまではそうしてほしいと頼んだ。

話をする中で、お互いの年齢だけはわかっていた。しかし、それ以上の事は知りたくなかったし、聞こうとも思わなかった。なぜかと言えば、彼の事を知れば知るほど記憶に残るし、そのせいで離れがたく思ってしまうのを避けたかったからだ。

『秘密主義者なのか？』

本城はそう言って佳乃をからかい、面白がってわざと自分の名前を告げようとした。

佳乃はそのたびに彼の唇をキスで塞《ふさ》ぎ、なおも言おうとする本城の上に跨《またが》り淫《みだ》らな行為に及んだ。

あのときは、自分でも信じられないほど奔放《ほんぽう》な振る舞いをした。本城との行為で生まれてはじめての絶頂を迎え、あとはもう我を忘れて彼の腕の中で乱れたのだ。

一晩のうちに、いったい何度彼とキスをし、身体を交わらせただろうか。

『もうこんなに親密な関係になっているのに、まだ名前を教えられない？』

行為の合間の小休止に、彼に訊《たず》ねられた。

『俺が信用できない？』

そう問われたとき、佳乃は返事に窮《きゅう》してしまった。

『そうじゃないの。――そういうわけじゃないんだけど……ただ、もう少しだけ時間がほしいかなって……』

もともと男性に対する警戒心は強いほうだし、元カレの件をきっかけに男性不信ぽくなっていたのも事実だ。

それなのに、思いがけず本城と出会い、本来の自分ではありえない経験をしている。

性的な享楽を味わっている今だけではなく、それ以外のときにも彼はたくさんの甘い言葉をかけてくれた。けれど佳乃は、それらを真に受けるほど初心《うぶ》でも世間知らずでもなかった。

所詮、旅先でのアバンチュール。しかも、相手は三つも年下の超絶イケメン。

『明日の朝起きたら、ぜんぶ言うって約束する。だから、今夜だけはお互いに何も知らない者同士って事にして』

それは完全にその場しのぎの言葉だった。

すでに佳乃は、次の日の朝、彼が起きる前にいなくなろうと心に決めていたのだ。

今思えば、よくもそんな嘘を吐けたものだと思う。どう考えても彼に対して不誠実だったし、たとえどんな理由があろうと嘘は嘘だ。

しかし、いかにも女性の扱いに慣れた様子の彼が、ごく普通の容姿で三つも年上の自分と本気で付き合いたいなどと思うはずがない。

彼の甘い言葉に心がとろかされる一方で、警戒心が高まっていったのは過去の恋愛で傷つきすぎていたせいだろう。

彼と一緒にいたいと思う気持ちと、今がずっと続かないという事実。彼との関係を終わらせたくないという本音と、アバンチュールと割り切って関係を断ち切ろうとする決意。

相容れないふたつの気持ちが、そんな不実な言い逃れをさせたのかもしれない。

夜更け過ぎまで抱き合い、疲れ果てて本城が眠ってしまったあとも、佳乃はまんじりともせず一人悶々《もんもん》と考え続けていた。

いったい、自分はどうしたらいいのか……

本城と過ごしているうちに、どんどん彼に惹かれていく自分に気づいていた。けれど、どう考えても旅先で出会った年下のイケメンとの未来などありはしない。

結局、佳乃は予定どおり、まだ日が昇る前にベッドから抜け出した。そして、ぐっすりと眠る本城を残して自分の宿泊先に戻り、そのまま帰国の途についてしまったのだ。

頭の中に、あの夜に見た彼の寝顔が思い浮かぶ。

（嘘、吐いちゃったんだよね私……）

両親や祖父母から厳しく教えられていたという事もあり、佳乃は子供の頃から嘘だけは吐かないよう心掛けてきた。もちろん社会人になった今は、仕事をする上で便宜的に嘘を吐く事はある。でも、それにすら多少の罪悪感を持ってしまうのだ。

『嘘を吐くと閻魔《えんま》さまに舌を抜かれちゃうよ』

昔よく祖母が言っていた言葉に続いて、幼い頃よく口ずさんでいたわらべ歌が頭の中に蘇《よみがえ》ってくる。

「指切りげんまん、嘘吐いたら針千本のーます、か……」

五年前に吐いた嘘だ。

謝罪しようにも、今さらどんな顔をして謝ればいいのだろう？

誠意をもって「ごめんなさい」と言えば、許されるだろうか？

いや、許されるはずがない。

五年間も放置していたくせに、どの面下《つらさ》げてごめんなさい、だ。

（どっちみち、遅すぎるよね……）

いずれにせよ、本城は過去の出来事を佳乃の鼻先に突き付けてきた。

そうでなければ、あんな捨て台詞《ぜりふ》を残したりはしないだろう。

佳乃は畳の上からのろのろと起き上がり、ちゃぶ台に頬杖をつく。

とりあえず、なるべく彼に近づかない事だ。

仕事上、完全に接触を断つ事は不可能に近い。

本城が佳乃との過去をどう扱うつもりかわからないが、彼は超一流のビジネスマンであり、そういう人物は、決して軽はずみな言動はとらない――と、思いたかった。

いずれにせよ、油断してはいけない。

今後の展開がどうなろうと、取り乱さずに対処できるよう心構えだけはしておいたほうがいいだろう。佳乃は、そう自分に言い聞かせながら姿勢を正した。

そして、本城とは二度と個人的な接触を持つまいと心に誓うのだった。


熟睡できないまま朝を迎え、出勤の準備に取りかかる。

佳乃の朝は早い。遅くとも午前六時には目を覚まし、スマートフォンのアプリで今日一日の天気と気温を確認する。

居間に続く縁側を歩きながら、ふと庭に咲いている紫陽花《あじさい》に視線を向けた。

（もう梅雨《つゆ》入りしたんだったな……。ジメジメ気分を一新するためにも、今年こそ布団を買い替えよう。いいかげん圧迫死しちゃいそうだし）

ここ何年か使ってきたのは、昔ながらの綿布団だ。レトロな柄を気に入っているし、温かくていいのだが、如何《いかん》せんずっしりと重くて容易に寝返りも打てない。

（だから、あんなおかしな夢を見たのかも……）

ウトウトとまどろんでいる最中に、人の大きさほどもある緑色のビール瓶にのしかかられる夢を見た。あろう事か、瓶には本城が跨《また》がっており、苦しがる佳乃を見下ろしながら鷹揚《おうよう》に微笑んでいた。

驚いて飛び起きた佳乃は、エレベーターホールに置かれていたビール瓶の事を思い出す。そして、あれを置いたのは本城に違いないと確信したのだ。

「ふぁああ……」

寝不足のせいで、ひっきりなしに欠伸《あくび》が出る。

台所に行き、いつもよりも濃いめのコーヒーを淹《い》れた。十二畳ある居間に入り、ちゃぶ台の隅に置きっぱなしにしているノートパソコンを開く。すると、一気に脳内が仕事モードに切り替わった。

まだ自宅にいるとはいえ、佳乃の秘書としてのルーチンワークはすでにはじまっているのだ。

いつもなら主要新聞のネットニュースをチェックし、必要と思われる記事を閲覧する。

しかし、今日に限っては、それを後回しにして主だった企業の人事ニュースを開く。

「あった……『七和コーポレーション』ＣＥＯに本城敦彦氏。米国名門大学院修了。東京都出身。二十九歳――」

前もって取材の予定が組まれていたらしく、本城は昨日の午後大手経済新聞社の取材を受けていた。記事に添付されている彼の写真は、驚くほどイケメンに写っている。

図らずも胸の奥がじんわりと熱くなり、佳乃はあわてて写真から目を逸《そ》らした。

（は？　今の反応は何？　……まさか私……いや、ない！　っていうか、あっちゃダメでしょ！）

佳乃は、とっさに自分を戒《いまし》め、冷静になるべく深呼吸をする。過去は過去として、すっぱり切り離して考えなければ、馬鹿を見るのは自分自身だ。

佳乃は唇をきつく結び、ふたたび記事を読み進めた。

「――米国公認会計士、公認内部監査人資格取得……。起業したコンサルティング会社で得た利益の大半を世界各国のＮＰＯなどに寄付。自《みずか》らも発展途上国に出向き、現地に学校や病院を設立するなど、慈善事業にも積極的……へえ、そうなんだ……」

本城敦彦は、成功した起業家であるばかりか、本物の慈善家でもあるらしい。

いつもなら淡々と進む朝の時間なのに、今日に限っては胸の中がざわついて仕方がなかった。

「ああ……もう、ほんと勘弁して！」

昨日から、いろいろと調子が狂いすぎている。その原因は明らかに本城だし、彼のせいでこんなにも心を乱している自分を、我ながら不甲斐ないと思う。

佳乃は視線だけ動かして、パソコンの画面に表示された本城の写真を見た。

濃紺のスーツに同系色のネクタイを締めている彼は、五年前に見たときよりも格段に男振りが上がっている。もともとあった目力は、さらにパワーアップしているし、きちんとした格好をしていても体格のよさは相変わらずだ。

なんだかんだ言って、五年経った今もまったく忘れられていない。本城本人の事はもとより、彼とともに眺めた南国の夕日の色や、彼がどんなふうに自分に触れたのかも――

「わあああああ！　わ、わ、私ったら、何を懐《なつ》かしく思い出しちゃってんのよ！」

いつの間にか閉じていた目をカッと開けると、佳乃は弾かれたように座布団から立ち上がった。

用意した朝食をそそくさと平らげ、無心を心掛けながら出勤の準備を済ませ玄関を出る。

そして、自宅から自席に着くまでの間、これ以上余計な事を考えなくて済むよう、ずっと頭の中で一人しりとりを続けたのだった。

出勤して自席についた佳乃は、その日のスケジュールを確認したあと、パソコンを開けて会員制のビジネスデータベースにアクセスする。

数ある新聞や雑誌記事はもとより国内外の企業情報を集積したそれは、役員のみならず彼らをサポートする秘書にとっても欠かせないツールだ。

（あ、タタラ物産の副社長がヘッドハンティングされたって噂、本当だったんだ……。森本《もりもと》本舗、七年ぶりの赤字転落、か……）

新しい情報を脳内にインプットしつつ、朝一で配信された記事をチェックして業界や市場関係の記事を閲覧する。中でも重要と思われるものを選び出し、自分用に保存した。

一通り朝のルーチン業務を終えると同時に、内線電話が鳴った。時計を見ると、始業時刻ジャストだ。

「はい、清水です」

『ああ、清水さん、おはよう。本城だけど、ちょっと執務室まで来てもらってもいいかな？』

彼の声を聞いた途端、受話器を持つ手がわずかに震えた。

自身の過剰反応に戸惑いつつ、佳乃は秘書としての立場を貫くよう自分に言い聞かせる。

「おはようございます。わかりました。すぐに伺《うかが》います」

即答し、小さく深呼吸をしながら席を立つ。隣席の岡に一声かけ、佳乃は本城の執務室に向かった。

過去の出来事について何か言われるのだろうか。さすがに、昔話を盾に何かされたりとかはないと思いたい。しかし内容が内容だけに、彼の出方がはっきりするまで油断はできなかった。

「失礼します」

ドアをノックして中に入ると、そこには先客がいた。

「ん？……ああ、清水さんか」

来たばかりなのか、副社長の高石がデスクの前に立ったまま佳乃のほうを振り返ってきた。

「副社長。おはようございます」

高石が小さく頷き、またすぐに正面を向く。

その隣には、彼の秘書であり実の娘でもある高石舞《まい》が立っていた。一呼吸置いて振り返った舞が、佳乃を見て軽く会釈《えしゃく》をする。佳乃はそれに応《こた》えて、二人の斜めうしろに控えた。

小顔ではっきりとした顔立ちをした舞は、自他ともに認める今時の美人だ。彼女は、現在入社三年目の二十五歳。入社後すぐ秘書課に配属され、父親である副社長の秘書になった。

朝、秘書課に彼女の姿が見えなかったのは、出勤後そのまま副社長の執務室へ出向いたからだろう。

「やあ、清水さん。君を呼んですぐに副社長がお見えになってね。でも、ちょうどよかった。実は昨日、村井社長のところにお見舞いに行かせてもらったんだ」

本城はデスクの椅子からおもむろに立ち上がり、高石を四人用の応接セットのほうへ誘導する。

高石はちらりと舞のほうを見て、ソファに座った。その横に舞が座り、本城に手招きされた佳乃は、必然的に彼の隣に腰を下ろす。

「社長は思ったより、お元気そうでしたよ」

「そうですか。それはなにより」

本城が言い、高石が応じる。

佳乃自身、症状が落ち着いてきた村井の病室を週に一度は必ず訪れている。先週は二度面会に行ったが、確かにずいぶんと顔色がよくなってきていた。

「そのときに少し話をさせてもらって、もう社長の了承は得てあるんだが……清水さん、君は今日から僕の秘書になってもらう」

隣にいる本城が、身体ごと佳乃のほうを向いた。思いがけない彼の言葉に、佳乃は少なからず驚いて表情を硬くする。彼は口元に穏やかな微笑みを浮かべているが、その視線は佳乃の心の奥まで見透かそうとしているほど強い。

「えっ？　いや、しかし、先ほども言ったとおり、本城代表の秘書には、ここにいる高石舞さんが適任だと思いますよ」

先に声を上げたのは、佳乃ではなく高石だった。

「清水さんは、ただでさえ社長不在で忙しいですしね。それに、主任として秘書課全体の統括も任されている事ですし——」

「確かに清水さんは、両手に余るほどの仕事を抱えているのかもしれません。しかし、彼女の秘書としての能力は非常に高いと社長から聞かされています。それに、高石さんは現在副社長の秘書を担当していますよね」

本城の視線が、佳乃から高石へ移った。

直前まで舞に何やら目配せをしていた高石は、本城と目が合った途端あからさまに渋い表情を浮かべる。隣でかしこまっている舞が、ちらりと佳乃のほうを窺《うかが》ってきた。

「いやいや、私の秘書の件は、どうとでもなります。高石さんは、このとおり若くて綺麗ですし……これからあちこち連れ歩くには彼女みたいに華やかな女性が好ましいと思いますよ。彼女自身、本城代表の秘書になるつもりで、いろいろと準備を……ねぇ、高石さん」

高石が、妙に意味ありげな視線を舞に投げかける。

「はい」

高石に同意を求められて、舞はにっこりと微笑んで本城を見た。その頬には、くっきりとしたえくぼが浮かんでいる。

いったい何が「はい」なのかはさておき、高石の持論には少々ムッときてしまった。確かに佳乃は舞よりも七つも年上だし、外見上見劣りするのは否定しないが――

「私、本城代表のお役に立てるよう、精一杯頑張ります！」

舞が出した、いかにも芝居がかった声が部屋の中に響き渡る。それを聞いた高石は、満面の笑みを浮かべて頷いた。

「うん、頑張りなさい。ねえ、本城代表。高石さんもやる気十分ですし、いろいろと足りない部分はあるかもしれませんが、ここはひとつ社長の意向よりもご自身の英断で高石さんを秘書にしてやってくれませんか」

おもねるような高石の声に、佳乃は密かに鳥肌を立てた。普段、部下に横柄《おうへい》な態度を取りがちな彼のそんな声を聞くのは、これがはじめてだ。

「いや、清水さんに秘書をお願いするのは、僕の意向でもあるんです。僕自身の英断で――とおっしゃるなら、なおの事僕の秘書は清水さんにお願いしたい」

それまでにこやかに話していた本城が、一変して冷静沈着なビジネスマンの表情を見せた。

途端に高石が顔を歪《ゆが》める。

「しかしですね――」

「そもそも僕がこの会社に来たのは、これまでの経営を見直し将来に向けてさらなる躍進を遂《と》げるためです。そのためには〝いろいろと足りない部分があるかもしれない〟秘書をそばに置く余裕などありません。僕が秘書に求めているのは、外見ではなく中身です」

本城に真正面から見つめられて、高石はたじろいで口ごもった。

「……しかし、人事部長の意向では――」

「人事の最終的な決定権は誰にあるか、ご存じですよね？」

そう言われて、高石はさすがに口をつぐむ。

高石と対峙する本城は、相手に有無《うむ》を言わせないほどの圧倒的なオーラを放っていた。

あのときと同じだ――

五年前、はじめて会ったときの彼も、今と同じように一瞬で相手を黙らせて屈服させてしまった。ただし、当時と違い彼の顔に浮かぶ微笑みは驚くほどクールでビジネスライクだ。

「では、僕の秘書は清水さんで決まりですね。他に何か聞きたい事はありますか？」

本城は、いくぶん表情を和《やわ》らげて高石のほうに身を乗り出した。

「あ……いえ、特には――」

「そうですか。では、それぞれの仕事に戻りましょう。――という事で、よろしく、清水さん。さっそくだが、君が社長に出したこれまでのデータを適当にまとめて僕に再提出してくれるかな？　できれば、明日の午前中までにお願いしたい」

佳乃が社長秘書になってから、今月でちょうど五年経った。

その間の膨大なデータを再提出する――しかも〝適当にまとめて〟という事は、それなりにデータを集積して整理してから出さなければならない。

「はい、承知しました。すぐとりかかります」

佳乃が即答すると、本城は満足そうに頷いてソファから立ち上がった。

置いてきぼり状態だった高石は、どうにも納得がいかないといった表情を浮かべながらそれに倣《なら》う。そして、隣にいる舞を急《せ》き立てるようにして部屋の入口に向かった。佳乃の横を通り過ぎた舞は、あからさまに不満そうな表情を浮かべている。

それを見た佳乃は、昨日ロッカー室で聞いた舞のお喋《しゃべ》りを思い出した。

『まだ内緒なんだけど、本城代表の秘書は、私よ。パパ――じゃなくって、副社長が人事部長と話し合いをしてそう決めたみたい』

二人の様子を見る限り、まさか本城に断られるとは思ってもいなかったのだろう。

佳乃とて、まさか自分が本城の秘書になるとは思っていなかった。彼とは二度と個人的な接触を持つまいと誓い、会社でも極力近づかないで済むよう努力するつもりだった。

しかし、専属の秘書ともなると、少なくとも仕事中は頭の中から彼を追い出せなくなる。ものすごく憂鬱《ゆううつ》だし、悪い予感しかしない。けれど、村井の意向でもあるのなら、割り切って秘書としての業務を全《まっと》うするしかないだろう。

佳乃は、そう自分を奮《ふる》い立たせる。ただひとつ気がかりなのは、これをきっかけに舞の態度が悪化するのではないかという事だ。

副社長の娘だからといって、佳乃は舞を特別視した事はない。しかし、舞のほうはそれが不満であるらしく、普段から何かにつけて佳乃に反抗的な態度をとっていた。

自席に戻ると、案の定先に戻っているはずの舞の姿がない。彼女の行動パターンから推測するに、たぶんあのまま高石の執務室に向かったのだろう。

(やれやれ……。ただでさえ、しょっちゅう席を外してるのに)

佳乃は必要なデータの抽出をはじめながら、舞がこれからするはずだったルーチン業務について考えた。担当する役員がいるとはいえ、秘書がやらなければならない仕事は他にも多くある。一見華やかに見える秘書という仕事だが、実のところそのほとんどが、縁の下の力持ち的な地味で目立たない雑務で占められているのだ。

もちろん、ただ淡々と与えられた仕事をこなすだけではいけない。何をするにしても、常にプロフェッショナルとしての自覚を持ち、一度請け負った仕事は最後まで責任を持ってやり遂《と》げる。

それに加えて、常時関連業界の情報にアンテナを張り、何事においてもたえず一歩先を行く努力が必須なのだ。

少なくとも「七和コーポレーション」での秘書業務はそうだし、だからこそ日々緊張感とモチベーションを保ちながら仕事に励《はげ》む事ができる。

（いくら何でも、こう頻繁《ひんぱん》に自由行動をとられるとさすがに困るな……）

舞が副社長の専属秘書になって以来、秘書課ではある種独特の緊張感が常に存在している。

それは、舞が仕事でミスを頻発するから。そして、彼女のミスのほとんどを副社長自《みずか》らがフォローして、それを隠蔽《いんぺい》しようとするからだ。

それで事なきを得るならまだしも、彼女のミスの影響が他の役員に及ぶ事が少なくない。そのたびに、佳乃は事態の収拾に奔走《ほんそう》し、結構な尻拭《しりぬぐ》いをさせられていた。

そんな状態がずっと続いていたところに、今回の代表取締役ＣＥＯの秘書騒ぎだ。

きっと舞は、今回のゴリ押し人事の失敗で、相当頭に血が上《のぼ》っている事だろう。そうでなくても、徐々にエスカレートしている舞のわがままぶりには、高石ですら手を焼いている様子だ。

いい加減、舞の勤務態度についてはどうにかしなければならなかった。

しかし、自分の立場ではやれる事が限られているし、課を取り仕切る立場の丸越もあてにはならない。

それを不甲斐なく思うものの、今の体制ではどうにも解決策が見つかりそうもなかった。

そして、この件が解決しない限りは、和気藹々《わきあいあい》とした秘書課など望むべくもないと考えている。

（はぁ……本城代表の秘書か……）

正直言って、彼の秘書になどなりたくはない。むしろまっぴらごめんだし、今後の展開を思うと鬱々《うつうつ》とした気分になる。

しかし、それはあくまで個人的な見解であり、会社の今後や自身のキャリアアップを思えば積極的に喜ぶべき人事なのだろう。

これまで海外で活躍していた彼の事だ。一緒に仕事をするだけでも視野が広がりそうだし、いろいろと勉強になるに違いない。

それに、村井がいない今、高石のストッパー役になってくれそうな人間とは、できる限り連携を取っておきたい。もっとも、村井に招かれたのだから彼と同じ考えを持っているると考えるのは早計だろうが……

その事も踏まえて、本城の動向を自然と窺《うかが》える立場になれたのは幸いだったと思う。

（ここは素直に喜んでおくべきだよね？　まさかオフィスで、公私混同したりしないだろうし……）

途中、持ち込まれる業務をこなしながら、ランチタイムを挟み、本城に頼まれた作業を続けた。

「清水主任、何かお手伝いする事はありますか？」

隣席から岡が声をかけてきた。

彼女が担当する佐伯《さえき》常務取締役経営企画部長は、昨日から出張に出かけている。彼はとても几帳面《きちょうめん》で日頃から秘書の手を煩《わずら》わせる事がほとんどない。それはそれでありがたい事だが、岡にしてみれば少々手持無沙汰のようだった。

「ううん、今のところは大丈夫。ありがとう」

佳乃は岡の気遣いに、小さく微笑んだ。

「もし何かあれば、いつでも遠慮なく言ってください。清水主任、ただでさえ忙しいんですから」

本城の秘書になった事は、あのあとすぐに課長から皆に伝えられた。その場にいた全員が納得したような表情を浮かべると同時に、一部では佳乃の業務量を心配する声も上がっていたのだ。

「うん、ありがとう。そのときはお願いするわね」

「はい、本当にそうしてください」

佳乃は頷いて、さらに口元をほころばせた。

岡の事務処理能力は信用している。それに、後輩を育てるという意味ではもっと下に仕事を回したほうがいいのだろう。

(わかってるんだけどなぁ……。ほんと、私ったら、頼むのがヘタだよね……)

秘書課主任として、積極的且つタイミングよく部下に仕事を任せる——それを役職者としての今後の課題にしたほうがいいかもしれない。そう思いながらも、結局一人フル稼働で仕事を完結させてしまった。

(はい、完了……っと)

佳乃は必要なファイルを作成し終えて、ロック機能付きの社内共有フォルダーへ保存する。

頼まれてからものの四時間でデータを完成できたのは、新しくCEOが就任すると聞いてから、あらかじめ必要になるだろう仕事を予測していたからだ。

仕事が速いと定評がある佳乃だけど、そのノウハウを教えてくれたのが村井だった。

社長でありながら少しも驕《おご》る事なく、何が起きても常に平常心を保っている。そんな彼の事を、佳乃は上司としてだけではなく、一人の人間として心から尊敬していた。できる事なら、一日も早く職場復帰してほしい。しかし、いくら顔色がよくなったとはいえ、まだ健康状態は安定しておらず、早期退院の可能性は低い。

プログラムを終わらせると、佳乃は本城に内線を入れるべく受話器に指をかけた。

彼に連絡をするというだけで必要以上に緊張してしまい、我ながら嫌になる。

以前の会社と合わせて八年間も秘書をしているのに、感情のコントロールすらできなくてどうするのだ。

（何やってんの、佳乃。もっとしっかりして！）

佳乃は自分にはっぱをかけ、深呼吸をした。

どうにか平静を取り戻したところで受話器を取り、本城に内線を入れる。

『はい、本城です』

ツーコールあとに聞こえてきた彼の声が、佳乃の耳の奥で響く。

ああ、こんなにいい声だっただろうか？

そう思ってしまうほど、本城の声がじんわりと鼓膜に溶け込んで聴覚を刺激してくる。

「お疲れ様です。秘書課の清水です。データの取りまとめが終わりました。お渡ししておきたい書類もあるのですが、今からお持ちしてもよろしいでしょうか？」

強《し》いて平常心を保ち、意識して若干低いトーンで話をする。すると、思っていた以上に事務的な喋《しゃべ》り方になってしまった。

『ああ、いいよ。っていうか、もうできたの？　さすが社長お墨付きの敏腕秘書だ。書類はどのくらいあるのかな？　たくさんあるようなら、運ぶのを手伝うけど？』

朝とは打って変わった親しげな口調に、一瞬戸惑う。

「いえ、私一人で大丈夫です。では、今からお伺《うかが》いします」

『そう？　じゃあ、待ってる』

通話を終えた途端、佳乃は眉間に縦皺《たてじわ》を寄せた。

やはり、明らかにこれまでと声のトーンが違う。それに、やけに馴れ馴れしい。

内線での通話とはいえ、オフィスでの発言は公的なものだ。少なくとも、午前中の彼はそういった事をわきまえた振る舞いをしていたように思う。それなのに、いくら周りに誰もいないからといって、いきなりタメ口はいかがなものだろう。

（いや、ここでイライラしちゃダメでしょ）

佳乃は立ち上がり、デスク横に置いた台車のハンドルを握った。岡に一声かけて、段ボール箱を二個載せた台車をゆっくりと押しはじめる。

（それにしたって、あの変わりようは何なの？）

秘書という仕事柄、コロコロと態度を変えるお偉方には、ある程度慣れっこになっている。しかし、あんなふうにいきなり口調を変えて、距離を詰めてこられたのははじめてだった。

いったいどういうつもりなのだろう？

そんな事を思いながら歩いていると、ついさっき消えた眉間の皺《しわ》が、いつの間にか復活していた。

（おっと……平常心、平常心……）

本城の執務室の前に到着し、ドアの前に立つ。ノックする前に、大きく目を見開いて思いっきり口角を上げる。凝《こ》り固まっていた表情筋が柔らかくなったところで、ノックしようと右手を上げた途端、勢いよくドアが開き本城と鉢合わせになった。

「うお、びっくりした！　……って、どうしたの？　すごい笑顔だけど」

しまった、と思ったけれど時すでに遅し。

彼は佳乃の全力の作り笑顔を見て、笑いを堪《こら》えている。

「くくっ……。いや、失敬。君が笑顔でここに来てくれてなによりだ」

本城が台車のハンドルをとって中に移動させる。

「あ……す、すみません、ありがとうございます」

とっさに礼を言い、その場に立ち尽くす。

本城も驚いただろうが、佳乃だっていきなり目の前に現れた彼のドアップにびっくりした。

台車を中に運び終えた本城は、佳乃を部屋に招き入れるなり、部屋の外に首を出して辺りを窺《うかが》うような動きをする。

不思議に思って見ていると、彼は素早くドアを閉めて佳乃の背をドアに押し付けた。その上、顔の両側に手をついて逃げられなくしてくる。

「ちょっ……何のつもりですか？」

不意打ちを食らって、佳乃はさすがにうろたえて目を瞬《しばた》かせる。

「あぁ、長かった。やっとだ……ようやく君と二人きりになれた」

こちらを覗《のぞ》き込んでくる本城の顔には、またしても不遜《ふそん》なほどセクシーな微笑みが浮かんでいる。まるで心臓を鷲掴《わしづか》みにされたようになり、佳乃は声も出せず彼の瞳を見つめ返す。

脳天が熱くなり、頭の中でけたたましく警鐘《けいしょう》が鳴りはじめた。

このままではいけない――

すぐさま秘書としての自分を取り戻した佳乃は、直立の姿勢を保ったまま素早く下に沈み込んで本城の腕から脱出した。

「おっと――君はなかなかすばしっこいね。油断すると、すぐに僕の前からいなくなる。そういうところ、五年前と同じだ」

あからさまな嫌味を言いながら微笑んだ顔が、憎らしいほど魅力的だ。

「だけど、そういった行動は今後、改めてもらいたいな。そうじゃなきゃ、こっちとしても逃げられないように対策を講じる必要がでてくる」

「は？　た……対策って何ですか」

努めて冷静さを保ちながら、質問を投げかける。

「まあ、いろいろと種類があるよね。身体的な拘束や、心理的な掌握《しょうあく》。僕もあれから個人的に心理学を学んだりしてみたんだ。特に『人心掌握術《しょうあく》』ってやつが興味深かったな。人の心をガッツリと掴《つか》んで、自分の意のままに操作する――すごく魅力的に聞こえるだろ？」

饒舌《じょうぜつ》に喋《しゃべ》る本城の顔が、少しずつ近づいてくる。

「どう、試してみない？」

「申し訳ありませんが、お断りします」

自分でも驚くほど、きっぱりと拒絶していた。

「『人心掌握術《しょうあく》』は知っています。ですが、その実験台を探していらっしゃるのなら、他をあたってください。ビジネスをする上で活かせれば、とても有益だと思います。ですが、その実験台を探していらっしゃるのなら、他をあたってください」

「やだ。君じゃなきゃ意味がないから」

即断され、さらにじりじりと距離を縮められる。

さっきからの本城の言動は、およそ上司としてふさわしくないものだ。佳乃は彼が近づいてきただけ、後ずさって距離を保つ。高まりつつある緊張感のせいか、背筋がぞわぞわする。

（落ち着いて、佳乃……。大丈夫、あなたは秘書で、この人はただの上司。それにここは、神聖なオフィスなんだから……）

そう思いながらも、心臓がバクバクするのを抑える事ができない。

本城が、大きく一歩近づいてきた。思わず仰《の》け反《ぞ》りそうになりながらも、佳乃は小さく深呼吸をして自分を落ち着かせる。

「いったい、どういうつもりでこんな事をなさるんですか？」

佳乃は、できる限り低くはっきりとした声で話すよう心掛けながら、本城を睨《にら》みつけた。

「どういうつもりかって？　それはまた、ずいぶんと漠然とした質問だね。う｜ん、逆に聞くけど、君はどう思う？　僕が今どんな気持ちか……。それに、どうして今になって君の前に現れたか。当てたらご褒美《ほうび》にいいものをあげるよ」

本城の顔に浮かぶ笑みに、突然いたずらっぽい表情が混じる。

こちらの質問に答えもせず、逆に質問を投げかけてくるなんて――

佳乃は、あえて何も答えずに本城の顔を見つめ続けた。

「ふぅん……。君は賢いね。余計な事を喋《しゃべ》って、自分を不利な立場に追い込むような真似はしないんだな」

実際に顔を合わせている今、本城の口調の馴れ馴れしさにいっそう拍車がかかっている。しかし、そんな無邪気で親密さを感じさせる態度には、若干の警戒心と刺々《とげとげ》しさも含まれているように思う。

（あぁもう……わけわかんない）

本城の謎めいた微笑みを前に、佳乃は混乱していっそう固く口を閉ざし沈黙する。

とにもかくにも、今の彼は五年前とは違う親しさで佳乃に迫ってきていた。

本城が、また一歩佳乃のほうに近づく。ダークカラーのスーツを着こなした彼から、ほんのりといい香りが漂《ただよ》ってきた。

それは香水ではなく、彼自身から立ち上《のぼ》ってくるセクシーでエロティックな甘い香りだ。佳乃は、知らず知らずのうちにその香りを深く吸い込んでいた。

そういえば、五年前の彼からもいい香りがしていた事を思い出す。確か、あのときの香りはもっとエキゾチックなものだったような気がするが――

「さて、とりあえずもっと奥までどうぞ」

声をかけられ、はっとして動き出した本城を見る。

彼は台車を押してデスクの横に立った。そして、段ボール箱の中をざっと検《あらた》めたあと、部屋の一角に設《しつら》えてあるカフェコーナーに向かう。

「えっ？　いつの間にそんなものを……」

驚いて思わず声を上げると、本城が振り返りざま嬉しそうに笑った。

「ああ、これ？　これがあれば、君の手を煩《わずら》わせる事なく、いつでも好きなときに好きなものが飲めるだろう？　で、何飲む？　紅茶もあるけど、おすすめはやっぱりコーヒーかな」

本城がメタリックカラーのコーヒーマシンを指さす。

「……じゃあ、コーヒーを……」

瞬《まばた》きもせずに見つめられて、佳乃は思わずそう答えていた。

飲み物を提供して、一気にこちらの警戒心を解く作戦なのだろうか。佳乃は心の周りにバリケードを張って身構える。佳乃の警戒をよそに、本城はまるで自宅にいるみたいにくつろいだ様子でコーヒーマシンを操作しはじめた。

「了解。どうぞ、そこにかけて。データの件で詳しく聞きたい事がある。それと『パンジーマート』と我が社との関わりについて、ちょっと確認したい事があるから」

そう言う彼の顔には、さっきまでとは打って変わったビジネスマンとしての表情が浮かんでいた。

いくら何でも振り幅が大きすぎる。気分屋のお偉方に慣れているとはいえ、さすがに面食らってしまう。

「はい。では、失礼します」

若干ギクシャクとした動きで、とりあえずソファに腰をかけた。

「そういえば、エレベーターホールに置きっぱなしにしてた空《あ》き瓶、いつの間にかなくなっていたけど、もしかして片づけてくれた？」

「あっ……」

思わず立ち上がりそうになってしまい、あわててもとの位置に座り直す。

「はい、転がって誰かが躓《つまず》いたりしたら危ないので」

「そうか、ありがとう。つい、いろいろと懐《なつ》かしくなってね。週末に、荷物を運び込んだときにこっそり祝杯をあげてそのままにしてしまったんだ」

「そうでしたか」

やっぱり、あれを持ち込んだのは彼だったのだ！

ひと言苦言を呈《てい》しようかとも思ったが、藪蛇《やぶへび》になりそうだったからやめておく。

（だけど、祝杯って何……？）

長い間日本を離れていたそうだから、帰国して職を得た事に対してかもしれない。それとも――

（って、やめやめ！）

本城といると、どうしても憶測ばかりしてしまう。

直接聞こうにも、かえってこちらの都合が悪くなりそうで、安易に質問するわけにもいかない。

佳乃は、本城がうしろを向いている隙に彼の立ち姿を観察する。

コーヒーを淹《い》れる背中は、がっしりとして逞《たくま》しい。髪の毛はきちんと整えられているが、襟足《えりあし》に少しだけ癖が残っている。そのアンバランスさが、やけに気になって目が離せない。

そういえば、五年前もそうだった事を思い出した。胸に込み上げてくる懐《なつ》かしさを、佳乃は急いで振り払った。

「コーヒーはブラックでよかったよね？」

「――はい。ありがとうございます」

コーヒーのいい香りが漂《ただよ》いはじめる中、佳乃は本城の背中を見つめ続ける。

彼の中には、いったいどれくらい五年前の記憶が残っているのだろう？

南国の島で本城と一緒にコーヒーを飲んだのは、たった一度だけだ。それなのに、彼は佳乃がコーヒーに何も入れないのを覚えていた。

それを単純に嬉しく思う反面、これも人心掌握《しょうあく》のひとつなのかと勘繰《かんぐ》ってみる。

三十二歳になった自分は、良くも悪くも社会という荒波に揉まれ、多くの人達の裏表を見てきた。傷ついてその場から逃げ出すしかなかった二十代の頃と比べれば、いろいろな面で耐性ができている。

「よし、できた」

本城が小さく呟く声が聞こえてきて、佳乃は急いで彼の背中から視線を外した。

コーヒーカップを両手に持った本城が、こちらに向かって歩いてくる。そんな何でもない動作が、癪《しゃく》に障るほどかっこよく見えてしまう。

「はい、お待たせ」

本城が佳乃の前にコーヒーカップを置いた。そして、そのまま対面の席に腰を下ろす。

「ありがとうございます」

礼を言い、ふとカップから離れていく本城の手を見た。

「あ、切り傷……」

よく見ると、右手人差し指の第一関節に小さな切り傷がある。血は止まっているけれど、ついさっき負ったもののようだ。

「あの、よろしければこれをどうぞ」

佳乃は胸ポケットから絆創膏《ばんそうこう》を取り出した。

それを見た彼は、にっこりと顔をほころばせる。

「ああ、ありがとう。さっき書類の端で切っちゃってね。地味に痛いんだよね、こういうの。悪いけど貼ってもらってもいいかな？」

　そう言って、本城が人差し指を佳乃のほうに差し出す。その屈託《くったく》のなさに、つい「はい」と返事をしてしまっていた。

　なるべく近づきたくないけれど、承諾してしまった以上は致し方ない。

　佳乃は身体を少しだけ前に乗り出し、極力指先が触れないようにしながら、傷口に絆《ばん》創膏《そうこう》を貼る。

　たったそれだけの事なのに、一気に心拍数が上がったのがわかった。緊張のせいか、自然と眉間に力が入る。

「きつくありませんか？」

「ぜんぜん」

「……終わりました」

「ありがとう。助かったよ」

「いえ――」

　体勢をもとに戻そうとしたとき、本城が突然佳乃の手を掴《つか》んできた。

「なっ……何を――」

　本城の深い焦げ茶色の瞳が目前に迫る。五年前に感じた彼の熱い体温の記憶が、瞬《また》く間に佳乃の身体中に蘇《よみがえ》ってきた。

「清水さん、憶えてるかな？　五年前のあの日、君は僕の手が好きだって言ったね。大きくてゴツゴツしてるのが、すごくいいんだって……。ついでに指も褒《ほ》めてくれたっけね。長くて節くれだってるところがたまらない。そのあと、君が何て言ったか今でもはっきりと憶えてるよ。君はどう？　よかったら、もう一度口に出して言ってくれないかな？」

彼の視線が、ねっとりととける蜂蜜のように佳乃の中に流れ込んでくる。視線だけで丸裸にされそうな勢いで凝視され、たじろいで身体ごと横を向いた。

ほんの一瞬のうちに、またしても態度や表情が変わる。それればかりか、部屋の中の空気までがガラリと変わってしまったみたいだ。

豹変するにもほどがある！

ここはオフィスだからと、油断したのがいけなかった。

まさか、これほどあからさまに過去の事を持ち出してくるとは……。

しっかりと握られている手から、本城の体温が伝わってくる。頬が火照《ほて》るのを感じて、佳乃は思わず唇を噛みしめた。

「もしかして忘れたのかな？　何なら、代わりに俺が言おうか？」

本城が〝俺〟と言った事で、今目の前にいるのは「七和コーポレーション」代表取締役兼ＣＥＯの彼ではないと悟った。

佳乃は本城のほうに向き直り、彼の目を真っ向から見つめ返した。

あの日、自分が言った言葉なら、一言一句はっきりと憶えている。

『触って。私のぜんぶ。外側だけじゃなく、中も……奥の奥まで――』

だが、さすがにそれを口に出して言うのはためらわれた。そんな気持ちが伝わったのか、本城が片方の眉を上げてにんまりと笑う。

「ふぅん、どうやら憶えているみたいだね？」

彼の口車に乗せられ、うっかりそれを思い浮かべてしまった自分の馬鹿さ加減に腹が立った。

彼は佳乃が黙っているのをいい事に、さらに強く手を握ってくる。佳乃は心臓が跳ね上がるのを感じながらも、どうにか平静を装《よそお》って口を開く。

「……本城代表。私がここにいるのは、仕事をするためであって、遠い過去の話をするためではありません」

「遠い過去？　なるほど……よかった。その様子を見ると、君は俺との遠い過去を、ちゃんと覚えてくれているみたいだね」

意味ありげに微笑まれ、わずかに頬が震える。平常心を保とうと努めているのに、どうしても表情が硬くなってしまう。怒りと羞恥《しゅうち》が入り混じった感情が、佳乃の心を掻き乱そうとする。

「本城代表、手を離してくださいませんか」

「なんで？　もう少しこのままでいたいんだけど、ダメかな？」

一度目を合わせてしまった以上、こちらから視線を逸《そ》らしたくなかった。

もっと毅然《きぜん》とした態度をとらなければと思うのに、近すぎる距離を意識してしまう。

こちらを見る本城の視線が、佳乃の瞳からゆっくりと唇に移動していく。唇がじんわりと熱くなり、微かに指先が震える。

本城の顔に浮かぶ艶《なま》めいた表情に、いてもたってもいられなくなった。

「……本城代表！」

声に最大限の非難を込めて、彼を睨《にら》みつけた。本城の視線が唇を離れ佳乃のものとぶつかる。同時に握られていた手が自由になった。即座に手を引っ込めてソファに深く座り直す。

佳乃を見る本城の表情は、いつの間にか穏やかな微笑みに変化していた。

「わかったよ。僕は何も君を困らせようと思っているわけじゃないからね」

〝俺〟が〝僕〟に戻り、本城の顔から不遜《ふそん》な色が消えた。

「さぁ、冷めないうちにコーヒーをどうぞ。データは共有フォルダーの中かな。パスワードを教えてもらえる？」

朗《ほが》らかな声で仕事の話をされて、それまでの緊張が一気に解けた。

（何なのよ、もう！）

大いに憤《いきどお》りを感じながらも、佳乃は気を取り直してテキパキと質問に答えた。

本城がテーブルの傍《かたわ》らに載せたノートパソコンを操作する。その顔が、みるみるうちに仕事モードに変わっていった。その鮮やかなまでの変わりようを、佳乃は半ば呆れながら見つめる。

「うん、ありがとう。仕事が速くて助かるよ」

突然現れたビジネスマンとしての彼は、思わず見惚れてしまうほど凛々《りり》しい表情を浮かべている。

佳乃は置かれているカップに視線を移し、それに手を伸ばした。

「いただきます」

まだ湯気が立っているカップに口をつけ、コーヒーを一口飲む。

「熱っ……！」

思わず小さく声が出てしまい、あわてて口を閉じる。

他の事に気をとられすぎて、うっかり自分が猫舌である事を忘れていた。今さら吐き出すわけにもいかず、熱いのを我慢して口の中のコーヒーを飲み込んだ。

「……なるほど、よくできた資料だ。今日中に目をとおして、いろいろと検討させてもらう。それから清水さん、社長から『パンジーマート』の件は君もすべて把握していると聞いているけど」

「はい、そのとおりです」

「パンジーマート」とは、主に中部地方に店舗を展開する小売業者だ。規模は小さいが、地域密着型の店舗展開が人気を呼び、周辺住民に長く親しまれている。しかし、ここ数年は近隣にオープンした大手スーパーに押され気味で、打開策がないまま、ここ数年業績を落ち込ませていた。後継者の問題などもあり、半年前に「パンジーマート」の社長である北島《きたじま》から村井に経営や今後に関する相談を持ちかけてきたという。

村井と北島は学生時代をともに過ごした旧知の仲であり、同業でありながら反目する事なく個人的に付き合いを続けてきた間柄と聞く。

話し合いの末、村井は北島の同意のもと取締役会に「パンジーマート」とのＭ＆Ａ——企業の合併・買収を提案した。提案は無事決議されたが、問題はその進め方だった。

「パンジーマート」は創業七十年になる老舗《しにせ》で、古参社員が少なくない。

村井はそれらの社員をそのまま受け入れるつもりでいたが、高石がそれに難色を示し、大規模なリストラを提案した。

その理由は経費節減だが、本当の理由は別にある事は容易に想像がつく。おそらく彼は、今回の合併を機に村井派の人数が増えて勢力を増すのを恐れている。

高石が声高《こわだか》にリストラを主張するのには、彼のそんな思惑が見え隠れしていた。

『頭が固い古参社員など切り捨てるべきだ』

『いや、会社の歴史を知る古参社員を上手《うま》く使って、今後の事業拡大に役立てるべきだ』

両者はそれぞれの派閥を巻き込み、協議を重ねてきた。しかしながら、お互いが納得のいく落としどころが見つからず、M&Aは暗礁《あんしょう》に乗り上げた状態になっていた。

そんな中、村井が入院する事となり、戦線を一時離脱する格好になってしまったのだ。

「『パンジーマート』の件は、社長からいろいろと聞いている。僕も独自に調査して、今後の方針を考えてみた。一度、北島社長と直接会って話そうと思うんだが、今週中にアポイントを取っておいてくれないかな？」

実のところ、本城のスケジュールは、ほとんど空《あ》き時間がないくらい詰まっている。しかし「パンジーマート」の件は他を先送りしてでも優先させるよう村井から言われていた。

「承知しました。決まり次第お知らせいたします」

「ああ、頼むよ。……しかし、取締役会でM&Aの件はとっくに決まっているのに、いまだにグズグズと話し合いが続いているのはどうかと思うな。清水さん、この件に関する君の意見を聞かせてもらいたい」

佳乃は、ここぞとばかりに自分の考えを本城に伝えた。それは、ほぼ村井と同意見でありながら、佳乃なりに最善と思われる策を付け加えたものだ。

「――なるほど。じゃあ、君は概《おお》ね社長と同じ考えを持っているという事だね」

「はい」

「しかし、対象者を『パンジーマート』側だけに絞らないのなら、リストラもやぶさかでない、と」

「はい、そうです」

「そうか。君の考えはわかった。ちょっと、いろいろと考える余地がありそうだな――」

本城が少し考え込むようなそぶりを見せたとき、デスクの上に置いていたらしいスマートフォンの着信音が鳴った。

やけに陽気なメロディから、プライベート用の番号にかかったものだと思われる。

本城がデスクに近づいてスマートフォンを手に取る。まるでランウェイを歩くパリコレのモデルみたいな身のこなしに、つい目を奪われてそのまま見入ってしまう。

彼の意識が電話に逸《そ》れると同時に、佳乃は我知らずほっと安堵のため息を吐く。思えばこの部屋に入ってから、一時も気が休まらなかった。コーヒーをひと口飲み、窓際に立つ本城の肩越しに窓の外を眺める。

「ああ、君か。その節はどうもありがとう。……うん、そのうちたっぷりとお礼をさせてもらうつもりだ。……うん、何がいい？　……そうか、了解。今度薔薇《ばら》の花束をそえて君の自宅宛てに送らせてもらうよ。……もちろん、近々顔を出すよ。約束する」

やりとりを聞いている佳乃の眉間に、うっすらとした縦皺《たてじわ》が寄る。

話す内容や口調からして、やはりプライベートの電話に違いない。自宅宛てに薔薇《ばら》の花束を送るだなんて、相手は十中八九女性だ。

会話の様子だと電話はすぐに終わらないだろう。彼のプライベートなど聞きたくもない。

こちらの話はもう終わっているのだから、これ以上ここに留まっている必要はないだろう。

佳乃はすっかりぬるくなったコーヒーを一気に飲み干すと、空《から》になったカップを持って立ち上がった。そして、まだ通話中の本城に一礼し、そそくさとドアを開けて廊下に出る。

ドアを閉める前に本城を見たとき、こちらを見て何か言いたそうな顔をしていた。しかし、何かあれば内線を入れてくるだろう。

（それにしても、薔薇《ばら》の花束って……。いったいどこの色男よ！　それに、あの声……ちょっとデレデレしすぎだと思うけど。執務室を寝室かどこかと間違えてるんじゃないの？）

頭の中で悪態をつきながら、佳乃は廊下を歩き進む。しかし、すぐに自分が感情的になりすぎていると反省した。とはいえ、やはり本城は危険だ。

たとえ専属秘書であっても、今後は十分すぎるほどの距離を保って仕事をし、できる限り自衛手段を講じたほうがいいだろう。

本城が「七和コーポレーション」に来たのは偶然の巡《めぐ》り合わせと思っていた。しかし、彼の言動を考えると、違う可能性も出てくる。

（もし、偶然じゃないとしたら？）

何気なく思い浮かんだ考えが、一瞬にして佳乃の頭の中に広がる。

もし仮に、彼が五年前の事をいまだに根に持っているとしたら？

または偶然の再会だったとしても、顔を合わせたのをきっかけに過去の怨恨《えんこん》が復活してしまったのだとしたら？

（えっ……。それって……ちょっとヤバいよね……）

もしかすると、彼は佳乃に対して何らかの復讐を考えているのかもしれない。だから、あんなふうに突然態度を変えて佳乃に迫り、過去の出来事を思い出させるような台詞《せりふ》を口にしたのではないだろうか。

にわかに不安になりつつも、今は就業中だ。本城が何かを企《たくら》んでいるにせよ、とりあえず仕事に戻らなくてはならない。

デスクに戻り席に着いた途端、左前方から小さく舌打ちをする音が聞こえてきた。そこには舞の席がある。辺りに漂《ただよ》っている匂いから察するに、デスクでマニキュアでも塗っていたのだろう。

副社長の娘である彼女だが、一応は正規の入社試験を経て採用されたと聞いている。しかしながら、典型的なお嬢様育ちであるらしい舞は、どう見てもビジネスにおける能力ややる気が足りていないように思う。入社当初、教育係として適切な教え方をしたつもりだが、舞は一向に態度を改める様子を見せず、いまだ評価できるほどの成長を見せていない。

(やれやれ……。なかなか上手《うま》くいかないな)

副社長の娘だからと言って特別扱いしない佳乃を、舞が陰で「ヒステリーおばさん」と呼んでいるのは百も承知だ。できれば良好な関係を築きたいと思うが、現状では望むべくもないだろう。

彼女とは七つも年が離れているのだから、ジェネレーションギャップがあるのは否《いな》めない。しかし、それを陰でネチネチと話のネタにされるのは正直ちょっと鬱陶《うっとう》しかった。だけど、業務に支障をきたさない限り、舞については大目に見るよう丸越から言われている。

佳乃は舞へ注意を向ける事なく受話器を取り、早々にパンジーマートの秘書課に連絡を入れた。ちょうど電話口に出た社長秘書とスケジュール調整をし、金曜の午後に訪問の約束を取り付ける。その事を告げるべく本城に内線を入れるが、彼は離席中のようで電話に出なかった。

（まさか、まださっきの電話が続いてるとか？）

呼び出し音は途切れる事なく聞こえ続けている。

あとスリーコールだけ待とう。

そう思いながら呼び出し音を聞き続ける。結局、内線は取られず、佳乃は無意識に眉間に皺《しわ》を寄せて受話器を置く。

「清水主任、ちょっと――」

それからしばらく経ったのち、丸越が自席から佳乃に手招きをしてきた。席を立ちデスクまで行くと、彼はいかにも困り果てた様子で佳乃を見る。

「今、高石さんから連絡があってね。今日は副社長に頼まれたお使いをして、そのまま直帰するそうだよ。だから、その……あとはよろしくって言ってきたんだけど」

「またですか？」

佳乃は舞の席を振り返った。いつの間にいなくなったのか、デスクの上は綺麗に片づいている。

「うん、申し訳ない！」

丸越が肩をすくめ、拝むようなポーズを取る。

いくら副社長の娘だからといって、秘書課全体として割り振られている業務を軽んじるような行動は困る。そもそも、事前連絡もなしに担当業務を放棄するなど、秘書としてあるまじき行為だ。

当然、その皺《しわ》寄せが他の秘書にいくわけだし、ここのところ同じような迷惑行為が頻発している。

これについては、再三丸越に注意してくれるよう頼んでいた。もちろん、その前に佳乃自身からも舞に何度となく注意している。しかし、毎回その場限りの返答をするばかりで、まったく改善が見られない。

そればかりか、結果的に佳乃に対して、より反抗的な態度をとるようになってしまっている。

「これじゃあ、他の秘書に示しがつきません」

「わかってる！　わかってるけど、ここはひとつ、僕に免じて……お願い！」

実のところ、こういう事を見越して舞にはさほど重要な業務を割り振りしていない。それでも、やらされるほうはそれなりに迷惑をこうむるし、モヤモヤとした気持ちが溜まる一方だ。

（何が〝僕に免じて〟よ！）

村井派か高石派かと問うなら、もともと丸越はどちらの派閥でもなかった。それは、あえてそうしているというよりは、保身と日和見《ひよりみ》のためにどっちつかずの立場をとっているだけだったようだ。

しかし、ただでさえ舞に対して強く出られなかった彼は、村井が不在の今は高石派寄りの立場をとるようになっている。

その結果、丸越はますます舞の自分勝手な行動を黙認する事が多くなっているのだ。

佳乃は諦めてデスクに戻ると、去年の新卒である平田《ひらた》に視線を向けた。彼女は、教育係だった岡に倣《なら》って業務を丁寧にこなし大いに役立ってくれている。一瞬彼女に舞の残りの業務をお願いしようと思った。けれど、結局は頼まずに自分でやって終わらせてしまう。そんな自分を残念に思うものの、仕事を振る事への苦手意識が先立ってしまったのだ。

気を取り直し「パンジーマート」の件で再度本城に内線を入れた。

『はい、本城です』

今度はツーコールで本人が出た。

佳乃は用件を伝え、通話を終えようとした。

『あ。そういえば、さっき副社長が秘書についてあれこれ言ってたよね。連れ歩くには華やかな女性が好ましいとかなんとか……』

「はい。そうおっしゃっていました」

高石の不用意な発言は、今日にはじまった事ではない。今の時代にそぐわない言動は、せめて社内だけに留めておいてほしいものだ。

『あのあと、僕は「僕が秘書に求めているのは、外見ではなく中身です」と言った。それについてだが、僕は決して君が中身だけの秘書だと言っているわけじゃないよ。君は、その……うん、まあ……とにかくその事だけは伝えておこうと思って』

会話が終了し、受話器が置かれる音が耳元で聞こえた。

佳乃は、ゆっくりと受話器を戻しながらぱちぱちと瞬《まばた》きをする。

（今の何？　まさか、フォローしてくれたの？）

考えるうちに何だか口元が緩《ゆる》んできた。どうであれ、あれこれと言い訳するわけでもない伝え方は好感が持てる。

（そういえば、そろそろカットに行かないと）

首の横で揺れる毛先を摘《つ》まみ、ふとそう思った。

（それに、ぼちぼち夏物の通勤着も新調しなきゃだよね）

別に、本城の発言を意識したわけではない。けれど、秘書としてこれまで以上に仕事に打ち込むためにも、身だしなみにはいっそう気をつけようと思う佳乃だった。

◇◇◇

敦彦が住む新築のマンションは、地上二十四階建てで国内の重要な公共施設が集中する地域にある。そのため、都心でありながら驚くほど緑豊かで、秋の夜ともなれば虫の鳴き声が聞こえてくるくらいだ。

専有面積は、およそ百八十平米。エレベーターホールを含め、ワンフロアに一戸のみの設計なので、セキュリティはもちろんプライバシーも完全に守られている。

「清水佳乃……ようやく追い詰めたぞ」

窓際に立ち、眼下に見える街並みを見下ろす。

出だしは上々だった。

五年ぶりに再会した彼女は、顔面が蒼白になるほど驚いていた。実際、受けたショックを隠し切れず、若干上ずったような声で話していた。きっと、平常心を保とうと必死だったに違いない。

午後からは比較的冷静に振る舞っていたが、こちらが揺さぶりをかけるたびに、綺麗な眉間に皺《しわ》が寄るのを見るのは楽しかった。

数多くの取材を受けてきたが一貫して顔出しＮＧにしてきたのは、彼女のあんな顔を見たかったがためだった。

いつの日か、必ず再会すると心に固く誓っていたし、この五年間その信念が揺らぐ事など一度たりともなかったと断言できる。

自身をここまで導いてきたのは、「ただ、もう一度会いたい」という単純かつ不可解なほど根深い想いがあってこそだ。

（くそっ……五年だぞ？　せいぜい今の状態に戦々恐々《せんせんきょうきょう》とするがいい）

道を行く赤と白の灯りを見つめながら、敦彦はこれまで幾度となく再生した過去の記憶を蘇《よみがえ》らせる。

共通の飲み友達を介して「七和コーポレーション」の社長と知り合い、トントン拍子でCEOに就任する話がまとまった。

彼と話をするうちに、思いがけず捜し求めていた女性が同社の社長秘書だとわかり、雄叫《おたけ》びを上げそうになるくらい歓喜したのが、今から半年前の事。

これまで溜め込んできた鬱々《うつうつ》とした想いを、思い切りぶつけて彼女を震え上がらせてやる――捜し当てた当初は、確かにそう思っていたはずだ。

しかし、実際に彼女と再会したら、そんな思いは一瞬でどこかに消し飛んでしまった。

執務室の前に立つ彼女を見た瞬間、駆け寄って唇を奪いたい衝動に駆られた。

できるだけショッキングな出会いを演出したくて予定より早く出社し、彼女に対してわざと思わせぶりな態度をとった。普段の自分なら決してそんな行動はとらない。だが、なぜかどうしてもそうせずにはいられなかったのだ。

我ながら、馬鹿じゃないかと思った。五年前、半日にも満たない時間しかともに過ごしていないのに、どうしてそこまで我を忘れ執着するのか——という自問自答は、飽きるほど繰り返してきた。

自分ほど成功した男が、なぜ名前も知らない女性に、これほどまでに心の自由を奪われてしまうのだろう？

その理由として浮かんできたのは「怨恨《えんこん》」と「愛慕」だ。

置いてきぼりにされて、プライドが傷ついたのは事実だ。だけど、ただそれだけの理由で五年間も追い求めたりはしないだろう——


事のはじまりは、五年前の六月。

敦彦は抱えていた大仕事を片づけ、バリ島にバカンスに来ていた。

滞在予定はおよそ一カ月。クライアントから莫大な報酬が支払われ、これまでのものと合わせると、銀行口座にはもはや一生遊んで暮らしていけるほどの貯蓄がある。

これからは報酬よりも自分が本当にやりたいと思う依頼を厳選して引き受け、時間に余裕のある生活をする——そう決めて、それまでのただがむしゃらに突っ走って来た生活をリセットするための旅行だった。

ちょうど、自分の人生にひとつの節目が来ていたのだと思う。

そんなとき〝清水佳乃〟に会った。

外見はどちらかといえば地味なほうだし、これまで関わってきた女性達と比べても、なんら目立った印象は持たなかった。

しかし、縁あって彼女と夕食をともにする事になり、店を探しながら街中を散策しているうちに、彼女がとても頭のいい女性である事がわかった。

むろん、それだけではない。

彼女は、あらゆる面でこれまで知り合った女性とは違っていた。向けてくる笑顔は自然だし、まったく媚《こ》びてこない。少々抜けているところはあるが、気が利くし上品で、本当の意味で育ちがいいのだと感じた。

それに、こちらが驚くほど話題が豊富で、気がつけばお互いに気を許し、広く深く話をしていた。

ディナータイムになった頃には、かなり親密さが増していたように思う。

話しているうちに、彼女の恋愛に関する話題に移り、途中で盛大に泣き出されたときはびっくりした。聞けば、少し前に二股をかけられていた恋人と別れたばかりだと言う。

正直言って、多少の下心がなかったと言えば嘘になる。

だけど、失恋で弱っているところにつけ込むような真似はしたくなかったし、とりあえず落ち着いたらホテルまで送って行こうと思っていた。

しかし、だ。

なかなか泣き止まない彼女の顔を覗《のぞ》き込んだとき、女性に対して生まれてはじめて「可愛い」と思ってしまった。自分の変化に戸惑っているうちに、さらに大泣きされ、結局自分が泊まっていたホテルに連れ帰ったのが午後十時頃だったろうか。

そのときにはすでに、ただただ泣き続ける彼女を愛おしいと感じ、気がつけばキスをして全力で口説《くど》いていた。彼女はそれに応《こた》え、自分からもキスを返してくれた。

そのあと彼女と分かち合ったのは、それまで生きてきた中で最高の性的な欲望と快楽。

ただひとつ不思議だったのは、それほど親密な関係になっているのに、彼女がお互いの素性を隠したままにしておきたがった事だ。

敦彦が得られたのは、彼女が自分より三つ年上であるという情報だけ。いくらなんでも隠し立てが過ぎる。

けれど、朝が来たら素性を明かすという彼女の言葉を信じ、呑気に帰国後の付き合いについて思いを馳せながら眠りについた。

ところが、次の日の朝起きてみたらベッドの横はもぬけの殻。彼女は忽然《こつぜん》と姿を消して、それきりいなくなってしまったのだ。

この先、彼女とどうなりたいのか自分でもよくわからない。けれど、もうあの朝と同じ気分を味わうのは二度とごめんだった。

「……今度こそ、ぜったいに逃さない。じっくり追い詰めて、がんじがらめにしてやる」

敦彦は、目前のガラス窓に清水佳乃の立ち姿を思い浮かべる。そして、それを掴《つか》むべく手をゆっくりと前に伸ばし、拳《こぶし》を強く握り締めるのだった。

◇◇◇

「ふぅ……終わった……」

パソコンの電源を落とすと、佳乃は椅子に座ったまま小さくため息を吐く。

本城の秘書に任命された次の日、佳乃は一人フロアに残って残業をしていた。

昼間は本城宛の来客の対応に追われたが、その合間を縫ってこなすべき仕事を滞《とどこお》りなく終える。しかし、半年前に人事部から異動してきた後輩秘書が思いがけないミスを犯し、そのフォローのため予定外の残業を余儀なくされてしまったのだ。

(やれやれ、とにかく無事終わってよかった)

なんとか作業終了の目途《めど》がついたところで、自宅が遠方の後輩を先に帰した。

後片づけをして、佳乃は退社する旨を伝えるべくビルのメンテナンスルームに連絡を入れる。応答した顔見知りの守衛男性にねぎらいの言葉をかけてもらい、少なからず心が和《なご》んだ。立ち上がり、周りをぐるりと見回すが、むろんフロアに残っている者など誰一人いない。

（さぁて、帰ろ帰ろ……って、もう終電終わっちゃってるなぁ）

廊下を歩きながら、佳乃は頭の中で独り言を言う。やってきたエレベーターに乗り込み、何気なく鏡面仕上げの壁に映る自分を見た。そこにいるのは昼間と同じく、いかにも秘書然とした自分の顔だ。

（今日も一日、お疲れさまでした）

自分に向かって薄く微笑んだあと、操作盤の前に立ち背筋をしゃんと伸ばす。

会社にいるときの佳乃は、常に気を抜かず秘書としての自覚をもって行動している。

そして、できる限りその日の仕事は次の日に持ち越さないよう心掛けていた。

しかし、どうしても日を跨《また》いでしまう仕事は多々あるわけで、たった今終えた仕事も、本来なら明日に持ち越しても問題ないものだった。締め切りは月曜日の午後だし、作業終了の目途《めど》がついた時点で退社しても間に合っただろう。

けれど、今日は金曜日だし、ぜんぶ終わらせておいたほうがすっきりした気分で休日を迎えられる。それで、ついついこんな時間まで居残ってしまったのだ。

自分でも面倒くさい性格だと思わないでもないけれど、それが性分なのだから仕方がない。

（さて、と……。タクシー、通りかかってくれないかな）

ビルを出て、辺りの様子を窺《うかが》う。目の前には幹線道路が通っているが、金曜日の終電が出たあとという事もあり、さすがに客を待ちながら走っているタクシーなど見当たらない。

（うーん、やっぱり駅まで行かなきゃダメかなぁ……って、それも無理かも……）

駅でも空車が見つからない場合、最悪一駅歩いて深夜バスに乗って帰るしかない。間が悪い事に、少し雲行きが怪しくなってきている。

ビル風に煽《あお》られたスプリングコートの襟《えり》を正し、佳乃は駅に向かって歩き出す。それと同時に、バッグの中に入れていたスマートフォンが着信音を奏ではじめた。

（こんな時間に誰だろう？）

まさか、村井の容態が急変した？　――とっさにそんな事を思い、急いで画面を確認した。そこに表示された番号を見て、佳乃はその場に立ちすくむ。

（……智也《ともや》さん？）

黒い画面にくっきりと浮かび上がるのは、間違いなく五年前に別れた元カレの電話番号だ。

佳乃は無意識にスマートフォンを握りしめ、画面に見入った。

この五年間、向こうからは一度も連絡などなかったし、佳乃にしたら二度と話などしたくない相手だ。

（なんで今頃になって、連絡を寄こすの？）

何度も忘れようと思ったのに、いまだに頭にこびりついている十一桁の番号を目にして、佳乃の胸の中にざわざわとした緊迫感が湧き起こる。

渡利《わたり》智也――

彼は、佳乃の元カレにして「株式会社ホールサムサービス」の創業者の孫息子だ。会社はオーガニック商品の製造販売会社であり、上場もしている。

智也と出会ったのは、佳乃が大学を卒業し同社に新卒で採用された十年前。

入社してすぐに経営戦略部に配属され、当時そこの課長だった智也の直属の部下になった。

その二年後の六月、智也が同部署の取締役部長に昇格すると同時に秘書課に異動になり、退社するまでの三年間で、秘書としてのノウハウを身につけた。

立ち止まったままの佳乃の手の中で、スマートフォンは着信音を奏で続けている。佳乃は画面から目を逸《そ》らし、足元を見つめた。

はじめはただの部下と上司だったし、御曹司である智也と自分が、まさか付き合う事になろうとは思いもよらなかった。

彼と付き合いはじめたのは、秘書課に異動して一年半が過ぎた頃だったと思う。秘書になった当初、佳乃は先輩社員のサポート役をしていた。そして、なんとか仕事が板についてきたと感じはじめていたとき、智也が取締役社長に就任し、そのタイミングで彼の専属秘書になる事が決まったのだ。

一見物腰が柔らかそうに見える智也だったが、実は結構なワンマンで物事が滞《とどこお》りなく進まないと急に不機嫌になる。慣れないうちは時折つまらないミスを犯し、そのたびに智也にひどく罵倒《ばとう》された。

『それでも秘書か？　君みたいな役立たずは、はじめて見た』

『言われてから取りかかるとか、いったいどこまで馬鹿で無能なんだ』

そう言われたときは、さすがに傷ついたし、陰で幾度となく悔し涙を流した。

当時、話を聞いてくれた親友の真奈に言わせれば、智也は典型的なパワハラ上司だった。

しかし、ミスをして智也に迷惑をかけたのは事実だし、叱責されたくなければ、秘書として一人前になるしかない。

そんなふうに考えた佳乃は、叱られて落ち込んでは自分を奮《ふる》い立たせ、半年間ただがむしゃらに努力をしてスキルアップのために必要な勉強を重ねた。

そうするうちに、いつしか叱られる事もなくなり、智也から一目置かれはじめた。そして、徐々に重要な仕事を任されるようになり、時に休日さえも返上して智也の仕事をサポートするようになった。

そんなある日、取引先から帰社する車の中で、突然智也から交際を申し込まれる。そのときの佳乃は、仕事と恋愛を分けて考える余裕すらなかったのだと思う。その結果、佳乃は公私ともに智也のために時間を使うようになり、気がつけば彼の恋人というよりは、召使のような存在になっていた。

今だからわかるが、智也はパワハラ上司というだけではなく、とんでもないモラハラ男だった。

しかも、結論を言えば佳乃は智也の恋人ではなく、単なる浮気相手に過ぎなかったのだ。

そこでようやく目が覚めた佳乃は、智也に別れを告げると同時に会社を辞めた。そして、自分の馬鹿さ加減を呪い何もかもリセットするために南国の島に逃げ出した――

（……もう思い出したくもないのに……）

佳乃がそう思ったとき、ようやく着信音が止んで辺りが静かになる。ほっとしたのも束の間、今度はメッセージの到着を知らせるベルが鳴った。

佳乃は、恐る恐る画面を見る。

目に入ったのは、以前と変わらない実に簡潔な用件のみの文章だった。

『元気か？　一度会って話したい』

読み終えると同時に、胸のざわつきがいっそう強くなった。

どうして彼の番号をブロックしておかなかったのだろう？　万が一のときの事を考え、予防策を講じておく大切さは身をもって知っているはずだったのに……

後手後手に回る自分が情けなくて泣きたくなる。

それにしても、付き合っているときでさえめったに電話などくれなかった智也が、今頃になって何の用だろうか。

(会って話す？　いったい何のために？)

いずれにせよ、もう二度と話すつもりなどない。それなのに智也との主従関係がしみついているのか、今すぐに返事をしなければならないという気持ちになってくる。にわかに震えだした指先は、そんな強迫観念に抵抗する気持ちの表れかもしれない。

(返事なんかしたくない……。今さら会ってどうしようっていうの？　ぜったいに嫌。五年前、私がどんな気持ちで別れを言い出したかわかってるくせに……)

いや、自己中心的な智也の事だ。いまだに佳乃の気持ちなど何もわかっていないのかもしれない。

佳乃が、そんなふうに考えているとき、ふいに背後から声をかけられて仰天する。

驚いて振り返ると、すぐ近くにスーツ姿で襟元《えりもと》をくつろげている本城が立っていた。

「清水さん。こんなところで何をぼんやりしているんだ？」

「ほ、本城代表……」

「ああ、僕だ。今まで残業していたんだろう？　お疲れさまだったね。だけど、こんな夜遅くに人気《ひとけ》のないビル街に突っ立っていると、悪い狼にさらわれてしまうよ」

「は……はあ、そうですね」

にこやかな顔で拍子抜けするような事を言われ、佳乃はそれまでの緊張が一気に解けるのを感じた。なるほど、街灯はあるけれど辺りは薄暗いし見渡す限り人っこひとり見当たらない。まさか待ち伏せしていたわけではないだろうが、いったいなぜ彼がこの時間にこんなところにいるのだろう？

「残業って、データを誤って削除したって件かな？」

「はい、そうです」

「やっぱりそうか。君はたぶん、いろいろな業務を一人で抱え込むタイプだろう。おおかた今日中に終わらせようとして、最終的には一人でしょい込んだんじゃないのか？」

いきなりズバリと言い当てられ、佳乃は返事に窮《きゅう》し黙り込んだ。

「そんなに片意地張って頑張らなくてもいいのに。別に万能である必要はないし、もっと後輩を頼ったらいい。それと、見てて思ったんだけど、もう一歩近づいた接し方をしてあげたほうが後輩も何かと気が楽だと思うよ」

まさに自分がそうしたいと思っている事を言われ、ますます何も言えなくなってしまう。

就任して、わずか三日目で自分の問題点を指摘された。いったいいつ見ていたのかと思う反面、彼の観察眼の鋭さに舌を巻く。

「そうですね。私もそう思います」

佳乃は素直に認めた。しかし、今はこれ以上立ち話をしている場合ではない。

「では、私はこれで失礼します」

軽く会釈《えしゃく》して駅に向かおうとすると、本城が首を横に振ってそれを制した。

「ちょっと待った。もう電車は動いてないだろう？　時間も遅いから車で送ってくよ」

示された方向を見ると、路肩に白いクーペタイプの車が停まっている。

「いえ、駅前まで行けばタクシーがいると思いますので」

「タクシー？　週末の終電が過ぎた時間だぞ？　さっき駅前を通ったけど、一台も停まっていなかったよ。ほら、今にも雨が降りそうだし、とりあえず早く乗って」

伸びてきた本城の手が佳乃の右肩に触れた。そして、そのまま肩を抱くようにして車へ連れて行かれる。

「ちょっ……ちょっと――」

本城が助手席のドアを開ける。戸惑って彼の顔を見上げると、こちらを見る視線とまともにぶつかった。身長差が二十センチ近くあったはずなのに、やけに顔が近く感じるのはヒールがある靴を履いているせいだけではない気がする。

「いいから、座って。話はそれからだよ」

見つめ合ったままの彼の顔が、こちらに迫ってくる。自然と腰が引けてへたり込むみたいに助手席に腰を下ろすと、本城が満足そうに頷く。その表情は、佳乃に彼と出会った当初の事を思い出させた。

「ここからだと、君の自宅まで一時間もかからないな。以前あの辺りに友達が住んでたんだ。だから、何となくわかるよ。確か、昔からある住宅街だよな？」

「あ——はい、そうです」

本城の口調は、完全にプライベートモードだ。自宅の住所を知っているのは、上司として人事データを見たからに違いない。予測していたとはいえ、改めて彼にいろいろな個人情報が知られてしまった事を悟った。

「君は自宅で一人暮らし……だよね？」

「はい、間違いありません」

話しながら屈み込んだ本城が、車外に出たままの佳乃の両脚を腕に抱えた。そして、まるで小さな女の子の世話をするかのようにパンプスの足先を車の中に移動させる。

「えっ？　あのっ……」

彼はすぐにドアを閉めると、素早く運転席側に回った。そして、シートに座るなり車を発進させようとする。

「ちょっと待ってください！　私、やっぱり駅まで歩きます。タクシーがいなくても、一駅歩いたら深夜バスだってありますから――」

「さあ、それはどうだろう？　今から隣駅まで歩くったって、君の足じゃ走っても深夜バスには間に合わないと思うよ」

本城に指摘され、はっとして時間を確認する。

智也からの連絡にかかずらっていたせいで、いつの間にかかなりの時間が過ぎてしまっていた。

「な？　わかったら、早くシートベルトを締めて。……言っとくけど、仮にタクシーや深夜バスがあっても、君を一人で帰すつもりなんかなかった。さっき歩道で佇《たたず》んでいた君は、ひどく怯《おび》えているみたいだった。違うか？」

言われてはじめて、自分がいまだにスマートフォンを固く握りしめている事に気づく。

「黙っているって事は図星だったみたいだね。だったら、尚更君を一人で帰すわけにはいかない」

「でも――」

「いいから、シートベルトを締めて。これは上司としてのお願いだよ」

さらに低いトーンの声を出され、つい「はい」と返事をしてしまった。とりあえずシートベルトを締めて本城を見る。

「はい、よくできました。じゃ、行こうか」

にっこりと微笑んだ彼が、正面に向き直り車のエンジンをかける。佳乃は、呆気にとられたまま本城の横顔を眺めた。彼は一瞬佳乃のほうを見ると、小さく含み笑いをする。

その余裕たっぷりといった態度を見て、佳乃は漠然とした不安を感じた。

再会して三日経つが、思えば仕事以外で二人きりになるのは今がはじめてだ。

（どうしよう……。ちょっと軽はずみだったかも……）

今さらのようにそう思い、身を硬くした。

言うまでもなく、自分達の関係はあまりにも特異すぎる。彼は佳乃の直属の上司であると同時に、今思い出しても恥ずかしくなるほど濃厚な一夜を過ごした相手なのだ。

しかも、彼は五年前の事を、かなり細《こま》かいところまで憶えている。

正直どう接したらいいかわからないし、本城の意向次第で佳乃がこれまでに築いてきたキャリアや信頼が傷つく可能性だってある。

佳乃が頭の中であれこれと思いを巡《めぐ》らせていると、本城が突然こちらを向いて視線を合わせてきた。

「大丈夫。運転には自信あるし、道に迷う心配もいらない。いろいろと言いたい事はあるだろうけど、とりあえず出発しよう……あ、これ食べる？」

車を発進させる前に彼が差し出してきたものは、カラフルなパッケージに包まれたお菓子だった。

「あっ、これっ……」

渡されたそれを受け取り、まじまじと見つめる。つい声が出てしまったのは、そのお菓子に確かな見覚えがあったからだ。

「あ、覚えてた？　そのチョコバー」

五年前、佳乃は本城とバリ島の街中を散策した。そのときに買ったもののひとつが、今持っているチョコレートバーだ。

「もちろん！　だってこれ、すごくおいしかったから。友達にも評判がよくて、日本でも売ってないかと思ってネットで探したのに、ぜんぜん見つからなくって――」

そこまで言って、佳乃ははっとして口をつぐんだ。ついうっかりいらぬお喋《しゃべ》りをしてしまったばかりか、口調まで砕けた感じになってしまった。

おまけに、佳乃がそれを食べたのは、本城が滞在していたホテルの部屋。まさに彼と抱き合って、気が遠くなるほど甘美な夜を過ごしている最中だったのだ。

今さら黙ったところで口に出してしまった言葉を、なかった事にはできない。

何かしら突っ込まれる――そう思い身構えたけれど、本城は別段気にするふうでもなく頷いた。

「俺も調べてみたけど、やっぱりこのチョコバーは日本で売ってないようだな」

黙り込んだまま下を向いた佳乃だけれど、手の中のチョコレートバーが気になって仕方がない。

ちょうどそこで車が赤信号で停まった。タイミング悪く車内に流れていたＢＧＭが途切れ、佳乃が生唾を呑み込んだ音がやけに大きく聞こえてしまう。

「それ、ぜんぶ食べていいよ。前も気に入って食べてたもんな」

軽く笑いながらそう言われて、佳乃は赤くなってさらに顔を下に向けた。

確かに、ベッドで丸ごと一本平らげた記憶はあるし、帰国する前に空港で大量に買い求めたくらい気に入っていた。残業していたせいで夕飯も食べ損ねている。

（だからって……もう……私の馬鹿っ……！）

いい年をして恥ずかしいったらない。佳乃は半ばやけくそになってチョコレートバーの包み紙を破った。がぶりとかぶりつき、チョコのかけらを舌の上で転がす。甘いカカオの香りが鼻腔《びこう》に広がり、何とも言えない懐《なつ》かしい気分になった。

「あ……おいしい……」

思わずそう呟いて、ほっと一息吐く。それくらい、喉元を通る甘さが心地よかった。

「よかった」

本城が、同じくらい小さな声でそう言うのが聞こえた。

それからすぐに信号が青になり、車がまた動き出す。何気なく運転席のほうを見ると、彼は口元にうっすらと笑みを浮かべながら運転を続けている。

車が大通りを抜け、高速道路に入った。本城が車を一気に加速させる。流れていく窓の外の景色が、いつになく色鮮やかに見えた。

佳乃は、あえて本城のほうを見ないままチョコレートを齧《かじ》り続けた。そして、彼がどういうつもりでいるのかを、改めて考える。

この三日間、仕事をしているとき以外は、ずっとその事ばかり考えていた。

しかし、あれこれと憶測したところで、佳乃に本当のところはわからない。結局のところ本人に直接聞くしかないのだが、いったいどう切り出せばいいのか……

(もしかして、今後ずっとこんな感じで続いていくのかな?)

だとしたら、下手《へた》につつかないほうがいいのかもしれない。

いっその事、このまま知らんぷりをしてしまおうかとも思ったが、今の状態が続けばきっとメンタルが持たないだろう。

(はぁ……いったいどうしろっていうの……)

チョコレートバーの最後の一口を食べ終え、手の中の包み紙を小さく折りたたむ。

ずっと姿勢を正していたせいで、ちょっと背中が凝《こ》ったみたいだ。

ここまで来てしまったら、もう途中で降りる事はできないだろう。

佳乃は諦めて、ゆっくりと助手席のシートにもたれかかる。まるで極上のソファのような座り心地のよさを感じて、佳乃は何度か身じろぎをしてみた。

仕事柄、高級車には乗り慣れているが、これほど快適に感じた事はなかった。車のグレードもさる事ながら、本城の運転技術の高さも乗り心地のよさに一役買っているのだと思う。

ふと近づいてくる標識を見ると、自宅までちょうど半分の位置まで来ていた。車は滑るように走り続け、本城も何も言わず車を走らせている。聞こえてくるＢＧＭは、静かなチェロの調べだ。

それに聞き入っているうちに、にわかに睡魔が襲ってきた。まさかの事態に、佳乃は何度も瞬《まばた》きをして眠気を飛ばそうと試みる。

（寝ちゃダメ！　ここで寝るなんて、ぜったいにありえないから！）

必死になって目を見開き、手の甲をきつくつねって抵抗を続ける。しかし、どうにも堪《こら》えきれず、左目だけ閉じて眠気を誤魔化そうとしてみた。

イルカやアホウドリは、片方の目だけ開けたまま眠る事ができるらしい。その真似事だが、人間の佳乃には所詮無理な話だったみたいだ。

（何か考え事……。そうだ、しりとり――）

佳乃は眠気を紛《まぎ》らわせるために、頭の中でしりとりをはじめる。

しかし「る」のつく言葉で長く詰まったのがいけなかった。

思考が途切れ、いつの間にか両方の目蓋《まぶた》が下りて穏やかな暗闇の中に包み込まれる。

車が緩《ゆる》い右カーブに差しかかり身体が傾いたとき、佳乃の意識は遠心力とともにどこか遠くへと吹き飛んでしまったのだった。


「清水さん」

ジャリジャリという石ころがこすれ合う音とともに、肩をそっと揺すられたような気がした。

「ん……」

ゆっくりと目を開けると、佳乃は目前の風景を、ぼんやりと見つめた。そして、はっとして飛び起きるが早いか、隣に座る本城と目を合わせた。

「えっ？　こ、ここって……」

「うん、君の家だよ。もう夜中だし道幅も狭かったから、悪いけど庭先まで車を入れさせてもらった。よかったかな？」

急いで辺りを見回すと、見覚えのある自宅前庭の風景が広がっていた。

「あ……はい！　それは大丈夫です。ここはもともと駐車用のスペースですから……」

聞こえてきた声のおかげで、今の状況がはっきりと理解できた。

なんという不覚！　あれほど寝ないよう頑張ったのに、結局はすっかり眠りこけてしまうなんて。

いったい、どんな寝顔を晒《さら》していたのやら……。

佳乃は寝乱れていた姿勢を正し本城を見る。

（ま、まさか、よだれとか垂らしてなかったでしょうね？）

何気なく口元に指をあててみたが、幸いそれだけは回避できたみたいだ。

「本当は起こさずに、しばらくこのまま眠らせてあげようと思ったんだけど、あいにく玄関のセンサーが反応して灯りが点いちゃってね。ご近所の手前もあるだろうし、起こさせてもらった」

見ると、玄関の上に取り付けてある防犯用ライトが、点灯している。庭木や壁があるから、さほど近所迷惑にはならずに済んでおり、佳乃はほっと胸を撫でおろす。

「そうでしたか。……あの、申し訳ありませんでした。私とした事が、まさか助手席で寝てしまうなんて……」

「よほど疲れていたんだろう。俺はぜんぜん構わないよ。それにしても、情緒あるお宅だね。薄暗くてよく見えないけど、すごく趣《おもむき》がある建物だっていうのはわかるよ」

本城が目の高さを低くして、あたりに視線を巡《めぐ》らせる。

「ありがとうございます。ここはもともと私の母方の叔父の家なんです」

「ふうん。じゃあ、君はここをそっくり借りあげているわけだ」

「はい。叔父夫婦は十年前に海外に移住したので——」

テンポよく質問を投げかけられ、佳乃は機械的に答え続ける。まだ完全には覚醒していないのか、それだけで精一杯だった。

「なるほど。庭も立派だ。これだけのものだと、維持するのも大変だろう？」

「叔父はもともと植木職人で、ここで植木を育てていたりしたんです。今は知り合いの職人さんが定期的に来て、メンテナンスをしてくれているんです」

「そうか。今度はもっと早い時間に来て庭を鑑賞させてもらいたいな。……それはそうと、いいかげん我慢の限界なんだけど」

「えっ？　我慢の限界って——」

「俺と君の仲だ。ここまで来たからには、今さら持って回った言い方はしないよ。……いったい、いつになったら五年前の言い訳をしてくれるんだ？　それとも、このままらばっくれて、なかった事にするつもりか？」

ハンドルにもたれかかっていた本城が、ふいに佳乃のほうへ身を乗り出した。

「……えっ……？」

突然の事に、佳乃はシートの背もたれに身体を押し付け、息を潜《ひそ》めた。目の前までできた本城の顔に、苦渋《くじゅう》の表情が浮かぶ。目と鼻の先に近づいてきた彼の瞳が、こちらをじっと見つめてくる。その視線が唇のほうに移動したと思ったら、もう唇が重なっていた。

「――んっ……」

シートに身体がはまり込んでいるから、容易に逃げ出せない。どうにか顔を背《そむ》けて息を継いだものの、すぐに引き戻されてまたキスをされる。顎《あご》をしっかりと掴《つか》まれてどうにもできずにいると、口の中に彼の舌が入ってきた。

「あ……んっ……」

背中を反《そ》らそうとするけれど、上手《うま》く力が入らない。佳乃の両手は、本城を押しのける事もできず中途半端に宙を彷徨《さまよ》っている。そうこうする間に、彼の手が佳乃の太ももに触れた。途端に身体が小刻みに震え、呼吸が乱れる。

はじめて彼に触れられたときの感覚が肌の上に戻ってきて、身体の中心が熱く火照《ほて》るのを感じた。

こんな感覚は、もうずいぶん味わっていなかった――と言うより、五年前、本城に抱かれて以来、一度もない。

佳乃はようやく本城を押しのけるべく彼の肩を掌《てのひら》で押した。けれど、彼の身体はびくともしない。それどころか、かえってかつて触れた筋肉の硬さを掌《てのひら》に蘇《よみがえ》らせてしまった。

唾液で濡れた唇を強く吸われる。

聞こえてくる水音が淫《みだ》らすぎて、胸の先がチクチクと痛んできた。

「ん……ふぅ……」

声なんか出すつもりはなかったのに、甘い吐息が口から零《こぼ》れ落ちてしまう。

「相変わらず感じやすいね。君は、あのときもそうだった。それは、今も変わらないみたいだ」

本城にそう言われて、佳乃の頬が一気に赤く染まる。

彼に指摘されるまでは自分がそうだなんて知らなかった。

本城の手が、佳乃の太ももから腰骨のほうに移動していく。ストッキングの上からショーツの縁を撫でられる。彼の指先が、行きつ戻りつを繰り返し、思わせぶりにピタリと止まった。

ワザと焦《じ》らしている——

とっさにそう思ったのは、五年前の夜にも同じ事をされたのを思い出したから。本城を見ると、案の定こちらの反応を窺《うかが》うような表情を浮かべていた。

「前にくらべて、ずいぶんと自制が利くようになったろ？　これも君のおかげかもな……。なんせ、あのときからもう五年も経ってるんだ」

過去を呼び起こすような台詞《せりふ》を吐かれ、苦労して封じ込めていた記憶が一気に蘇《よみがえ》ってきそうになる。息をつぐ暇もないくらいキスを求められ、気がついたときにはシートベルトを外されて彼の腕の中に包み込まれていた。

貪《むさぼ》るようなキスに酔い、佳乃は喘《あえ》ぎながら懸命に頭を振る。

「……や……め……」

「やめろって？　嘘だね。その顔は、もっとしてほしいって顔だ。そうだろ？」

彼の指が少しずつ脚の付け根に移動しはじめる。

「本気でやめてほしければ、力ずくでどうぞ。殴るなり蹴るなりしてくれて構わないよ。……もし、本当にそうできれば、だけど」

やけに強気な発言をされて、言われたとおり彼を押しのけようとした。しかし、まるで手に力が入らず、逆に彼の胸に縋《すが》りついてしまう。

執拗《しつよう》に唇を重ねられるうちに、我知らずため息のような甘い声を出していた。

全身が熱くざわめき、忘れ去っていたはずのセクシャルな感覚が身体の奥に蘇《よみがえ》る。指先や耳朶《じだ》といった身体のありとあらゆる末端が痺《しび》れ、言いようのない高揚感が理性を凌駕《りょうが》しはじめた。

「あのときとまるで同じだ。君とのキスは、チョコレートの味がする」

無理をして目を見開いているから、キスを逃れようとしながらも幾度となく本城と目が合ってしまう。そのたびに彼の強すぎる視線に晒《さら》され、否《いや》が応《おう》でも心の奥に潜《ひそ》む被虐的な欲求が刺激される。

じわじわと攻められ、気がつけばまるで腑抜《ふぬ》けたように彼に組み敷かれていた。しっかりしなければいけないとわかっているのに、気分はもう獅子《しし》に捕らえられた草食動物みたいだ。

「そろそろ聞かせてもらってもいいかな？　……どうしてあのとき、黙っていなくなった？　なぜ名前も何も残さずに、俺の前から消えてしまったんだ？」

本城の指先がビキニラインを越えて、少しずつ恥骨のほうへ近づいていく。強い視線で瞳を覗《のぞ》き込まれ、完全に身動きが取れなくなった。

「返事は？　この期《ご》に及んで、だんまりをとおすつもりか？　言わないというのなら、奥の手を使って無理やり言わせる事だってできるんだぞ？」

下腹の上で留まっていた本城の手が、少しずつ上に向かって動き出す。腰のラインを過ぎるときに、彼の手がブラウスの中に入ってきた。ブラジャーの下端がめくられ、入り込んできた指先が膨らみのはじまりをそっと引っ掻く。心臓がドキリと跳ね上がると同時に、彼の指が佳乃の脇腹を撫で下ろした。

「ひゃっ！」

くすぐったさを感じた佳乃は、思わず仰《の》け反《ぞ》って悲鳴を上げる。その反応を見て、本城が指の動きを速めた。

「あ、あ、やっ、やあああ！」

突然まったく違う攻撃を受けて、佳乃は身をよじって笑い転げる。大きく見開いた瞳の先に、本城のいたずらっ子のような顔が見えた。執拗《しつよう》にくすぐり続ける彼の顔に、不敵な笑みが浮かぶ。

「あいかわらず、くすぐったがりだな」

「あ……あいかわらず……？」

言われてみれば、そうだった。彼は五年前も話の途中で、それとなく佳乃の脇腹をくすぐって大笑いさせてきたのだ。確かあれは、失恋を嘆く佳乃をなんとか笑わせようとしてくれているときだった。

佳乃がそんな事を思い出していると、本城がまた脇腹を緩《ゆる》く掴《つか》んでくる。

「ひゃっ！　や、や……ふひゃっ！」

「どうだ、少しは話す気になった？　もう一度聞くけど、あのときどうして何も言わずに俺の前からいなくなってしまったんだ？」

さらに激しくくすぐられ、佳乃は頭を天井にぶつける勢いで飛び上がった。

どうにも制御できない感覚の前では、理性なんて無力だ。これ以上耐えられないし、笑いすぎて目に涙が浮かんでくる。

「い……言う……。言います！　だっ……だからもう勘弁してっ……」

懇願して、ようやく本城の指が止まる。

下を向き、何度か深呼吸をして徐々に落ち着きを取り戻すと、佳乃は覚悟を決めて顔を上げた。

てっきり笑っていると思っていた本城の顔には、思いがけず真剣な表情が浮かんでいる。

最初こそ適当に誤魔化してしまおうと思っていた佳乃だったが、到底そうできる状況ではない事を悟った。

「……どうしてか、って……。所詮、私と本城代表の関係って旅行先でたまたま会っただけのものですよね？　もちろん、助けていただいた件については、心から感謝しています。一緒に過ごした時間が、すごく楽しかったのも事実です」

佳乃はできる限り正直な思いを伝えようと、慎重に言葉を選びながら話した。

「でも、当時の私は男の人なんてもうコリゴリだって思っていました……。それなのに本城代表と出会って、一緒にいるうちに離れがたく思ってしまって……。でも、相手は年下で、いかにも女性に慣れている様子で……」

当時、佳乃は本城に元カレと別れたいきさつを大まかに話していた。むろん、詳細はすべて伏せた上だったが、辛い気持ちは十分に伝わったはずだ。

失恋の痛手を負った女性が、旅先でナンパ男に引っかかって一晩をともにした――つまりはそういう事であり、特別珍しくもない、どうしようもなく陳腐《ちんぷ》な話だ。

「――あのとき、本城代表の宿泊先に行ったのは、間違いなく自分の意思でした。でも、こんな関係に未来なんかあるはずがない……どうせ一晩限りの関係なら、お互い何も知らないまま別れたほうがいいと……そのほうが記憶から消し去ってしまいやすいと判断したので――」

自分なりに誠意をもって当時の気持ちを話した。けれど、どんなに言葉を尽くしても、その裏に隠れた複雑な想いまでは到底言い表す事ができない。

「ふぅん、そうか。君にとって俺はゆきずりの男にすぎなかったって事か。だけど、俺は違った。俺は君とあの場所で会ったのは必然だと思った。はじめて会って、ほんの十数時間を過ごしただけだけど、その場限りの関係で終わらせようとは思ってなかった。だから、朝起きて君がいなくなったと気づいたときは、ものすごくショックだったよ。だって、約束したよな？　『朝起きたらぜんぶ言う』って」

佳乃は改めて本城と目を合わせた。いったい、どう言えばあのときの苦渋《くじゅう》を伝えられるのだろう？

淡々と語る本城の顔には、うっすらとした笑みが浮かんでいる。

その表情の意味を計りかねて、佳乃は口を開く事ができなくなってしまった。

「帰国する前や、帰国した後……。いろいろと手を尽くして君を捜した。だけど、まったく消息が掴《つか》めなかったよ。せめて、宿泊先のホテルだけでも聞いていたら……。俺とした事が、いろいろと詰めが甘すぎて、さんざん後悔した。だけど、五年間君を捜し続けてきた努力が、ようやく実った。……村井社長の秘書が君だったなんて、嬉しすぎてあやうくその場で雄叫《おたけ》びを上げそうになったよ」

冗談とも本気ともつかない話し方をされて、佳乃はますますどう反応していいかわからなくなる。

「嘘を吐いたのは本当に申し訳なかったと思っています。まさか私を捜しているなんて思ってもいませんでした。謝って済むものなら、誠心誠意謝罪します。……だけど、どうしてそこまでなさるんですか？　捜し当てた、そのあとは？　……もしかして、今こうしているのは、嘘を吐いた私への復讐のつもりですか？」

つい感情的になってしまい、突っかかるような言い方をしてしまった。はっとして口をつぐんだけれど、もうすでに遅かったようだ。

佳乃を見る本城の瞳に、仄暗《ほのぐら》い炎がちらついているのが見えた。

「復讐？　仮にそうだったとしても、そのためだけに五年間も君を追い求めたりすると思うか？」

「え？　追い……んん、っ……」

ふたたび顎《あご》を持たれ、深く唇を重ねられる。

しっかりと身体を抱き込まれて、逃げ出すのはもちろん抵抗すらできなくなった。

彼の舌が我が物顔で口の中に入ってくる。強引極まりない行為なのに、絡《から》みつく彼の舌がとろけるほど甘く感じるのはどうしてだろう？

気がつけば、佳乃は抵抗もしないで本城と唇を合わせ、初心《うぶ》な少女みたいに息を弾ませていた。まるで極上のドルチェのようなキスに溺《おぼ》れ、今このとき以外の事は考えられなくなってしまう。

「君さえよければ、五年前の続きをしたい。今度こそ君が逃げ出さないように、公私ともに君と親密な関係になるんだ。君を俺の腕の中に閉じ込めて、とろとろに溶かしてあげるよ。君だって、本当はそうしてほしいと思っているんだろ？　違うか？」

佳乃の答えを待たずに、本城がまたもキスを仕掛けてくる。彼の手が佳乃の背中に回り、ブラジャーのホックを外した。一気に胸元が楽になったと同時に、肩の力までストンと抜け落ちる。

（違わない――）

熱に浮かされた頭の中に、彼の問いに対する答えが思い浮かぶ。

このままじゃいけない――

理性ではそうとわかっているのに、時間が経つにつれてますます今の状況から抜け出せなくなってしまっている。

「君のすべてを俺のものにしたい。全身をたっぷりと舐《な》め回して、何度でも君の中に入りたい。もう一度君が『もっと』って言うのを聞きたいんだ」

本城の掌《てのひら》が佳乃の背中を、ゆっくりと撫でる。さっきとはまるで違うくすぐったさを感じて、佳乃はいつの間にか閉じていた目蓋《まぶた》を上げて、ゆっくりと瞬《まばた》きをした。

「この五年間、君を抱いたときの記憶が薄れる事はなかったよ。君とエロい事をしたくてたまらない。そうする事に異存はないかな？　いずれにせよ、君はもう籠《かご》の鳥だ。何せ君は俺の秘書なんだからね――」

〝秘書〟という言葉を聞き、それまでふやけていた脳味噌が覚醒した。

ここに来てようやく自分が何をしているのかに気づき、愕然《がくぜん》とする。

(何やってんの、佳乃！)

頭の中でそう叫ぶと同時に、佳乃は弾かれたようにシートから身を起こした。

「かっ……帰ります！」

驚いた表情を浮かべる本城をよそに、急いでドアを開け、全力で車の外に飛び出る。

あやうく砂利に足を取られそうになってしまったけれど、なんとか踏み留まる事ができた。

「送っていただいてどうもありがとうございました。だけど、こんな事はもう二度となさらないでください」

努めて冷静な声でそう言い切り、背筋をシャンと伸ばす。

できる事なら本城の顔を見ないまま立ち去ってしまいたかった。けれど、いくらなんでもそれでは礼儀に反するだろう。佳乃は思い切って顔を上げ、運転席に向かって一礼する。佳乃を見る彼の顔に、謎めいた微笑みが浮かんだ。

「さあ……それは約束できないな。もちろん、オフィスでは最低限のマナーは守るよ。だが、プライベートでそうある必要はないだろう？　君をいつどこで誘惑し、ベッドに引きずり込もうが俺の勝手だ」

本城の目が、ほんの少し細くなった。そして、目の前に立つ佳乃の全身をじっとりと舐《な》め回すように見てくる。その視線の強さに、ビリビリと痺《しび》れるような圧迫を感じた。

佳乃は身がすくみそうになるのをどうにか堪《こら》え、その場に立ち続ける。

会社で毎日顔を合わせるだろう相手に、なんて不埒《ふらち》な事を言うのだ！

佳乃はこれ見よがしに眉間に縦皺《たてじわ》を寄せて、本城を睨《にら》んだ。けれど、彼はひるむどころかかえって挑戦的な視線を投げかけてくる。

「君は本当にすばしっこい。今度君を捕まえたときは、縄でくくりつけて逃げられないようにしないと。いずれにせよ、今度俺とプライベートで二人きりになったときは気をつけるんだな。今度こそ逃さない。今日はキスだけで済んだけど、次はそれだけじゃ済まないと思ってくれ」

獲物を狙う獰猛《どうもう》な獣みたいに、本城が舌を出して上唇の端を舐《な》めた。

よほど自分に自信がなければ、そんな不遜《ふそん》な態度はとれないはずだ。おそらく、それを見てこちらがどんなふうに思うかを、あらかじめ計算しているに違いなかった。

何とも形容しがたい悔しさを感じて、佳乃の眉根がピクピクと震える。

認めたくないがうっかりすると全身が真っ赤に染まってしまうほど、今の本城は男性的な魅力に溢れている。セクシーという言葉では言い表せないほど官能的だし、いっそエロティックと言ってもいいくらいの佇《たたず》まいだ。

いったい、今までに何人の女性の前でそんな表情を見せてきたのだろう?

彼ほどの男だ。もしかすると、五年間の長きにわたる執着さえも、綿密にスケジューリングされた計画の一部でしかないのかもしれない。そう思った途端、佳乃の中で言いようのない怒りが込み上げてきた。

「ご安心ください。あなたとは二度とプライベートで二人きりになる事なんてありませんから！　それに、もしまた今みたいな事になったとしたら、せいぜい舌を噛み切られないよう気をつけてください！」

それだけ言うと、佳乃は彼に背中を向けてその場から立ち去った。玄関の前に立ちカバンの中から鍵を取り出す。

背中に本城の視線を痛いほど感じた。それを振り切るように、勢いよく鍵穴に鍵を差し込む。

どうにか平静を装《よそお》っているものの、内心叫び出したいほど気が動転していた。そのせいか、差し込んだ鍵が、一向に回らない。一度抜こうと思っても、どこかに引っかかっているようで、ぐらぐらと横に動くばかりだ。

しばらくガチャガチャやっていると、見かねた本城が車から降りて佳乃の横に立った。そして、佳乃に代わって鍵穴の前に立つと、いとも簡単に開錠する。

「せっかく威勢のいい捨て台詞《ぜりふ》を決めたのに、鍵でもたつくとか……君って、ちょっと間が抜けてるよね」

佳乃を見る本城の瞳には、純粋におもしろがっているような色が浮かんでいる。

「よ、余計なお世話です！」

勢いよく引き戸を開け、中に入る。戸を閉めたいと思うものの、本城がいると思うと振り返るのさえ躊躇《ちゅうちょ》してしまう。

（ああ、もう最悪っ！）

自分とした事が、なんという体《てい》たらくだろう！

そもそも、どんな理由があるにせよホイホイ彼の車に乗るなんて、どうかしていた。

「ああ、それから、鍵がひとつなのは防犯上問題ありだな。女性の一人暮らしなんだし、二重ロックにするかディンプルキーに替えるかしたほうがいいぞ。あとは、セキュリティ会社と契約するとか……ああ、なんなら俺を番犬代わりにここに住まわせるっていう手もあるけど――」

うしろ手でなんとか取っ手を探り当て、本城に背を向けたままピシャリと引き戸を閉めた。

送ってもらった恩はある。けれど、それは彼の身勝手な言動ですっかり帳消しになっていた。

(だいたい、いきなりキスとか、なんなの⁉　ここはバリ島じゃないし、私は五年前の私じゃないのに！)

無礼にもほどがあるし、そもそも本城の一連の振る舞いは明らかなセクハラ行為だ。せめて何か一言言わなければ気が済まない――そう思った佳乃は、勢いよく引き戸のほうを振り返った。

しかし、そこにはもう本城の姿はなかった。代わりに見えてきたのは、模様ガラス越しに光る車の赤いテールランプだ。

「すばしっこいのは、どっちよ！」

佳乃は唇を尖らせて、地団太《じだんだ》を踏む。そして、遠ざかっていくテールランプを憤然とした面持《おもも》ちで見送るのだった。

◇　◇　◇

自宅に帰り着くなり、敦彦は冷蔵庫からミネラルウォーターのペットボトルを取り出して、中身をがぶ飲みした。

（俺はいったい何をしているんだ？　ここは日本だぞ……バカンス中でも南国の島でもないのに、再会して三日目でキスするとか……まるで飢えたハイエナだ）

じわじわと押し寄せてくる自己嫌悪が、敦彦の眉間に深い皺《しわ》を刻む。

今日はギリギリのところで踏み留まる事ができた。しかし、どうにか外面《づら》を取り繕《つくろ》っただけで、気持ち的にはとっくに彼女を押し倒して思う存分交わり合っている。

何せ、五年もお預けを食らったのだ。

我慢できたように見えて、実のところ内面では燃え盛る炎が暴れ回っていた。

ビジネスで必要とあれば、ありとあらゆる表情を使い分ける。もはや、喜怒哀楽は自由自在だし、感情は理性の支配下にある。それはプライベートでも適用可能だし、実際にこれまでそうしてきた。

それなのに、彼女に対しては、あからさまに欲望をぶつけ、あともう少しで下着を剥《は》ぎ取っていたところだ。

せめて、もう少し順序立てて事を進められていれば――

あれでは、勢いに任せた五年前と何も変わらない。進歩も知性も感じられないばかりか、かえって警戒させてしまった。

「くそっ！　だいたい〝復讐〟って何だよ？　よくもそんな短絡的な言葉で俺の五年間を要約してくれたな！」

佳乃が夜遅くまで残っていると知ったのは、ビルの守衛室にいる管理主任から連絡をもらったからだった。詳しいいきさつは省《はぶ》かせてもらったが、彼には自分が清水佳乃を追い求めている事実を話してある。

彼と出会ったのは、もうかれこれ八年前――偶然居合わせた焼き鳥屋で意気投合したのがきっかけだった。年齢こそ親子ほども離れているが、それ以来、帰国するたびに連絡を取り、ともに杯《さかずき》を交わし合う仲になった。

人との出会いは実におもしろいもので、たまたま彼が「七和コーポレーション」のビルで守衛をしており、村井と飲み友達でもあった事が、佳乃との再会と同社ＣＥＯ就任のきっかけになったのだ。

空《から》になったペットボトルを流し台の上に置くと、敦彦は大きく息を吐きながらリビングへと歩を進める。そして、窓際のソファに座り、遠くで光るビルの赤色灯を見つめた。

つい一時間ほど前までそばにいた彼女は、その灯りから北北東に十キロほど離れた位置に住んでいる。ソファの位置は、彼女の住まいがどこか把握したその日に今の場所に移動させた。

むろん、見えるのはビル群の間に垣間見える下町の遠景のみ。それでも、その方向を見ていると多少なりとも彼女を感じられるような気がするから不思議だ。

（さすがに、急ぎすぎたよな……。セクハラで訴えられたら、十中八九こちらの敗訴だ）

敦彦は自分の顔をゴシゴシと掌《てのひら》でこすり、この日何度目かのため息を吐く。

いったい、いつからこんなふうに彼女の事ばかり考えるようになったのだろうか。

一目惚れしたのかと問われれば、首をひねらざるを得ない。

しかし、出会ってすぐに何かしら惹かれるものを感じたのは確かだ。

たった一晩ベッドをともにしただけの女性の記憶が、日を追うごとにどんどん鮮明になっていく——気がつけば、必ず彼女を捜し出すと心に誓っていた。

こうして彼女と再会できた今、もはや理由などどうでもいい。

敦彦は近くのテーブルに置いてあったスマートフォンを手に取る。そして、この五年間ずっと大切に保存していた、佳乃の泣き顔を隠し撮りした画像を表示させた。

サラサラとした黒髪を振り乱し、顔を涙と鼻水でクシャクシャにしながら泣き喚《わめ》いていた彼女は、今や極めて優秀な秘書として自分をサポートしてくれている。

『君のすべてを俺のものにしたい』

図らずも口にした言葉こそが、偽らざる自分の望みだと悟った。

「――それにしても、あの家は危なすぎる。あれじゃあ、いつ泥棒に入られてもおかしくないだろ」

敦彦は難しい表情を浮かべながら思案する。海外生活が長かった敦彦にとって、佳乃の防犯意識の低さは目に余るものがあった。

いくら比較的治安のいい地域とはいえ、今の時代いつ何時犯罪に巻き込まれないとも限らないのだ。

「だいたい、家の周りに街灯が少なすぎる。駅から男の足で歩いて十二分だぞ。夜遅くなったときとかどうするんだ」

佳乃の自宅住所がわかった時点で、近隣の様子はもちろん、帰宅所要時間など入念に調べ上げた。我ながらストーカーじみている気もするが、彼女を手中に収めるまで万全の策を講じるつもりだ。

ぶつぶつと文句を言いながら、敦彦は明日やるべき事を頭の中に思い浮かべた。

今や清水佳乃は、公私ともに射程距離内にいる。

今が一番の踏ん張り時だ。

ありとあらゆる方策を練って、二度と逃げ出せないよう外堀を埋める。

彼女の家の防犯設備を整えるのも、その一環であり、彼女の事を大事に思うからこそだ。

どうして五年もの間、一人の女性を追い続けたのか——その答えは、ただただ単純な理由だったというわけだ。

「惚れたんだよな、結局——」

ありえないほど馬鹿馬鹿しく聞こえるが、実際に再会を果たし、それこそがまごうことない真実だと改めて悟った。

できる限り紳士的に。しかし、時と場合によっては野獣のごとく牙を剥《む》き、心身ともに彼女を骨抜きにする準備はできていた。

「清水佳乃……せいぜい今のうちに逃げ回るんだな。だけど、どうあがいたところで君は俺のものだ」

唇には、まだ彼女とのキスの感触が残っている。窓の外を見つめながら、敦彦は余裕の笑みを浮かべるのだった。

◇　◇　◇

土曜日の朝。

佳乃はいつものように掛布団から目元だけを出して壁の掛け時計で時刻を確認する。年代物のそれは、昭和中期に作られた振り子時計だ。専用のゼンマイを巻かずにいるから音は鳴らないけれど、今も遅れず時を刻んでくれている。

「……八時五分前か……。そろそろ起きようかな」

職場では常に時間と闘っている佳乃だけど、休日の朝は、特に用事がない限り目覚ましをかけない。

普段忙しくしている反動なのか、こんなのんびりとした朝はことさらに動作が緩慢《かんまん》になる。

「さて、と……。今日はどうしようかな」

布団から出ると、佳乃は台所に行ってお湯を沸かす。何気なく前を見ると、流し台の小窓から明るい陽光が差し込んできている。どこからか、鳥の鳴き声が聞こえてきた。この家に住んでいると、都会に居ながら時として田舎《いなか》暮らしのようなのどかさを味わえる。

昔ながらの保温ポットにお湯を入れ、それを手に居間へ向かう。持っていたものをちゃぶ台の上に置き、縁側のガラス戸を開けた。見ると、敷き詰めてある砂利にくっきりとタイヤの跡が残っている。

あれからすぐに寝る準備をして午前二時に布団の中にもぐり込んだ。

あまりにもいろいろな事があったせいだろうか。いつもなら五分も経たないうちに眠ってしまうのに、昨夜に限ってはなかなか寝つけなかった。

「熱っ！」

淹《い》れたてのほうじ茶が、舌先を焼く。熱さに顔をしかめながら、ふと二日前に本城が淹《い》れてくれたコーヒーの味を思い出した。

勧めてきただけあって、流行《はや》りのコーヒーチェーンでオーダーして飲むものよりおいしかったように思う。

（いったい、どこで豆を買ってるんだろう？　……って、コーヒーの事はさておき、だよね）

肝心なのは今後、いかに本城と関わっていくかだ。

昨夜、あんな態度をとられた以上、オフィスでも油断ならない。彼の秘書という立場上完全に避ける事はできないが、極力距離を保ち間違っても昨日のような事態に陥《おちい》らないようにしなければならなかった。

（あ～もう、私ったらどうして……）

本当は認めたくなんかない。

しかし昨夜の自分は、本城にキスをされて間違いなく心身ともにとろけていた。

何せ五年ぶりのキスだったし、一夜限りとはいえこれ以上ないくらい親密な関係になった相手だ。

佳乃は彼とのキスで、過去に経験した感覚をまざまざと思い出してしまった。あまつさえ、ふたたび味わったその感覚に、うっかり流されそうになってしまい——

佳乃は、がっくりと肩を落とし深くため息を吐く。そして、一分間じっと動かずにいたのち、勢いよく顔を上げる。

「よし、お風呂に入ろう」

昨夜は遅くなりすぎて軽くシャワーを浴びるだけで終わらせてしまった。

せっかくの休日だし、ゆっくりと朝風呂に浸《つ》かってリフレッシュすれば気分も軽くなるだろう。

湯船にお湯を張り、脱衣所でパジャマを脱ぐ。

風呂好きの叔父は、浴室を総ヒノキ造りにリフォームしていた。浴槽は脚を伸ばせるくらいゆったりとしているし、シャワーは出水のパターンを変えられる多機能付きだ。

掛け湯をし、湯船の中に全身を浸《ひた》した。ヒノキのいい香りが鼻腔《びこう》に広がる。猫舌の佳乃だけど、お風呂はちょっと熱めのお湯が好みだ。

「うぅ～！　朝風呂、最高～」

思わず出た唸《うな》り声が、オヤジみたいだ。

大きく伸びをして、脚を伸ばし浴槽の縁に背中を預けた。

いろいろと考える事は山積みだけど、せめて今だけは何もかも忘れてのんびりとお風呂タイムを楽しもう――そう思ったとき、庭に面した窓の向こうからバイクの停まる音が聞こえてきた。

（ん？　もしかして、家かな？　……あっ！　そういえば克己《かつみ》が週末来るかもって言ってたんだった！）

弟の克己は、今年二十五歳になる。三人姉弟の末っ子である彼は、現在都内大学院に院生として在籍している。姉弟仲は悪くなく、叔父の蔵書目当てに時折ふらりとやって来るのだ。

玄関にはチャイムがついているが、二週間ほど前から壊れて音が鳴らなくなっている。

佳乃は湯船から立ち上がり、窓の外に向かって耳をそばだてた。庭の砂利を踏む足音が、玄関の前で立ち止まる。

やはりそうだ。佳乃は小さく窓を開け、ギリギリ玄関まで届くだけの声量で外に向かって声を上げた。

「克己〜？　ごめん、今チャイム壊れてるの。お姉ちゃん、今お風呂に入ってるから、勝手に入ってくれる？　鍵、いつものとこに置いてあるから」

微かに「わかった」という声が聞こえてきた。

克己には便宜上ここの鍵は渡してある。しかし、彼は忘れ物の名人だ。そのため、事前に連絡があったときは留守中に来ても困らないよう、あらかじめ決めておいた場所に鍵を置くようにしていた。

それからしばらくして、玄関の引き戸がガラガラと音を立てる。

（やれやれ……。あの様子じゃ、また鍵を置いてきたわね）

特に話しかけてこないから、適当にくつろいでいるのだろう。

佳乃は再度湯船に身体を浸《ひた》し、ゆっくりと温まってから浴槽を出て身体を洗いはじめる。

（冷凍庫に豚肉があったよね。あれで回鍋肉《ホイコーロー》でも作ろうかな。それと、克己の好きな鳥軟骨のから揚げと……あとは野菜たっぷりのお味噌汁かな）

一人暮らしで研究一筋の克己は、日頃ろくなものを食べていない。今のところ彼女もいないようだし、姉としてここに来たときくらいは栄養のあるものを食べさせてやりたいと思う。

入浴を終え、脱衣所で身体を拭《ふ》く。床に置いた体重計に乗った佳乃は、自身のベスト体重より一キロオーバーしている事に地味にショックを受けた。

「ねー、克己。あんた、今体重何キロ？　この間聞いたときは、私とたいして変わらなかったよね？　くそー、身長は私より高いくせに、どういう事？　もっとちゃんとご飯食べなきゃダメでしょ……ってか、いつまで彼女いない歴更新するつもりよ？　……

な〜んて、私も彼氏いない歴六年目に突入しちゃったけど……。あ、しまった……」

いつもと入る時間が違うせいで、うっかり着替えを持ってくるのを忘れてしまった。

仕方なく下着だけ身につけて、ドライヤーで髪の毛を乾かしはじめる。

『君って、ちょっと間が抜けてるよね』

昨夜、本城に言われた言葉を思い出し、唇を尖らせる。

（ふん！　間が抜けてて悪かったわね！　でも、それはあっちのせいだから！　だって、いきなりキスとかするから、つい焦って……ああ、もう！　また余計な事思い出しちゃったじゃない！）

突然の事とはいえ、昨夜はろくに抵抗もできなかった。せめて横っ面《つら》のひとつでも引っ叩《ぱた》いてやればよかった！

そんな事を考えていたせいか、なんとなく唇がムズムズしてくる。

ドライヤーのスイッチをオフにし、佳乃はぼんやりと鏡を見つめた。

本城とバリ島で出会った当時は、ストレスのせいもあってか、今よりも四キロほど体重が軽かった。着やせするたちだからあまり目立たないが、増えた分はしっかり下半身に蓄積されている。

にわかにプロポーションが気になりだし、佳乃は鏡の前で思い切りお腹を引っ込めた。

いくぶん平らになったものの、筋肉がないからお世辞にも引き締まっているとは言えない。

昨夜、本城は何も言わなかったけれど、かなり肉付きがよくなったと思われたかもしれない。

普段、健康の面から体重を気にする事はあっても、取り立ててスタイルを気にする事はなかった。

思えば、ここ何年も自分の裸を意識して見る事なんてなかったように思う。

仕事上身だしなみには気をつけているが、洋服の下に隠れてしまう部分についてはいつの間にか無頓着になってしまっていた。

(あ～あ……太った分が、ぜんぶ胸にいけばよかったのに)

掌《てのひら》サイズの胸は、幸いまだ重力に抗《あらが》ってくれている。けれど、欲を言えばもう少しボリュームがほしかった。

もっとも、恋人がいない今、胸の大小を気にしてもあまり意味があるとは思えないのだが……

佳乃は考えるのをやめ、バスタオルを肩から羽織った。脱衣所を出て、縁側に続く廊下の端に立つ。

(はしたないけど……仕方ないよね)

克己は、もう叔父の蔵書に齧《かじ》りついているだろう。幸い、家の周りは板塀に囲まれていて外からは見えないようになっている。

とはいえ、さすがに下着姿で堂々と歩く事もできず、佳乃は身を小さくしながら縁側をすばやく走り抜けた。

「あれ？」

居間に続くガラス戸の前で、佳乃ははたと立ち止まる。玄関に近い庭のほうを振り返り、そこに停まっているオートバイを見た。

「克己～、あんたバイク買い替えたの？　ずいぶんピカピカでゴツイ――うぐっ！」

居間に足を進めようとして、いきなり硬い壁にぶち当たる。驚いて瞬《まばた》きをすると、壁だと思ったのは革ジャンを着た男性の胸元だった。

「ちょっともう、克己ったらびっくりする――えっ!?　ほっ……ほ、本城代表!?」

てっきり弟だと思っていた相手は、まったくの別人だった！

佳乃は驚きのあまり目を剥《む》いて、口をパクパクと動かす。

「ああ、俺だ。玄関の鍵、割とすぐに見つかったよ。雨どいの中に隠すとかスタンダードすぎるな。あれじゃあ、泥棒にどうぞ中に入ってくださいって言っているようなものだよ」

声を上げようと大きく開いた口を、とっさに伸びてきた本城の掌《てのひら》に塞《ふさ》がれる。

「おっと……大声は出さないでもらえるかな？　驚かせたのは悪かったけど、俺は一応玄関先で名乗ったし、俺の事を勝手に弟と間違えたのは君だ」

佳乃は一歩うしろに下がり、口を塞《ふさ》ぐ本城の手から逃れた。

「そんなの聞こえませんでした！　それに、勝手に鍵を開けて入るとか、明らかに不法侵入です！」

「勝手に入れと言ったのは君だぞ。まあ、そんなに怒らないで……あ、それと、今はプライベートだから敬語なんか使わなくていいよ」

にっこりと笑う彼の視線が、佳乃の胸元に下りる。

「それにしても、まさかこんな出迎えを受けるとは思わなかったな。朝っぱらからずいぶんとセクシーな格好だね……。君がその気なら、俺のほうはいつでも相手をするよ」

全身をまじまじと見つめられ、ようやくバスタオルの前がはだけている事に気づいた。頭にカッと血が上り、今度こそ頬を引っ叩《ぱた》いてやろうと勢いよく手を振り上げる。しかし、あっさり手首を掴《つか》まれて、そのままもう一方の手で腰を抱き寄せられてしまった。

「おっと——相変わらず、すばしっこいな」

「やっ……！　きゃ……っん、ん……」

手首を解放されると同時に、きつく抱きしめられてキスをされた。その拍子に、肩にかけていたバスタオルが足元に落ちる。

唇を塞《ふさ》がれたままつま先が床を離れ、佳乃はあっという間に彼に横抱きにされた。

顔を背《そむ》けても執拗《しつよう》に唇を追われ、徐々に抵抗する気力が低下していく。そのましばらくの間キスを続けられ、しまいには彼の腕の中で呆けたようにぐったりしてしまった。

本城が名残《なごり》惜しそうに唇を離した。そして、辺りを見回しながら慎重に歩き出す。

「そういえば、この間コーヒーを飲んだとき、舌を火傷《やけど》したんじゃないか？　君が猫舌だって知ってたのに、つい君が熱がる姿が見たくて、淹《い》れたての熱いのを出してしまった」

「え？　ね……猫舌って……どうしてそれを――」

「だって、五年前自分で言ってただろ？」

事もなげにそう言われ、佳乃は呆然となって言葉を失くした。

本城は佳乃がコーヒーを熱がっていた事に気づいていた。そして、佳乃が五年前に言った言葉やしぐさを忘れずにいたのだ。

いったい、彼はどれだけ記憶力がいいのだろう？　そう思うと同時に、そんな事まで憶えていてくれたのかと感じ入ってしまう。

「……さて、寝室はどこだ？　君の気が変わらないうちにベッドインしないと……。それにしても、いい家だね。まるで昭和に戻ったみたいだ」

本城が佳乃を抱いたまま、くるりと一回転する。

間取りが広いから、頭やつま先が家具や壁にぶつかる心配はない。居間を出た本城は、開け放たれた襖《ふすま》を通り抜けて客間に入った。

「気が変わらないうちにって、ちょっ……ちょっと……！」

佳乃は両方の足先をばたつかせ、本城の顔を睨《にら》みつけた。しかし、そんな微弱な抵抗をものともせず、彼は悠々と辺りを見回している。

「あ、こっちか」

右手にある寝室をあっさり見つけられてしまった。布団を敷きっぱなしにしていた事を後悔してももう遅い。

部屋の窓は閉まったままだけれど、障子戸を通して柔らかな外光が差し込んでいる。

「ふぅん、なかなか趣《おもむき》のある部屋だね。桜模様の障子紙がいい感じだ。……五年ぶりに君と睦み合うのに、ぴったりのシチュエーションだな」

「ちょ、ちょっと待ってってば！　何よ、睦み合うって！　意味がわからないし！　っていうか、何の用があってここに来たのよ——ひゃっ！」

いきなり高度が下がり、布団の上にそっと寝かされた。本城が、仰向けになった佳乃の腰を挟むように跨《また》いでくる。

「なんでって、昨夜言ったろ？　鍵がひとつなのは防犯上問題ありだって。だから、さっそく鍵の付け替えに来たんだ。こう見えて、ＤＩＹは得意でね」

「鍵？　そんなの、頼んでないっ」

急速に近づいてくる彼の身体から、エキゾチックで甘い香りが漂《ただよ》ってくる。佳乃は無意識に大きく息を吸い込み、魅惑的な香りを胸いっぱいに吸い込んでしまった。

「そうだっけ？　だけど、善は急げって言うし、もし今日、泥棒がやって来たら困るだろ？　とにかく、君の家の防犯対策は俺に任せてくれ」

「はあ？　ん、……ん、んっ……」

布団の上に押さえつけられ、キスをされる。すぐに熱い舌先が口の中に入ってきて、彼の体重が徐々に身体の上にのしかかってきた。

ブラジャーの肩ひもがずり落ち、乳房が今にもカップから零《こぼ》れ出てしまいそうだ。

とんでもない一大事が起こっている。

なのに、本城のずっしりとした重さに心地よさを感じはじめ、佳乃は心の底からうろたえて困惑する。

(何で？　どうして⁉)

頭では、どうにかして逃げ出さなければならないとわかっている。けれど、どうしても身体がその気にならない。

彼が危険な存在である事は十分承知しているのに、甘んじて彼のなすがままになっていた。

佳乃が抵抗しないのをいい事に、本城がおもむろに着ているものを脱ぎはじめた。少しずつあらわになる引き締まった身体に、思わず目を奪われて瞬《まばた》きを忘れる。

上半身裸になった本城が、上から覆《おお》いかぶさってきた。彼の顔には、五年前に会ったときと同じ人懐《なつ》っこい笑みが浮かんでいる。

キスだけであっさり黙らされて、いとも簡単に布団の上に組み敷かれている。

これじゃあ、年上の威厳も何もあったものではない。このままでは、馬鹿みたいにチョロい女だと思われてしまう。もしくは、五年間も一人ぼっちで枯れていた気の毒な女として憐《あわ》れまれてしまうかもしれない。

そんな事を考えている間も小刻みにキスをされて、いっそう抵抗ができなくなる。心拍数は上がり続け、頬が痺《しび》れるくらい熱くなっていた。

どうにも展開が速すぎて、まともに考える事ができない。

「お……お願い。ちょっと待ってっ……！」

とりあえず声は出せた。

しかしながら、場所が場所だし自分は今裸同然の格好をしている。一方、本城は至って健康な成人男性だ。普通に考えて、待てと言われて素直に待つような事はないだろう。

佳乃は思いっきり逡巡《しゅんじゅん》する。

いくら強引に迫られたからとはいえ、今の状況を招いたのは自分自身だ。はじめてでもないアラサー女が、これ以上拒否し続けるのは、いくらなんでも往生際《おうじょうぎわ》が悪いような気がしてくる。

（って、そうじゃないでしょ！）

仕事以外では近づかないと誓いを立てたそばから、これだ。

本城は上司であり、かつて情熱的な夜をともに過ごした相手でもある。

どう考えても、ややこしい状況に陥《おちい》っているし、かといって今さら何事もなかったように は振る舞えないだろう。

まったくの不測の事態――しかし、こうなった責任の一端は間抜けな自分自身にある。

あれこれ考えすぎて、余計わけがわからなくなってきた。

ただひとつはっきりしているのは、今起きている身体の震えは、恐怖や怒りからくるものではなく、彼との行為を期待する武者震いだという事。

そう悟ったのは、自分がこれまでにないほどの高揚感に囚《とら》われているからだ。

「どうした？　やけに難しい顔してるね」

ふいに伸びてきた本城の指が、佳乃の眉間に触れた。そして、そこにそっと唇を寄せる。

目の前に完璧なラインを描く本城の顎《あご》が見えた。肩はがっちりとして逞《たくま》しいし、喉ぼとけの出っ張りすら芸術的に思えてくる。

もはや抵抗する気力すら失くした佳乃は、覚悟を決めて目蓋《まぶた》を下ろした。しかし、待てど暮らせど本城はキスひとつ仕掛けてこない。

さすがに待ちきれなくなった佳乃は、薄く目を開けて彼の様子を窺《うかが》った。そして、ほんの数センチ先まで近づいている彼の瞳を見て驚く。

「ち……近っ……！」

佳乃が言うと、本城は眉をピクリと上に動かして目を細める。

「ああ、近すぎたか？　じゃあ、これくらいだと大丈夫かな？」

間近にあった瞳が遠のき、ようやく顔全体が見えるようになった。しかし、相変わらず本城の体重は佳乃に掛けられたままだし、いつの間にか両脚の間に彼の膝が入り込んでいる。

「……な、何？」

若干拍子抜けしてしまっている自分を憎らしく思いながら、佳乃は本城の目を見た。

「何って、君が待てと言ったから待っているんだけど。君だって、曖昧《あいまい》な気持ちのままセックスにもつれ込まれるのは嫌だろう？」

「セッ……」

あからさまな単語を使われ、全身が一瞬にして熱くざわめく。見ると、彼は右手に避妊具の小袋を持っていた。

確かに待てと言ったけど、まさか本当に待ってくれるとは思わなかった……

「あ、動揺してる。かーわいい……そういうところ、五年前と変わらないな。ほんと、可愛らしいよ」

本城の口元に穏やかな笑みが浮かぶ。

そういえば、五年前にも彼は〝可愛い〟と言ってくれた。子供の頃ならまだしも、大人になった佳乃をそんなふうに言ってくれたのは本城の他には誰一人いなかったように思う。

図らずも胸の奥がキュンとしてしまい、佳乃は即座に下を向く。

「あ、今度は照れた。こうしているときの君は、本当にわかりやすいな。何なら、もっと言ってあげようか？　俺は、君の可愛いところをいろいろと知っているからね」

「やっ……もう言わなくていいから！」

「なんで？　君がそうやって照れてる顔、俺はすごく好きだな。……それはそうと、さっき『彼氏いない歴六年目に突入しちゃってる』って言ってたけど、あれって本当の事？」

本城が、おもむろに佳乃の瞳を覗《のぞ》き込んでくる。

彼は、記憶力がいいだけではなく、地獄耳でもあるらしい。佳乃は、余計な事を言った自分を呪いながらも、諦めて真実を伝える。

「そ……そうだけど」

「じゃあ、もしかしてあれ以来誰ともベッドインしてないとか？」

まっすぐに見つめてくる彼の瞳が、ふいに高圧的に感じられた。決して嫌な感じではないけれど、質問が直接的すぎる。

佳乃は唇を固く閉じたまま、小さく頷いた。

「ふうん……ひょっとして、セックスはおろかキスもしてなかったんじゃないのか？」

本城が、ほんの少し首を傾《かし》げる。その言い方が少々癪《しゃく》に障り、佳乃は自分の眉根に力がこもるのを感じた。五年前、彼と会ったその日のうちにベッドインした佳乃だ。そんな自分を、本城がどう思っているか、考えればすぐにわかる事だ。

「そうだけど、それが何？　私の事をどう思おうが、あなたの勝手だし、信じようが信じまいが事実は事実だから。言っとくけど、私はあなたが思っているより尻軽じゃないし、チャンスさえあれば誰とでも寝るような女じゃな――っ……」

ふいに戻ってきた唇に、言葉を封じられる。濡れた舌先に唇の隙間をなぞられ、身体の芯が熱く窄《すぼ》まるのを感じた。

唇が離れると同時に、ほんの少し本城の身体が重さを増す。

「信じるよ。昨夜キスをしたときの反応からして、なんとなくそうなんじゃないかって思ってたし、村井社長も君ほど品行方正な女性は見た事がないと言ってたからね」

本城は軽く唇を触れ合わせたまま喋《しゃべ》る。唇が擦れ合うたびに指先が震えつま先に力が入った。

「俺が君に対してどんな想いを抱いているかは、もう話したよね？　あとは君次第だ」

そう口にする本城の顔には、いつになく真剣な表情が浮かんでいる。

まっすぐに見つめてくる瞳が綺麗だ。そんなふうに見つめられると、何もかも放り出したくなってしまう。

そもそも、どうして自分は本城の事を強く拒《こば》めないのだろう？

憤《いきどお》りを感じながらも、結局は彼の術中にはまり思う壺の行動をとってしまっている。

五年前に出会ったとき、彼の事を憎からず思ったのは確かだ。だからこそ、怖くなって黙って彼のもとから逃げ出したのだ。自分の心に背《そむ》いたばかりに、あれ以来常にうしろ髪を引かれている感じが拭《ぬぐ》えないでいた。

言う事を聞いてしまうのは、昔の想いが再燃したからだろうか？

「で？　ゴーサインを出してくれる？　それとも、まだ焦《じ》らしたい？　俺としては、焦《じ》らされるより焦《じ》らすほうが得意なんだけど。それは、君も知ってるよな？」

意味深な言葉を吐く彼の瞳に、はっきりと性的な欲望の色が浮かんでいる。

本城が佳乃の上で身じろぎをする。彼の硬く存在感を増した身体の一部が、佳乃の秘裂をかすめた。途端に身体の奥に稲妻が生じ、これまで保っていた理性が吹き飛んだ気がした。

佳乃は、自分を見る本城の瞳を潤《うる》んだ目で見つめ返す。

「知ってる……。それに、今はもう焦《じ》らすのも焦《じ》らされるのも、嫌っ……」

そう言うと同時に、佳乃は彼の首に腕を絡《から》みつけ、自分から彼にキスをした。

一瞬驚いたような顔をした本城だったが、すぐに獰猛《どうもう》な雄の本性をあらわにする。

「いいのか？　そんな事を言うと、前戯なしで今すぐ入れるぞ？」

そんな乱暴な物言いに、迷う事なく頷いてしまった。そして、気がつけば、盛りのついたメス猫みたいに彼の身体に縋《すが》りついてキスをせがんでいる。まるで、あのときと同じだ。

今の自分は、五年前と同じ気持ちで本城から与えられるだろう快楽を享受しようとしている。

上司と部下というオフィスでの関係性は、今や何の妨げにもならない。それどころか、むしろセクシャルなスパイスとなって佳乃の被虐心を煽《あお》っている。

そんな心を読み取ったかのように、本城が佳乃の下着を剥《は》ぎ取った。そのまま両膝を掴《つか》み、大きく左右に広げてくる。

「きゃっ！」

はっきり言って、ひっくり返ったカエルみたいな格好だ。

だけど、今の自分には、もうそんな事を気に留める余裕などなかった。

激しくキスをされ、全身の血が一気に湧き立つ。日常の自分をかなぐり捨て、五年前のあのときに戻ったように本城の腰に脚を絡《から》みつかせた。

彼の屹立《きつりつ》が秘裂に触れ、佳乃は小さく声を上げて身震いをする。期待に甘い声を漏らすと、本城が満足そうに口角を上げた。

「これから、五年前のやり直しだ。ようやくこのときを迎えられたよ。……さあ、今度こそ、名前を――教えてくれるね？」

問いかけてくる本城の顔に、優しい笑みが浮かんだ。佳乃は頷き、ゆっくりと唇を開いた。

「私の名前は、清水佳乃……。あなたの名前も教えてもらっていい？」

問いかけに応《こた》えて、本城が小さく首を縦に振った。

「もちろん。俺の名前は、本城敦彦。改めてよろしく。この五年間、君とこうなる事をずっと願ってた。それが今やっと叶うよ……佳乃……佳乃――」

本城が佳乃の名前を呼ぶ。それと同時に、彼の硬く張り詰めた屹立《きつりつ》が秘裂を割る。獰猛《どうもう》な熱塊《ねっかい》が佳乃の中に入ってきた。

「あああっ！　あ……ああ……！」

一瞬息が止まり、身体中に衝撃が走った。

切っ先が少しずつ奥を目指し、途中から一気に最奥《さいおう》まで進んだ。これまで固く閉じていた身体が、一気に溶解する。

すさまじい衝撃が下腹を襲い、吹き飛ばされるような浮遊感に大きく息を吸い込んだ。

それまで忘れ去っていた性への欲求が、みるみるうちに蘇《よみがえ》ってくる。言いようのない高揚感に包まれて、佳乃はいっそう強く本城の腰に脚を絡《から》めた。

本城の熱が、圧倒的な質量で佳乃の中を凌駕《りょうが》している。二人ともじっとして動かずにいるのに、彼を受け入れた蜜窟の中が、ヒクヒクと痙攣《けいれん》しているのがわかった。

「佳乃……俺の名前を呼んでくれるか？」

唇を触れさせながら、本城が囁《ささや》く。佳乃は小さく頷いて触れ合ったままの唇に舌先を這《は》わせた。

「敦彦……。あつひ——あああっ……！」

名前を呼んだ途端、敦彦の腰が緩《ゆる》やかに抽送《ちゅうそう》をはじめる。

佳乃は叫びだしそうになるのを懸命に堪《こら》え、こちらを見下ろしている彼の瞳を見つめた。

ご近所の手前、あまり大きな声を出すわけにはいかない。もし今のような声を聞かれでもしたら、朝っぱらから何をやっているのかがバレてしまう。

「ん、んっ……」

どうしても声が出そうになり、佳乃はきつく唇を噛んで耐えた。そんな佳乃の努力なんかお構いなしに、敦彦はリズミカルに腰を振り続ける。

「ゃ……あんっ……。ちょっ……待っ……あ、あ……！」

じわじわと込み上げてくる快楽の波に、身体ごと呑み込まれそうになる。腰の動きがいっそう激しくなり、たまらず声を上げそうになった瞬間、敦彦に唇を重ねられた。

「っん……んっ……！」

目を固く閉じて襲ってくる愉悦《ゆえつ》に集中していると、ふいに身体が激しく痙攣《けいれん》して眩《まぶ》しいくらいの閃光《せんこう》が頭の中で弾けた。

一瞬で宙に投げ出されたみたいになったあと、ふいに力が抜けて全身が弛緩《しかん》する。

「入れられてすぐにイクとか……。ほんと、可愛すぎるんだけど」

抽送《ちゅうそう》が止まり、佳乃はようやくまともに息ができるようになった。絶頂の余波に酔いながらゆっくりと目を開けると、敦彦の瞳が待ち受けていた。

彼は蜜窟の入口ぎりぎりまで屹立《きつりつ》を引き抜き、またゆっくりと押し込んでくる。緩慢《かんまん》な動きなのに、ものすごく気持ちがいい。とろけるほどの愉悦《ゆえつ》に全身を包み込まれて、自然と瞳が潤《うる》んできた。

「気持ちいいって顔、してるね。そんな顔をされたら、もっと啼《な》かせたくなる」

抱え上げられていた脚をさらに高く掲げられ、両方の踵《かかと》が彼の肩甲骨の上で重なる。

「んあっ……！　ん、んっ……ん……！　んっ……！」

「感じているときの佳乃の顔……。たまらなく可愛くてセクシーだよ。ほら、もっといろいろなところを突いてあげるよ。だから、ちゃんとこっちを向いて」

俯《うつむ》いていた顎《あご》を引き寄せられ、閉じた唇にキスをされた。そのまま恥丘の上を内側から抉《えぐ》られる。途端に込み上げるような快感を覚え、思わず彼の唇を強く噛んでしまった。

「っっ……！」

「あ……ご、ごめん——」

敦彦が声を上げ、はっとして唇を開いた。その隙をつくようにふたたび唇をキスで塞《ふさ》がれ、そのまま いっそう強く腰を振られた。

「んっ……ふ……ぅ……う、あんっ……ぃやああんっ……」

唇を塞《ふさ》がれているから、くぐもった声しか出せない。息苦しさに顔を背《そむ》けようとすると、両手で顔をしっかりと固定されてしまう。

「佳乃。君は可愛いけど、すごくわがままな子だね。油断すると噛みついてくるし、隙あらばよそ見をして、俺の視線から逃げ出そうとする」

そんな甘い叱責がキスとともに降り注《そそ》いでくる。腰の抽送《ちゅうそう》が止まり、緩《ゆる》く微笑んだ顔でまた唇を重ねられた。舌で唇の縁をくすぐられ、身体がビクビクと痙攣《けいれん》する。もはや、キスをするだけでもすごく感じてしまう。佳乃は、小さく喘《あえ》ぎながら、うっとりと瞬《まばた》きをした。

「うん、いい子だから、そのままちゃんとこっちを見て。佳乃が感じているところを、もっと俺に見せてほしい」

敦彦が布団の周りを見回した。そして、たまたま近くに置いてあった洗い立てのハンカチを手に取る。それを唇に当てられ、促《うなが》されるまま空色のハンカチを噛んだ。

「佳乃、そうしている君は、とんでもなくエロティックだ」

腰を抱え上げるようにして引き寄せられ、屹立《きつりつ》を奥深くねじ込まれる。

「んっ！　ん、んん……！」

お腹全体が持ち上がりそうなくらいずっしりとした突き上げを食らって、佳乃は我にもなく激しく首を横に振った。

少しずつ身体を起こした本城が、佳乃の背中を抱き起こす。

向かい合った姿勢のまま、胡坐《あぐら》をかいた脚の上に座らされた。その間も彼のものは佳乃の中に深く挿入されたままだ。

佳乃はハンカチを咥《くわ》えたまま呻《うめ》いた。目の高さが同じだから、まともに顔を見られてしまう。恥ずかしさで頬がチクチクと痛む中、腰を持たれ軽く揺すぶられた。中でいっそう硬さを増す彼の屹立《きつりつ》は蜜窟の中を押し広げ、佳乃を責め苛《さいな》んでくる。

「ん……んっ！　ふ……」

視界がぼやけ、身体が熱に浮かされたように火照《ほて》ってきた。じっと見つめてくる敦彦の視線が、佳乃の心の奥底まで暴《あば》こうとしているようだ。

「自分で動いてみる？」

微笑んだ顔でそう問われたら、頷くより他に選択の道はなかった。

身体ばかりか、心まで彼の虜《とりこ》になっているのがわかる。ここまで来たら、もう彼のなすがままだ。佳乃は、きつくハンカチを噛みしめながら膝を立ててわずかに腰を浮かせた。敦彦が佳乃の腰をゆっくりと撫で上げる。彼に見つめられる中、佳乃の蜜壁が不随意に痙攣《けいれん》した。

「どうした？　まだちょっとしか動いてないのに、中がすごい事になってる」

彼の掌《てのひら》が佳乃の双臀に移動した。両方の尻肉を捏《こ》ねるように愛撫《あいぶ》され、中のうねりがいっそう激しくなる。さすがにもう唇を閉じていられなくなり、ハンカチが下に落ちるに任せた。胸元に引っかかったそれを、敦彦が左の乳房ごと強く揉んだ。右の乳房の先端を指先でねじられ、目の前が白くぼやけた。

「は……ぁ、んっ……あんっ……！」

ぎこちないながらも夢中で腰を動かしているうちに、彼の眉根にも微かに皺《しわ》が寄った。

「すごく上手だよ。ものすごく気持ちがいい」

どちらからともなく唇を寄せ合い、舌を絡《から》めながらなおも腰を動かし続けた。目蓋《まぶた》を閉じ、二人が繋がっている部分に意識を集中する。

佳乃は彼の腕の中で、罪深いほどの心地よさを感じた。それと同時に、身震いするほどの高揚感に包まれ、夢中で彼の肩にしがみつく。

腰を強く押さえ込まれたまま、激しく突き上げられた。

屹立《きつりつ》の先が佳乃の最奥《さいおう》を突き破らんばかりに責め苛《さいな》み、上下する乳房を捕らえられて先端を強く吸われる。快感が激しすぎて、意識がだんだんと薄れてきた。

「もう一度、名前を呼んでくれ」

朦朧《もうろう》とする意識の中で、彼の熱く掠れた声が聞こえる。

「あ……つひこ……。敦彦……ああんっ……気持ちい……い……」

佳乃は敦彦の肩に唇を押し当て、押し寄せる愉悦《ゆえつ》の波をやり過ごそうとした。身体が震え、脳天が熱く痺《しび》れてくる。あと少しで達しそうになっていたのに、敦彦は佳乃の腰を持ち上げて屹立《きつりつ》を引き抜いてしまう。

「あ……」

思わず抗議するような声を出してしまい、恥じ入って唇を噛む。

敦彦が、にんまりと笑う。そっと身体を押され、導かれるようにうしろに両手をついた。ゆっくりと膝を左右に割られて、彼の目の前に秘所を晒《さら》す格好になる。

「やっ……恥ずかしいっ。ダメ、こんなの……」

あわてて膝を閉じようとするけれど、敦彦の手に阻《はば》まれてしまう。

「どうして？　すごく綺麗だよ、佳乃のここ――」

濡れた花房が割れ、自分の秘所があらわになっているのが見えた。屹立《きつりつ》の切っ先が蜜窟の入口を浅く抉《えぐ》り、たっぷりとした蜜を花芽の上に塗りたくった。

目の前の風景はあまりにも淫《みだ》らすぎる。顔を背《そむ》けようとすると、そのたびに顎《あご》を掴《つか》まれて正面を向かされた。

「俺のものが佳乃の中に入ってるとこ、ちゃんと見えてる？」

挿入されている部分を見るだけで、身体の奥から新しく蜜が溢れてくる。だんだんと大きくなる水音をわざと聞かせながら、敦彦が花芽の尖りを指先で押しつぶした。

「ゃあああ……ん、っ……んっ！」

まるで身体中を電流が走ったみたいになり、手をついた体勢を保っていられなくなる。我慢できず布団の上に仰向けに倒れ込むと、その上にのしかかられた。

唇を重ねられ、小刻みに腰を振られる。それに合わせるように花芽を愛撫《あいぶ》されて、佳乃の全身が総毛立った。

「……あ、……も……だめっ……」

そう口にしている途中で、目の前を銀色の光の塊《かたまり》が通り抜ける。

背中が弓のように持ち上がり、身体が硬直すると同時に思考が途切れた。佳乃は布団の上でがっくりと脱力する。屹立《きつりつ》をゆっくりと引き抜かれると同時に、全身から力が抜けた。目を閉じて絶頂の余波に身を任せていると、敦彦が無防備になっていた胸の先を、やんわりと齧《かじ》ってきた。それまでとは違う、くすぐったいような刺激を与えられて、佳乃は身をよじって声を上げる。

「ひゃっ、あ……あんっ！」

反動で横向きになった身体を、敦彦にそっと押さえ込まれうつぶせにされる。肩甲骨を舐《な》められ、自然と腰が浮いた。両脚を膝で割られ、腰を高くすくい上げられる。

「え……ちょっ……」

布団に伏したまま腰を突き出した格好になり、恥ずかしさのあまりもじもじと身体を揺すった。

「くくっ……何してんの？　もしかして求愛のダンスか何か？」

「ち、違っ……恥ずかしいの！　だから、離して？　って言うか、見ないで！」

うしろを振り返り、敦彦を見た。秘裂に注《そそ》がれる彼の視線を逸《そ》らそうと、顔をしかめてみたけれどまったく効果がない。

「やだよ。せっかくバックを取ったのに、どうして離さなきゃならないんだ？　見ないでって言われても、無理なのはわかってるくせに……。何たって五年ぶりだぞ？　前回やり残した事もいろいろとあるし、なによりもっと佳乃を堪能したい」

「やり残したって何を？」

「いろいろな体位とか、佳乃が好きそうなソフトSMとか——」

「エ、エス……やっ……ダメッ！　そんな事したら、ご近所さんから何を言われるか……んっ……ん」

うしろから顎《あご》を持たれて、半分振り返った姿勢で唇を重ねられる。小刻みに音を立ててキスをされ、内ももを指先でくすぐられた。

「ちょっ……！　くっ……ふふっ……もう！」

くすぐったさに思わず笑い声を漏らすと、敦彦もつられたように声を上げて笑う。そんな無邪気な顔を見せられ、つい胸が高鳴ってしまった。

「そうか。ご近所さんの手前もあるよな……。だったら、今度うちに来るか？　防音はばっちりだし、マンションだけど隣がない造りだからいくら大声で叫んでも平気だぞ」

そう言いながら、敦彦が佳乃の背中をうしろから包み込んだ。彼の提案に、佳乃はふと笑うのをやめて考え込む。

「どうした？　何を考えてる？」

そう問われて、佳乃は頭に思い浮かんだ言葉をそのまま口に出した。

「……だって、いきなりこんな感じになっちゃったけど……私達、付き合ってもないのに……。あ……別に貞淑ぶってるわけじゃないんだけど、なんかこう……きちんとしないままズルズル関係だけ続けるのはどうかなって……」

考えながら話すから、どうしてもしどろもどろになってしまう。

一度ならず二度までも彼の魅力に惹き込まれ、身体を重ねてしまった。それを後悔するつもりなんかないけれど、やはりどこかうしろめたい感じがする。なぜかといえば、プライベートでの二人の関係性を確認しないままこうしているからであり……

「俺はもう付き合ってるつもりでいたけどな。佳乃だってそう言うからには、そのつもりがあるって事だろ？　それに、ここまで親密な関係になったからには、付き合う以外にどうなろうっていうんだ？」

そんなふうに言われ、にわかに心が軽くなった。

ただの言葉だと言われれば、そうに違いない。だけど、言葉に表してくれたからこそ、すんなりと納得できる事は多々ある。

「あとは？　何か気になる事があるなら、今確認してくれていいよ」

「えっ……？」

「だって、まだ何かしらひっかかってる部分があるんだろ？　そんな顔してるよ」

敦彦が手を伸ばし、佳乃の乱れた前髪を直した。そんな何気ないしぐさに、彼の優しさを感じる。

そして、彼にそう思わせてしまう自分自身の事を、心底面倒くさい女だと思った。

「うん……。私達って、お互いの事をまだよく知らないよね？　だって、考えてみれば、五年前と合わせても出会ってから五日しか経ってないし……」

敦彦が頷きながら身体を横にずらした。そして、布団に肘をついた姿勢で佳乃を正面から腕の中に抱き込んでくる。

「別に問題はないだろ？　お互いの事なら、これからじっくりと知っていけばいいんだし」

「うん……でも、私、もう三十二歳だよ。敦彦より三つも上だし、取り立てて美人でもスタイルがいいわけでもない。それに、会社では上司と部下でしょ？　それって前と同じで――」

勢いに任せて、つい余計な事まで言いそうになってしまった。そのままスルーしようとしたのに、案の定聞き咎《とが》められてしまう。

「前と同じ？　それって、元カレも上司だったたって事か？」

指摘され、仕方なく頷いてそっぽを向く。

すると、ふいに腰を強く抱き寄せられて貪《むさぼ》るようなキスをされた。布団の上に仰向けに押さえつけられ、両方の手首を頭の上で戒《いまし》められる。唇が離れ、じっと見据えられた。

「……セックスの途中で元カレの話をするなんて、マナー違反だ」

敦彦に低く呟かれて、佳乃は自分の失言を悔やんだ。

「ごめんなさい……。うっかりして……ほんと、ごめっ……」

さっきとはまるで違う優しいキスが、佳乃の唇を覆《おお》う。膝で両方の脚を開かされて、まだ火照《ほて》ったままの蜜窟に屹立《きつりつ》を深々と差し込まれた。

「ぁ……ああ……っ！」

さっきよりも深く強い挿入の刺激が、佳乃を一気に熱くさせる。中を掻き混ぜるように腰を振られて、あっという間に絶頂の淵に追いやられた。

「悪かったって思うなら、とりあえずこのまま俺と付き合ってくれ……。会ってキスをして俺に抱かれてほしい。それと、もう二度と黙っていなくなるな……」

絞り出すような声で、敦彦が佳乃の耳元に囁《ささや》きかける。押さえつけられているから、彼がどんな表情をしているのかわからない。

「佳乃がどう思おうと、俺は佳乃を俺のものにしたい。もっと……、もっとだ」

きつく抱きしめられ、また唇に舌を差し込まれる。まるで身体中を彼でいっぱいにされたようになり、佳乃は恍惚《こうこつ》となって込み上げてくる愉悦《ゆえつ》に身を任せた。

熱く濡れそぼった蜜窟の中で、屹立《きつりつ》が一際力強く脈打つ。何度か緩《ゆる》く抽送《ちゅうそう》を続けて、敦彦がため息のような深い息を吐いた。

ごろりと仰向けになった彼の胸に引き寄せられ、額《ひたい》にキスをされる。

そのまましばらくの間、ただ寄り添ったまま横になっていた。身体の熱が徐々に引いていくにしたがって、少しずつ冷静さが戻ってくる。

「佳乃……いろいろと不安があるのはわかった。だけど、とりあえずお試しって事で、俺とはじめてみないか？」

佳乃は、そろそろと上を向いて敦彦を見た。

「それと、年なんて気にするな。それに、年上だって言っても、たった三つだぞ。あと、美人でもスタイルがいいわけでもないとか言ってたけど――」

話す途中で、敦彦がそっと唇を合わせてくる。すぐに舌が絡《から》んできて、息が上がりそうになる寸前でキスが終わる。

「俺にとっての佳乃は、唯一無二なんだ。誰とも比べられないし、そんな必要もない。わかるか？」

「……うん」

佳乃が頷くと、敦彦が嬉しそうに微笑みを浮かべる。その顔が、泣きたくなるほどかっこいい。彼ほどハイレベルな男性にそこまで言われるなんて……佳乃は、自分を見る敦彦の瞳を、うっとりと見つめ続けた。

「よし、決まりだ。佳乃、今日は何か予定があるのか？」

「えっ……ううん、特には――」

「そうか。じゃあ、もう一度はじめからおさらいをさせてもらおうかな」

敦彦が佳乃の頭に鼻先をこすりつける。

「で……でも、今日の夕方の便でニューヨークに向かう予定でしょう？」

掛時計を見ると、もうじきお昼だ。

敦彦は、週末を利用して親友の結婚式に出るために渡米する。それなのに、ここに長居などしていては飛行機に遅れかねない。

「ああ、そうだよ。空港にはここから直接行くつもりだ。荷物は持ってきたバッグひとつだし、必要なものはぜんぶ向こうにいる友達が準備してくれてる」

「そっか……あ、ちょっ……ぁあんっ……！」

いつの間にか脚の間に忍んできていた敦彦の指が、佳乃の柔らかな乳暈《にゅううん》を引っ掻く。そんなわずかな刺激だけで、下半身からまた新たに蜜が溢れ出すのを感じた。唇が合わさり、指が徐々に下に下りていこうとしたとき、居間のほうで敦彦のスマートフォンが着信音を奏でだす。

「ん……電話……出なくていいの？」

「うん、今はこっちのほうが重要だから――」

「でも……ぁん、ん……」

秘裂の縁に彼の指先が触れ、花芽の先をそっと撫でる。

留守番電話の設定をしていないのか、着信音は鳴り続け、いっこうに鳴りやむ気配がない。

佳乃の頭の中に、以前彼にかかってきた女性からの電話が思い浮かぶ。

(もしかして、あのときの女性かも……。だから電話に出ないの？　それとも、その人とはまた別の女性だったりして……)

ついさっきまでの心地よい気分はどこへやら。まさか、そんなはずは——と思いつつも、一度そんなふうに考えはじめたら、着信音が気になって仕方がなくなってしまった。

「……ねえ……電話っ……」

佳乃は熱く火照《ほて》る唇を強《し》いて横にずらした。

「いいよ、ほっといても」

敦彦がキスを続けようとする。佳乃は軽く首を横に振って、視線を居間のほうに向けた。

「だって、ずっと鳴りっぱなしだし、気になるでしょ。それに、何か大事な用事かもしれないし」

「う～ん、ちくしょう……いったい誰だよ」

佳乃の頬に唇を押し当てると、彼はおもむろに身体を起こして居間に向かった。そのうしろ姿は、まるでギリシア神話から抜け出してきたかのように筋骨逞《たくま》しく、均整がとれている。

佳乃は薄闇の中で、じっと目を凝《こ》らした。敦彦がスマートフォンを手に取り、画面をタップする。

背中を向けたままの彼が、電話の向こうの相手と話しはじめた。だけど、前回とは違って低い声で喋《しゃべ》っているせいで、何を話しているのかほとんど聞き取れない。時折、肩をすくめたりしながら長々と話しているところを見ると、何か問題でも起きたのだろうか。

佳乃はそろそろと起き上がった。どうしたものかと迷っていると、通話を終えた敦彦が寝室に向かって歩いてくる。

「ごめん。空港に行く前に、立ち寄らなきゃならない場所ができた。すぐに出かけないと間に合いそうもないんだ。せっかくの時間なのに……ほんと、ごめん」

「ううん、大丈夫。じゃあ、急がないと。シャワー、浴びる時間ある？」

「うん――」

敦彦が名残《なごり》惜しそうに唇を重ねてきた。すぐに舌が入ってきて、せわしなく佳乃の口の中を愛撫《あいぶ》して、出ていく。

「この埋め合わせは、今度。そのときは、スマホの電源は落とすよ」

もう一度、キス。それが終わると、佳乃は敦彦を浴室に急き《せ》立てて大急ぎで身支度を整えた。脱衣所に行き、必要な用意をしたあと台所に向かう。

「えっと……喉、渇いてるよね。飲み物……何がいいかな」

少しの間悩み、冷たい緑茶を用意して居間のちゃぶ台に置く。すると、すぐそばに置いてあった敦彦のスマートフォンが短い着信音を奏でる。画面にポップアップ画面が表示され、見るとはなしに文字を読んでしまい、すぐに目を逸《そ》らした。

（薔薇《ばら》の花束、ありがとう。愛してる――「エリカ」）

短いメッセージと送信者の名前が、佳乃の記憶に新しく刷り込まれる。

見なければよかった――

そう思っても、見てしまったものはもう記憶に刻み込まれてしまっている。佳乃は急いで立ち上がると、寝室に向かい障子戸と窓を開けた。眩《まぶ》しい外光が差し込んできて、寝室の中を明るくする。浴室のほうから、敦彦が歩いてくる気配がした。

とりあえず、今は彼を笑顔で送り出そう――

そう決めた佳乃は、努めて何事もなかったような顔をして居間に戻った。

敦彦を自宅から送り出してから二週間後の土曜日。佳乃は親友の真奈と待ち合わせをしていた。

時刻は午後七時。場所は彼女が経営しているイタリアン・バルだ。

普段、この時間だとまだカウンターの内側にいる真奈だが、今日は早々に従業員にバトンタッチして店の一番奥の席をとって待ってくれていたのだ。

先にテーブルに着いていた真奈にメニューを渡され、迷わずイタリア産の瓶ビールを注文する。

すぐにやって来た店員から琥珀《こはく》色の瓶を受け取ると、佳乃はそれを半分ほどラッパ飲みにした。

「あ〜沁《し》みる〜！　やっぱり外で飲む瓶ビールは格別だな〜」

「ちょっと、佳乃ったら……。まあ、プライベートだし、好きに飲めばいいけど」

「だって、今月に入ってからいろいろありすぎて――」

「うんうん。今日はその〝いろいろ〟の詳細を聞くために、招待したんだからね」

真奈には、敦彦に関する一連の出来事はもとより、智也との一部始終についても話してある。

敦彦と再会したときはすぐに連絡したし、その四日後に彼と付き合う事になったくだりも、先週の土曜日に電話して説明済みだ。

とはいえ、この二週間の敦彦は就任に伴う仕事が目白押しで、仕事以外の話をする暇なんか皆無だったのだが――

「ちょっと、見たわよ、佳乃の会社のホームページに載ってた敦彦くんの写真。めちゃくちゃイケメンじゃないの！　もう、びっくり！　あれでエリートとか、佳乃、あんた、本当にラッキーだね。それで、どうだったの？　五年ぶりの〝共寝〟は。今日はそこんとこ具体的に聞かせてもらうからね」

「と、共寝って――」

「だって、あんまりあからさまに言うと、周りに聞こえたとき恥ずかしいじゃない。で？　上手《うま》くいった？　五年ぶりだと、あちこち機能障害起こしたりしなかった？　そもそも、ちゃんと濡れたんでしょうね？　佳乃ったら、ここ五年、男っ気なしだったもんね」

真奈に腕を小突かれ、あやうく口の中のビールを噴き出しそうになる。

「ぬ、濡れたわよ。ぜんっぜん、大丈夫だったし、いくらなんでも、そこまで枯れてないわよ！」

日頃から割とあけすけな話までする二人だから、ついいつものノリで返事をしてしまった。

「ちょっ……声が大きいって！　……でもまあ、よかったわよ。ついに佳乃も本当の恋を見つけたって事じゃない？」

真奈は含み笑いをしながらも、何度も頷いて満足そうな表情を浮かべる。

「どうだろう。言ったでしょ、『エリカ』っていう人がいるって。たぶん、その人アメリカに住んでるんだと思う。それで、この間ニューヨーク行ったときに会ったんじゃないかな……」

佳乃は今わかっている事実を、淡々と真奈に話した。

「う〜ん、でもさ。お礼とかなんとか言うくらいだから、その『エリカ』って人とは、ただ単に仕事上で関わりがあるってだけなんじゃないの？」

「仕事相手に薔薇《ばら》の花束なんて送る？　そのお礼に『愛してる』なんて返ってくるもの？　いくらアメリカに住んでるからって、ただの仕事仲間に愛の言葉なんて囁《ささや》かないでしょ？」

「まあまあ、ちょっと落ち着いて。とりあえず『エリカ』については置いといて……。まずは佳乃と敦彦くんの事よ。話を戻すけど……要はすごくよかったんでしょ？　前に言ってたよね。『智也さんとはぜんぜんダメだった』って」

佳乃は、一口ビールを飲んで頷く。

智也とは実質一年半ほど付き合った。その間、佳乃は智也に求められて何度か夜をともに過ごした。もちろん、その当時は彼に本命の彼女がいるなんて夢にも思っていなかったし、はじめての事に戸惑いながらも自分なりに誠意をもって彼と向き合っていたつもりだった。

だけど、佳乃はどうしても智也に対して上手《うま》く身体を開く事ができなかった。平たく言えば、彼に何をされても感じる事はおろか、心地いいとすら思えなかったのだ。

「そういえば、あれから何か言ってきた？」

「ううん。もう電話番号もブロックしてるし、今のところ特に何もない」

「そっか。このまま何もないといいわね。……あのモラハラ男、今頃佳乃に何の用があるってのよ。ほんと、腹立つ！」

真奈が拳《こぶし》をテーブルに打ち付ける。突然鳴り響いた音に驚いたのか、少し離れた席に座っていた客が、驚いてこちらを見る。

「ま、真奈ったら……」

佳乃が二股をかけられたと知ったとき、真奈は智也のところに怒鳴り込む勢いで激怒してくれた。

そんな親友がそばにいてくれるのを、何度心強く思った事だろうか。

「あ、そういえばね——」

佳乃は、先日敦彦にくすぐったがりだと言われたときの事を話した。真奈が、しかめっ面《つら》をやめて佳乃の話に耳を傾ける。

「ふぅん……やっぱり、佳乃は五年前からもう敦彦くんを受け入れちゃってるんだ」

「え？　それってどういう事？」

意味がわからず、佳乃はきょとんとした表情を浮かべる。

「だって、佳乃って仲のいい子がくすぐると大笑いするけど、そうじゃない子がくすぐってもぜんぜんくすぐったがらないじゃない」

　真奈が大学時代、何かの打ち上げのときにやった、罰ゲームのくすぐりの刑の話をした。

「そ……そうだっけ？」

「そうだよ。あのとき、十人くらいが佳乃の脇腹をくすぐったでしょ。仲のいい子のときは大笑いしてたけど、そうでもない子のときは顔が引きつって終わりだったじゃない。まあ、あのときは全員女子だったけど」

「ああ、うん――」

　言われてみれば、真奈の言うとおりだ。当時、真奈にくすぐられたときが一番くすぐったく感じて、身をよじるほど大笑いしたのを思い出す。

「で、敦彦くんにくすぐられたら、転げ回るほど大笑いしたってわけね。……ほんと、身体って正直だよねぇ。もしかして智也さんとは一度もそんな事なかったんじゃないの？」

「……うん」

「佳乃と敦彦くんって、いろいろな意味で相性がいいし、何か特別な縁があるんだよ」

　真奈がうんうんと頷きながら、言葉を続ける。

「付き合おうって言ってくれたのは向こうなんだし、きっと本気で佳乃の事を考えてるんだと思うよ？　なんてったって、五年も佳乃の事忘れずにいたんだもの。今時、身体から入る付き合いなんてめずらしくないんじゃない？　『エリカ』の事は、付き合っていくうちにはっきりするでしょ」

あんまり悲観的にならないほうがいい――

真奈にそう言われた事を頭に置きつつ、佳乃は店を出て家路につく。そして、改めて敦彦との関係について考えはじめた。

仮にも付き合うと言ったのだから、その言葉に責任を持とうと思う。けれど、やっぱり傷つきたくないという気持ちはあるし、意識していないとどんどん考えがネガティブなほうにいってしまいそうだ。

真奈が言うとおり「エリカ」については、ひとまず考えないようにしよう。付き合おうと言ってくれた敦彦を信じて、今度こそ逃げずに彼と向き合うのだ。

疑心暗鬼になろうと思えば、いくらだってなれる。だけど、諸々の心配事を差し置いてしまえるくらい、佳乃は敦彦に惹かれている自分に気づいていた。

月曜日になり、佳乃はいつもより少し早く家を出て駅に向かった。

今日は朝一で役員会議が開催される。出席者は敦彦を含む十二人の取締役及び五人の監査役。

プラス、「パンジーマート」側からも二名参加する予定だ。

議案は「『パンジーマート』とのＭ＆Ａに関する具体案について」。

同社の合併・買収話については、これまで何度も話し合いの席を設《もう》けながらも、いまだ明確な方向性を決定するに至っていない。

この件に関しては、すでに先方の社員らにも情報が流れており、少なからず社内に動揺が広がっているという。このまま足踏み状態が続けば、こちらに対する不信感を抱《いだ》かせてしまいかねない。村井はその点を大いに懸念していた。

そんな事情もあって敦彦の就任早々、様々なスケジュール調整が行《おこな》われているのだ。

佳乃は会社に到着すると、役員会議室に向かった。中に入ると、岡が必死の形相《ぎょうそう》でテーブルを拭《ふ》いているところに出くわす。

「あ、清水主任。おはようございます！」

「おはよう。準備ご苦労さま。もしかして、高石さんは、まだ来てない？」

会議室の準備は当番制になっており、今日は岡と舞が担当のはずだ。本来なら当番の者に任せてしかるべきだが、ここ最近の舞の態度を気にかけていた佳乃は、万が一の事を考えて少し早めに出社したのだ。

「はい。まだというか、ついさっき副社長の奥様から連絡があって『気分がすぐれないようだから休ませる』って」

　岡が困り果てた表情を浮かべる。今日はいつもの会議よりも出席者が多いし、彼女一人では到底手が回らないだろう。

「そう、わかった。じゃあ、私が高石さんの代わりに一緒に準備をするね」

「すみません、助かります！」

　テーブルを拭《ふ》くスピードを上げつつ、岡がペコリと頭を下げる。短く返事をしたあと、佳乃はふと敦彦に言われた事を思い出した。

『そんなに片意地張って頑張らなくてもいいのに――。もう一歩近づいた接し方をしてあげたほうが後輩も何かと気が楽だと思うよ』

　見ると、岡はいかにも恐縮した様子で首をすくめている。佳乃は思い切って、にこやかな笑みを浮かべた。

「どういたしまして。大丈夫、二人でやれば十分間に合うから。さて、と……じゃあ、どうしようか……岡さんがテーブルを拭《ふ》いている間に、私は席札立てを置くついでに資料配りをやってしまおうか？」

　佳乃は、ドアの近くに置いてある資料の山を指さす。

　これまでの佳乃なら、即断で業務を振り分けて一方的に指示を出していた。そのほうが速く片づくには違いないが、きっと今の緊張感を引きずったまま会議に突入してしまう事だろう。

「はい、お願いします！　じゃあ、私はこれをやり終えたらお茶出しの準備をしますね」

「うん、お願い」

佳乃が頷くと、岡がほっとしたように表情を緩《ゆる》ませる。

「あの……ほんと、清水主任が来てくれてよかったです。もう、私一人で間に合うかどうかって……ちょっとパニックになりかけてました」

テーブルを拭《ふ》き終えた岡が、急ぎ足で給湯室へと向かっていく。そのうしろ姿を見送りながら、佳乃は改めて口元に笑みを浮かべた。

秘書課主任として、もっと部下といい関係を結ぶ――今回の事が、その第一歩になればいいと思う。

佳乃は、敦彦から助言をもらえた事を心からありがたいと思った。彼の言葉がなかったら、きっと今回も部下に恐縮されて終わりだったに違いない。

資料を配り終えた佳乃は、給湯室に向かった。岡と会議中の段取りについて確認し、いったん自席に戻って朝のルーチン業務をこなす。

他の社員達が順次出社してくる中、敦彦が非常口の鉄製のドアを開けてフロアに入ってきた。

彼はスーツのジャケットを脱いで、ビジネスバッグとともに持っている。真っ白なシャツにドット柄のネクタイが素敵だ。

（え？　まさか、一階から十二階まで階段で上がってきたの？）

佳乃は驚きつつも、居住まいを正した。ほどなくして敦彦が秘書課の前を通りかかる。その場にいる全員がいっせいに朝の挨拶《あいさつ》をした。彼は朗《ほが》らかに挨拶《あいさつ》を返しながら、大股で執務室へと歩み去っていく。

佳乃はすぐに立ち上がり、今日のスケジュール表を手に彼のあとを追った。

「失礼します」

佳乃は敦彦の執務室の前に立ち、内側に開いたままになっているドアを軽くノックした。彼の習慣なのか、来客や必要があるとき以外は常にドアは開けっ放しになっている。

「本城代表、今日のスケジュールですが――」

佳乃が声をかけると、デスクの横に立っていた敦彦が振り返る。驚いた事に、彼はシャツを脱いで上半身裸になっていた。

佳乃が絶句したままドアの前に突っ立っていると、敦彦がにっこりと笑って手招きをしてくる。

「どうした？　遠慮なく中に入って。最近、忙しすぎて運動不足気味なんだ。ちょっと調子に乗って階段を使ったら、汗をかいちゃってね」

朝っぱらから見るには刺激が強すぎる風景を前に、佳乃は極力敦彦のほうを見ないようにして部屋の中に入った。着替えが済むと、彼は何やら難しい表情を浮かべながら佳乃を自身のデスクの横に呼び寄せる。何事かと思い、招かれるままに椅子に座る敦彦のそばに行った。

彼が口の横に手を添え、内緒話をするときの格好をする。

「はい？」

佳乃は腰を屈めて敦彦の口元に耳を近づけた。

「今日、泊まりに行っていい？」

「は？　ちょっと……何を言っているんですか？」

佳乃はすぐに体勢を戻して、眉根を寄せた。

「何って、今日のスケジュール確認をしてるんだけど」

敦彦が、おどけたような表情を浮かべる。

「そ、それは仕事が終わってからの話ですよね？　とにかく今は仕事に集中してください。ここは会社です。そういった発言は、終業後にしていただかないと困ります」

「だって、こういう事は事前に言っておいたほうがいいだろう？」

「それはそうですが……。だとしても、別の連絡方法があると思いますが」

「そうだけど、直接言いたかったから」

敦彦が、上目遣いにこちらを見上げてくる。まるで少年のような顔でそう言われて、佳乃は内心たじたじになった。

「わ……わかりました。わかりましたから、そんな目で見ないでいただけますか?」

佳乃は努めて平静を装《よそお》って、その場にかしこまる。

「じゃあ、行っていい?」

なおもそう聞かれて、佳乃は無言で首を縦に振った。敦彦が嬉しそうに微笑みを浮かべる。

それからすぐに内線電話が鳴り、彼が受話器を手にした。

「本城です。……ああ、わかりました。……そうですか。では、今からお越し願えますか?」

通話は続いている。佳乃は、デスクの上に持参したスケジュール表を置いた。

敦彦がスケジュール表を見て、紙の右端に「OK」の文字を書く。佳乃は頷いて一礼し、ドアに向かって歩き出した。

なんだか背中の真ん中がむず痒《がゆ》いような気がして、佳乃は部屋の外に出る一歩手前でうしろを振り返った。案の定、敦彦が目を細めながらこちらを凝視している。

そうである事を期待していた自分も自分だが、社内で舐《な》めるみたいに自分を見る彼も彼だ。

瞬時に頬が赤くなり、とっさに下を向いた。そのまま再度一礼すると、佳乃は顔を上げないままそそくさと自席へと戻ったのだった。

開始十分前に会議室に入り、岡とともにやってきた出席者達を迎える。

順次部屋に入ってくる役員達は、社長派と副社長派がちょうど半数ずつ。最後に入ってきた敦彦が、ちらりと佳乃を見る。

佳乃は何食わぬ顔で彼の視線をやり過ごし、岡とともに会議室のうしろに陣取った。

会議がはじまり、議長を務める取締役経営推進部長が、各自の意見を抽出していく。

佳乃は出席者達の発言を逐一メモし、隣では岡が同じように議事録用のメモをパソコンに入力している。

「しかし『パンジーマート』従業員全員を受け入れるというのは、現実的ではないでしょう」

「赤字店舗の閉鎖も視野に入れておかねばなりませんしね」

「それでは『パンジーマート』が培《つちか》ってきた地域密着型スーパーというスタンスが――」

「そういう悠長な事を言っている場合ですか？　そんな古臭い考えが、ここ数年の『パンジーマート』の業績の落ち込みを呼び込んだんじゃないんですかね？」

「だからといって、やみくもにあちこち切り捨てるというのはどうかと思いますが」

副社長派が言えば、社長派がすぐに反論する。双方の意見は出るものの、話は一向に進展しない。しかし、村井の不在が影響してか、情勢はやや副社長寄りになっている感が否《いな》めなかった。

自社がここ数年赤字を出しているのは事実だし、現状改善のために「パンジーマート」のM&Aが決まったのも事実だが……

「社長が義理人情に厚い人だというのはわかりますし、今回の話も双方の社長の信頼関係があってこそ生まれた話だというのもわかっています。しかし、うちは株式会社であって、ボランティア団体ではありません。——本城代表、あなたはどうお考えです？　私としては、やはり『パンジーマート』内の大々的なリストラとある程度の店舗閉鎖は必要と思いますが」

一気にまくし立てた高石が、敦彦のほうを見る。

会議がはじまってから、敦彦は一度も口を開かずに聞き役に徹していた。

「そうですね。副社長がおっしゃる事は、もっともだと思います。リストラと店舗閉鎖——この二点についてもう少し詰めた提案書を早急に出していただけますか？」

敦彦の発言を聞いて、佳乃ははっとしてペンを止める。

それは、明らかに副社長に賛同するという意思表示だ。顔を上げてみると、この場にいる全員が敦彦のほうに顔を向けていた。

「それと、今後開催される会議は、基本的には三十分。最長でも一時間で閉会にします。理由は会議の慢性化を避け、効率を上げるためです。時間短縮のために、今後は各自があらかじめしっかりとした意見を持って会議に参加してください。詳しい事は追ってお知らせします。――では、そういう事で。議長――」

敦彦が議長のほうを向いて閉会を促《うなが》す。時間を確認すると、会議開始からちょうど一時間が経過していた。議長が閉会の宣言をする。出席者達は、それぞれに思うところがありそうな面持《おもも》ちをして会議室から出ていく。

高石はといえば、自分の思惑どおりに話が進んだせいか、いたく満足そうな表情を浮かべていた。

（驚いた……。まさか、このまま副社長派が望む方向に進むのかな……）

これまで何度会議を開いても、こと「パンジーマート」の件に関しては一向に話が進まずにいた。それが敦彦の鶴の一声で、とりあえず話は進んだ。

その事自体はいいとしても、向かおうとしている方向性については、大いに不安がある。

着任早々「パンジーマート」の件をどう捉《とら》えているか尋ねられ、佳乃は自身の考えを伝えるとともに必要な資料をそっくり彼に渡していた。彼は資料に目をとおしていたし、佳乃の考えを聞きながら、深く頷いていた。

副社長派の意見を全面的に否定するわけではないし、利益追求を優先させるのは株主のためにもなる。しかし、「パンジーマート」の古参社員の切り捨ては、地元住民との信頼関係をも断ち切る事になりはしないか。

そこまで考えて、佳乃は緩《ゆる》く首を振って思考を止める。

敦彦は村井自《みずか》らが是非にと言って呼び込んだ人材だし、自身が入院中である今、すべての判断は全面的に彼に任せると断言していた。

(きっと、最良の道を選んでくれるはず……)

佳乃は人気《ひとけ》が少なくなった会議室の中を見回した。すると「パンジーマート」の役員の席で、敦彦が彼らとともに何やら話し込んでいる。ほどなくして三人は立ち上がり、会議室の外へ出ていった。

片づけをしながら何気なく様子を窺《うかが》っていると、三人はそのまま敦彦の執務室に入っていく。

おそらく、このあと内々の話し合いがされるのだろう。

佳乃は岡と会議室の片づけをしてから自席に戻り、頃合いを見計らって敦彦の執務室に向かった。

廊下を歩いている途中、敦彦が執務室から出てくるところに出くわす。

「あ……『パンジーマート』の皆さんは、もうお帰りでしたか」

「うん。予定外だけど、これから、ちょっと出かけてくる。たぶん、そのまま戻らず午後の予定に入って、スケジュールどおり直帰するから」

「承知しました。では、いってらっしゃいませ」

軽く頭を下げて顔を上げると、敦彦がすぐ横まで迫っていた。彼はそのまま少し屈んで佳乃の耳元に囁《ささや》いてくる。

「じゃ、今夜行くのでよろしく。たぶん、十時過ぎになると思う」

「……っ！」

またそんな事を！

就業中に、こんなプライベートな事を口にするだなんて――

佳乃は憤然と顔を上げ、一言言おうと口を開けた。しかし、唇に人差し指を当てた敦彦に制されてしまう。

「これはトップシークレットだから、他の人にはぜったい喋《しゃべ》らないように」

そう言う彼の視線は、完全にプライベートモードだ。今にも唇を寄せてきそうな気配を感じて、佳乃は急いで彼から一歩離れた。

「喋《しゃべ》るわけありません、こんな事」

佳乃は極力表情を消し、あえて平坦な声で答えた。そんな佳乃に、彼は満足そうな微笑みを浮かべる。

「結構。じゃ、行ってくる」

敦彦が悠々とエレベーターホールに向かって歩いていく。

(何よ！　あの余裕綽々《しゃくしゃく》って感じの態度)

何だかわからないが、負けたような気がする。

佳乃は去っていく敦彦のうしろ姿を見つめながら、誰にもわからない程度に鼻の頭に皺《しわ》を寄せるのだった。


その日の仕事を終え、いつもどおり帰りの電車に乗る。

(本当に、うちに来るつもりなのかな？　だとしたら、どうして会議であんな発言をしたのか聞いてみようかな……)

果たして敦彦は、どちらの味方なのか。聞くにしても、来て早々に仕事の話をするのは気が引ける。

せっかく来てくれるのだからまずはねぎらって、ゆっくりとリラックスしてもらいたい。

あれこれと考えているうちに、だんだんと落ち着かない気分になってきた。

(家に泊まるんだよね？　だとしたら、着替えとかどうするんだろう)

オフィスには着替えを置いていたようだが、まさかビジネスバッグにまで入れていないだろう。

（待って！　泊まるって事は、す……するって事？）

電車に揺られながら、そんな考えに思い至って一人あわてふためく。

付き合うと決めた以上、それはごく当たり前の流れだ。けれど、佳乃はまだこういった事に慣れない。何せ、この年になってはじめて快楽を得られたくらいなのだ。

敦彦に任せていればひとまず安心だとは思うものの、それで本当にいいのだろうか。

（自分からも何かする？　……でも、何をどうしたら正解？　ああもう、こんな事ならこの間真奈にいろいろと聞いとけばよかった！）

電車を降り、自宅への道を歩きながら佳乃は悶々《もんもん》と考え込む。

自宅の前を通る道まで来たところで、今さらのように板塀の外から庭の様子を窺《うかが》ってみた。寝室までは、かなり距離がある。けれど、周りが静かなだけに声が外に聞こえてしまう可能性は否定できない。

（雨戸を閉めたら少しはマシかな？　でも、昼間から閉め切ってたら変に思われるし、夜は夜で昼間よりもっと静かだし――）

門の前まで来て、ふたたび考え込む。

そういえば、夕食は済ませてくるのだろうか？　もしお腹を空《す》かせていたら何を出そう。

「って、お腹が空《す》いてないかとか、私ったらまるでお母さんじゃないの。……ああもう！　まさかこの年になって年下男に翻弄《ほんろう》されちゃうなんて……」

「その〝年下男〟って、俺の事かな？」

「きゃあああっ！」

突然背後から声をかけられ、佳乃は驚いてうしろに飛び退《すさ》った。その勢いで、玄関の引き戸にぶつかりそうになる。

「おっと、大丈夫か？　とにかく中に入ろう。今の大声で近所の人が出てくるかもしれないから」

敦彦に促《うなが》され、佳乃は急いで鍵を取り出して玄関を開けた。中に入り、照明のスイッチを押す。下駄箱の上に置いてある時計は、午後八時十分を指している。

「ど、どうしたの？　来るの、十時過ぎじゃなかったっけ？」

「うん。予定より早く身体が空《あ》いてね。会社に電話したらもう君は帰ったっていうから、タクシーで先回りして待ってたんだ」

話しながら、あれよあれよという間に敦彦が靴を脱いで式台に上がる。

「だけど、せっかくこうして会えたのに、これから急遽《きゅうきょ》出張する事になってね」

「出張？　これから？」

「ああ、昼間『パンジーマート』の人達と話して、明日の朝一で開かれる向こうの会議に参加させてもらう事になったんだ。出張の前に、ちょっと寄らなきゃならない場所もあるしね。だけど、今夜行くと言ったからには、どうしても君に会いたくてね」

会いたくて——と言う言葉に心が震えた。

つい口元が緩《ゆる》みそうになり、あわてて気持ちを引き締める。

「じゃあ、すぐに出発しなきゃなのね？」

「ああ。今から一時間後にはここを出ないと。明後日《あさって》の午後には戻るから、それまでのスケジュール調整をお願いできるかな？」

急遽《きゅうきょ》出席するくらいだから、きっとそれなりの理由があっての事なのだろう。

佳乃は頭の中で素早くスケジュールを確認した。

「わかりました。調整は可能だし、特に問題はないかな」

「ありがとう。あと、今週中にここへ特別おいしい日本茶を送っておいてほしいんだ。住所と名前はこれ。できれば、ちょっと苦みが強いくらいのものがいい」

渡されたメモを見て、佳乃は一瞬動きを止めて固まる。

「……〝沢村《さわむら》エリカさま〟宛、アメリカのニューヨーク州……ですね」

「エリカ」という名前が「沢村」という苗字をともなって佳乃の目の前に再現した。やはり彼女はアメリカに住んでいた。そして、今でも敦彦となんらかの繋がりがある。

できることなら、今のタイミングで現れてほしくなかった。かといって、いつならいいのかというものでもないけれど……

「仕事じゃないのに悪いね。急いでほしいと、叔母から頼まれてしまったんだ」

「え？　お、叔母……さま？」

「ああ。そうだよ。エリカは七十歳近いんだけど、すごく元気な人でね――もう向こうに住んで四十年くらいになるかな。ちなみに、エリカって呼び捨てにしてるのは彼女の希望なんだ。心身ともに若いから〝叔母さん〟って呼ばれるのが嫌なんだって」

「そ、そうでしたか……」

「うん。……あれ？　もしかして、エリカの事ガールフレンドか何かだと思った？　そういえば、会社でエリカからの電話をとったときも微妙な顔してたよね？」

ひょいと顔を覗《のぞ》き込まれて、佳乃はたじろいで首を横に振った。

「い、いいえ！　そんな事は……」

「ふぅん？　いかにも、そんな事あるって顔してるけど？　まあいい。ところで、なんでまた敬語になってんの？」

指摘され、はじめてそれに気づく。それから語られる「エリカ」についての話を、佳乃は半ば呆けたように聞いていた。

（なんだ……。「エリカ」って、叔母さまの事だったんだ……。そっか……そうなんだ……）

驚くほどホッとしている自分がおかしかった。

薔薇《ばら》の花束も「愛してる」の言葉も、すべては身内に向けられた愛情表現だったのだ。

佳乃は心の中で万歳三唱をする。

「それはそうと、今日の佳乃、俺に対してゾクゾクするほど素っ気なかったよな」

「は？　な、何の事？」

「とぼけてもダメだぞ。会議室に入ったとき、俺が視線を送ったのわかってて無視しただろ？」

「あ、あれは、みんなが見てたから……。だいたい、仕事中にプライベートな事を口にするのはダメでしょう？」

「くくっ……いや、ごめん。佳乃がいろいろと反応してくれるのが嬉しくて、つい……ね。まあ、俺の可愛い秘書さんが怒るなら、今後は気をつけるかな」

言い終えた敦彦が、ニヤニヤと笑いながら佳乃を見る。

〝俺の可愛い秘書さん〟――たった今言われたフレーズが、頭の中をグルグルと回りながら膨らんでいく。

いやしかし、やはり仕事中は問題だ。なによりこっちの心臓が持たない。

「それはそうと、家の前の街灯が切れてるじゃないか。女性の一人暮らしなんだから、もっと防犯対策をしておかないとダメだぞ。俺が門のそばに立ってるのにも、暗くて気づかなかったんだろ？」

「ああ、うん」

「これだから、佳乃を一人にしとくのは心配なんだ。……ところで、さっき俺がお腹減ってないか心配してくれてたけど、実はハラペコなんだ。ただし、胃じゃなくて、性的な欲求のほうが、だけど――」

「あんっ……ん、んっ……」

玄関を上がってすぐの壁に背中を押し付けられ、いきなりキスをされた。脚の間に膝を入れられ、身体を固定される。

「え？　なっ……何を……ぁんっ……」

スカートの裾をたくし上げられ、ストッキング越しにももの内側を撫でられる。

「これ、四十デニールくらい？　結構脱がせにくいな……今度弁償するから破っていいか？」

低い声で囁《ささや》かれ、思わず頷いてしまった。その途端、生地《きじ》が裂ける音が聞こえた。はじめてのシチュエーションに、あっという間に身体が熱く火照《ほて》り息が上がる。

「横になりたい？　それとも、立ったままでしてみる？」

耳朶《じだ》を軽く食《は》まれながら、太ももをまさぐられる。脚の間は、すでに言い逃れができないくらい濡れそぼっていた。

「た……立ったままで……」

「了解。俺もそうしたいと思ってた」

言うが早いか、敦彦がどこからか避妊具の小袋を取り出す。いつの間にかブラウスの前がはだけ、胸の谷間が露出していた。左膝をすくい上げられ、片方の脚だけをショーツから抜かれる。

まるで、官能的な映画のワンシーンみたいだ。見つめ合ったまま少しずつ距離が縮まり、長いキスをされる。唇を重ねてくる彼の顔が、とてつもなくセクシーで魅力的だ。佳乃は我慢できず、敦彦の首に腕を回し、ぎこちないながらも自分からキスを返した。

「ヤバ……。思ってた以上に興奮する――」

唇が離れ、敦彦が腰を落とす。次の瞬間、下からすくい上げるように熱い屹立《きつりつ》を挿入された。

「ぁあっ……んっ……！」

さっき家の前で大声を上げたばかりだし、これ以上騒いだら本当に近所の人がやって来ないとも限らない。佳乃は懸命に声を抑え、背中を仰《の》け反《ぞ》らせる。

敦彦の手が乳房を包み込み、先端をしごくように揉み込んできた。喘《あえ》ぐ喉元に舌を這《は》わされ、ゆっくりと下腹の内側を擦られる。途端に目の前に閃光《せんこう》が弾け、中が引きつったように戦慄《わなな》く。

恥じらう暇もなくもう片方の膝裏も抱え上げられ、両方のつま先が宙に浮いた。まるで身体を射抜かれたようになり、佳乃は夢中で敦彦の肩にしがみついて唇を噛む。

「佳乃は、こうされるのが好きだったよね？　覚えてる……？　俺は君の中を丹念にかき混ぜて、どこをどうすれば佳乃が悦《よろこ》ぶか探したりしてた」

蜜窟の中を縦横に抉《えぐ》られ、全身の血が沸き立った。敦彦がじっとこちらの様子を窺《うかが》っているのがわかる。

彼の目に今の自分はどう映っているのだろう？

佳乃はにわかに羞恥心《しゅうちしん》を覚え、震える唇で彼に訴えかけた。

「そんな目で……見ないでっ……」

「そんな目って、どんな目？　佳乃の中が気持ちよすぎて、今にもイキそうになってる幼気《いたいけ》な子羊の目……ってとこかな？」

敦彦の口元から白い歯が零《こぼ》れた。彼は、わざとらしく眉尻を下げ、いかにも困惑しているような表情を浮かべる。しかし、こちらを見る敦彦の目は明らかに獰猛《どうもう》な肉食獣のそれだ。

「あぁんっ！」

背中を壁に押し当てられ、強く腰を振られた。思わず大きな声を出してしまい、はっとして息を止める。

「感じてる声、やっぱり聞かれるとまずい？　ちょっとくらい聞かせてあげてもいいんじゃないか？」

そう訊《たず》ねられ、あわてて首を横に振った。敦彦の顔に、若干加虐的な表情が浮かんだ。

そう思ったのも束の間、彼はジャケットの胸元からポケットチーフを抜き取り、佳乃の口にそれをあてがってきた。

「いい加減、専用のさるぐつわでも買おうか？」

冗談めかした様子でそう言われ、佳乃はポケットチーフを咥《くわ》えながら敦彦を軽く睨《にら》みつけた。満足そうに頷いた彼を少々憎らしく思わないでもない。けれど、同時にそんな彼が愛しくてたまらなくなった。

村井に「品行方正」と言われた自分はどこへ行ったのやら――

突然やってきた非日常に、すっかり夢中になってしまっている。

「脚、俺の腰に回して」

言われたとおり彼の腰を両脚で抱え込むようにした。それと同時に背中が壁を離れ、彼に抱きついた状態のまま身体を大きく上下に揺すぶられる。

すごく気持ちがいい。

彼とはまださほど回数を重ねているわけではないのに、もう身体が敦彦のものに馴染《なじ》んでしまっている。唇を重ね、舌を絡《から》めているうちに、どんどん欲望が満ち溢れてきた。

そうしている間も、敦彦の指が柔毛をかき分け、花芽を執拗《しつよう》に捏《こ》ね回してくる。まだ狭い蜜窟を内側から広げられ、激しい抽送《ちゅうそう》とともに快楽の波が襲ってきた。込み上げてくる愉悦《ゆえつ》に抗《あらが》えず、佳乃は敦彦の背中にしがみついてくぐもった嬌声《きょうせい》を上げ続ける。

だけど、それもあっという間に終わりを告げた。

時間がやってくると、敦彦は巧みに佳乃を絶頂に導いて果てさせてしまった。

「ゆっくりできなくてごめん。続きは出張から帰るまでお預けだな」

手早く身支度を整えた彼が、佳乃のブラウスの前を合わせた。身体には、まだ交わったときの熱が残っている。

「えっと……タクシー、呼ぶね。大通りまで送っていく」

「いや、この時間なら呼ばなくても大丈夫だ。見送りはここでいいよ」

「でも……」

「言う事を聞いて、今夜は大人しくしておいで。わからない？　今の佳乃からは男を誘うフェロモンがだだ洩《も》れしてる。俺を送った帰りに、すれ違った男を惹きつけないとも限らないだろ？」

キスをしながら指先を絡《から》め合った。油断すると、また彼が欲しくてたまらなくなってしまいそうだ。

「戸締まりと防犯にはくれぐれも気をつけるように」

「うん」

「いい子だ」

にっこりと微笑んだあと、敦彦が下駄箱の上に置いてあった引き戸の鍵を手渡してくれた。

彼の手が佳乃の髪の毛を撫でる。そして、耳朶《じだ》に唇を寄せながら小さな声で囁《ささや》いた。

「佳乃、好きだよ」

一瞬、世界が止まったように思えた。

呆然としている間に、敦彦がバッグを持って玄関の外に出ていく。はた、と気がついて家の前に走り出たときには、彼の姿はもうなかった。

のろのろと玄関まで戻り、鍵を閉めようと敦彦に握らされた拳《こぶし》を開く。

「あ」

佳乃はポカンと口を開けたまま広げた掌《てのひら》を見た。

その上には、玄関の鍵とともに敦彦に脱がされた水色のショーツが載っていたのだった。

翌日の朝、佳乃は朝のルーチン業務をこなしたあと、敦彦の執務室に入った。

部屋の中をざっと見回し、何か不備や過不足がないかチェックをする。敦彦は明日の午後まで出張だ。しかし、村井のとき同様、部屋の主《あるじ》が不在中も部屋の見回りは怠《おこた》らない。

デスクの周りをぐるりと回りながら、椅子に座りクッションを確かめる。すぐに立ち上がり、部屋の入口に向かった。そこでデスクを振り返り、これまでに幾度となく繰り返している質問を自分に投げかける。

（私、あの席に座っている人と本当に付き合ってるんだよね？）

「うん」

小さく返事をして、佳乃は執務室を出て廊下を歩きだす。

最初こそ疑心暗鬼になり、敦彦を避けるような行動ばかりとっていた。だけど、そんな事はもうやめにする。真奈の言うとおり、敦彦との出会いと再会は、きっと特別な縁があっての事だ。ならば、それを大切にしないでどうする。

一時は彼の〝復讐〟を疑ったけれど、今はそんな疑念を抱いた自分を恥ずかしく思う。佳乃の意識がそんなふうに変わったのには、昨夜の敦彦の言動が大いに関係していた。

彼は佳乃の頭を撫で、名前を呼んで「好きだ」と言ってくれた。

この世に生を享《う》けて三十二年になるけれど、そんなふうに言ってくれた人は彼がはじめてだった。

（真奈に言ったら、笑われるかな——）

思えば、あれだけ熱心にアプローチをしてくれた敦彦に対して、自分はなんてひどい態度をとり続けていた事だろうか……

懐疑的になるあまり、ついこの間まで彼の自分に対する気持ちに確信が持てなかった。けれど今は、最初から変わらないスタンスで手を差し伸べてくれる彼を、心から信じたいと思っている。

（——って、今は仕事中でしょ！　余計な事は考えないの！）

デスクに戻る前にロッカー室に立ち寄ろうと、エレベーターホールを過ぎてまっすぐに歩き続ける。ドアの前に立ち、中に入ろうとしたとき、部屋の中から舞のはしゃいだ声が聞こえてきた。

「ねえ、内緒よ？　今はまだ誰にも言っちゃダメだからね」

「うん、わかった。絶対に言わない」

「私も～」

聞こえてきた声から、中にいるのはどうやら舞と同期の女性社員らしい。

なぜかドアを開けるのを躊躇《ちゅうちょ》してしまい、踵《きびす》を返してその場から立ち去ろうとした。

しかし、耳に入ってきた声に、進めようとしていた足がぴたりと止まる。

「実は昨夜、本城代表と『レオパール』で一緒に食事をしたの。彼って、ほんと超絶カッコイイのよ。ドレスコードも完璧だし、ちゃんと私を席までエスコートしてくれたし」

舞が言った「レオパール」という店は、数年前にオープンしたフレンチレストランだ。シェフはフランスでも有名な三ツ星シェフで、ドレスコードもある。佳乃のような一般人は、そう簡単に行けるような店ではない。

「昨夜はパパも一緒だったの。でもね、パパったら気を利かせて途中でいなくなっちゃって……。私、昨夜はたまたま店の近くのホテルに部屋をとってたの。あとはもう、言わなくてもわかるわよね？　私の事、今日から本城代表の婚約者、って思ってくれていいから」

ドアの向こうで歓声が起こる。それと同時に、ロッカーのドアが閉まる音が聞こえてきた。

佳乃は急いで廊下を戻り、すぐ左手の給湯室に入った。ほどなくしてやってきた舞達は、佳乃に気づく事なく前を通り過ぎる。

佳乃は頭の中に、昨日聞いた敦彦の言葉を思い浮かべた。

舞の言葉が本当なら、彼の言った〝出張の前に、ちょっと寄らなきゃならない場所〟というのは、舞達と行くフレンチレストランだったという事になる。

突然、動悸が激しくなり、視線が定まらなくなった。

（いったい、どういう事？）

昨日「好きだ」と言ってくれた敦彦と、舞が婚約者だと言った人物が、同じであるはずがなかった。もし同じだとしたら、それはどちらかが嘘という事になる——

にわかに気持ちがざわつきはじめるが、今はこれ以上考えるべきではない。

佳乃は意識して大きく深呼吸をする。もうじき始業時刻だ。これ以上プライベートに気持ちを囚《とら》われている暇などなかった。

給湯室を出た佳乃は、強《し》いて頭の中を今日やるべき仕事でいっぱいにする。そして、いつもと何ら変わりない様子でデスクに戻っていくのだった。

七月最初の火曜日は、朝から立て続けに三社からの取材予定が入っていた。

もともと二社だったものを三社に増やしたのは、敦彦の意向だ。

敦彦が出張から帰ってきてからの日々は、あらゆる面で息つく暇もないほど忙しかった。

彼が「七和コーポレーション」に来てまだひと月も経たないというのに、その存在感は早くも日本経済界はもとより、それ以外の分野にまで知れ渡りはじめている。

とりわけ、そのイケメンぶりに注目が集まっているようだった。

敦彦が積極的に取材を受けているからか、「七和コーポレーション」の知名度は格段にアップした。

　ただでさえ会社のトップとして忙しい日々を送っている敦彦だが、切れる事のない取材のオファーに、そのスケジュールは日を増すごとに過密になっていく。

　佳乃は秘書として彼が少しでも多くの時間を有効に使えるよう配慮し、同時に心身の健康を損ねないよう気を配る。

　佳乃は毎日、敦彦の社内アドレスに送られてくる数百件単位の未読メールを振り分け、適切な対応をしつつ必要に応じてスケジュールを調整していった。

　敦彦が多忙なら、彼の秘書である佳乃も必然的にやる事が増える。

　この一週間、二人はオフィスで私的な会話は一切交わしていなかった。

　分刻みのスケジュールの中でする会話は、すべてビジネスに関するもの。

　しかしその状況は、佳乃にとって至極ありがたいものだった。

　今は、彼とプライベートな事を話したくない。

　極力二人きりにならないよう気をつけ、執務室に呼ばれても用件を済ませたら即座に退室していた。すべてにおいて事務的かつ迅速に対応し、前にも増して彼に対して隙を見せない事を心掛けている。

　完全に敦彦が就任してすぐの頃の佳乃に戻っていた。

　ロッカー室の前で舞のお喋《しゃべ》りを聞いて以来、佳乃は自分なりに彼との関係を考えてきた。

敦彦が「好きだ」と言ってくれた気持ちを疑うつもりはない。

彼がいい加減な事を言うわけがないし、いつだって正直な気持ちを伝えてくれた。

しかし、そうだとしたら舞の発言はいったい何だったのだろう。もし舞の言っている事が本当なら、つじつまが合わなくなる。

漠然とした不安を抱えながらも、佳乃は再会した彼を信じていた。

だが突然、その気持ちを打ち砕かれる事になる。

今から数日前の事。

その日、たまたま用事があって高石の執務室を訪れた佳乃だったが、あいにく本人は離席中で、秘書の舞も社内で行方《ゆくえ》知れずだった。仕方なく持参した書類を置いて退室しようとしたとき、高石のデスクの電話が鳴った。

とっさに佳乃が電話に出ると、都内の老舗《しにせ》結婚式場からだった。

『ご予約いただきました、お嬢様の婚約から挙式までのスケジュールについて――』

それを聞いた瞬間、佳乃は先日の舞の発言を思い出す。

高石の娘は舞だけだ。もしこれが本当なら、舞と敦彦が婚約するという話が事実となる。

（どういう事なの……）

いつの間にそんな話になったのだろう？

なにより、それならなぜ敦彦は、自分にあんな事を言ったのか——

敦彦が何を考えているのか、佳乃には全然わからない。

思い悩み、真奈に話を聞いてもらったりして、どうにか荒れ狂う感情をやり過ごす。

秘書として仕事は通常どおりこなしていたけれど、終業時刻を迎え一人になった途端に心が押しつぶされるほどの哀しみと疲労感に襲われた。

そんな中迎えた、七月の第二週目の水曜日。

ようやく、主だった取引先への敦彦の代表就任の挨拶《あいさつ》と、一連の取材攻勢が一段落した。相変わらずスケジュールは立て込んでいるが、今日の午前中は落ち着いてデスクワークができるよう調整している。

それに対して、自分はますます神経を張り詰めさせている。常にアドレナリンが出ている状態だし、わずかな暇もできないほど仕事を詰め込んでいた。

（我ながらドMだな……）

だけど、そのほうが気が楽だったし平常心に近い状態でいられた。しかし、そんなわずかばかりの心の平穏すら、奪い去られる状況に陥《おちい》ってしまう。

ほんの少し前、佳乃は敦彦に内線で執務室に来るよう言われた。口調からして、仕事の事ではなさそうだ。

正直言って、今の複雑な気持ちを抱えたまま彼と対峙するのはきつすぎる。だけど、呼ばれたからには行かなければならない。

佳乃は、意を決して敦彦の執務室に出向いた。しかし、いざ来てみると本人がいない。

訝《いぶか》しく思いながらも、佳乃は中に入りデスクの前に立つ。

わざわざ呼び出しておいて、席にいないのはどうしてだろう？

せっかく勇気を振り絞って来たのに……

佳乃は小さく深呼吸をして、その場に立ち尽くす。そして、いったん自席に戻ろうとドアのほうを振り返ったとき、突然目の前に敦彦が現れて声を上げる。

「わっ！　ほっ……本城代ぴょ——びっ……びっくりするじゃありませんか！」

いったいどこから出てきたのか、まるで気配を感じなかった。

「今『本城代ぴょう』って言ったろ？」

敦彦がくすくすと笑う。その顔には、少年のような表情が浮かんでいる。

ついその顔にときめきそうになった佳乃は、思った以上に強く言い返していた。

「い、言ってません！　本城代表こそ、いったい何をなさっているんですか！」

「かくれんぼ。君が見つけてくれるのを待ってたんだが、無理そうだから出てきたんだ」

「何でそんな子供みたいな真似を——」

「だって、この一週間、仕事の話しかできなかったろ？」

佳乃を見る敦彦の口元に、意味ありげな微笑みが浮かぶ。途端に心臓が跳ね、呼吸が乱れそうになる。

ほんの数分前まで、敦彦と適切な距離を保てていた。しかし、あっという間に彼のペースに巻き込まれそうになっている。佳乃は拳《こぶし》をきつく握って、それに耐えた。

「当たり前です。ここはオフィスで、今は就業時間中ですから」

「だけど、君がせっかくこうしてゆっくりデスクに着ける時間を作ってくれたんだ。それを有効活用しない手はないだろう？」

「私が今の時間をお取りしたのは、溜まったデスクワークを、片づけていただくためです」

肩をすくめた敦彦がデスクに向かい、どっかりと椅子に座る。

「うん。おかげで久しぶりに腰を据えて仕事ができたし、溜まっていた分はぜんぶ終わらせたよ」

彼が傍《かたわ》らに置いてあった書類の山をポンと叩いた。

「え？　もうぜんぶ終わらせたんですか？」

「もちろん。俺の事務処理能力を見くびってもらっては困るな」

それまでの口調とはまるで違う落ち着いた話し方をされて、佳乃は面食らったまま、ただ頷く。

「君が秘書として優秀なのは知っていたけど、まさかここまでだとは思わなかったよ。スケジュール調整ひとつとっても無駄がないし、かといって一息つく暇もないほどタイトでもない。君の細《こま》やかな配慮には感謝してるよ。ありがとう」

それは秘書として当然の事だし、改めて礼を言われるようなものではない。

しかしながら、面と向かって仕事を評価し、「ありがとう」と言ってくれるのはすごく嬉しかった。

「それに、毎朝君がここに来て何か不都合はないかチェックしてくれてるのも知ってる。おかげで毎日気持ちよく一日のスタートを切れるよ。朝、君のぬくもりが残った椅子に座るのは、俺の密かな楽しみなんだ」

「ぬ、ぬくもりって……」

またもや彼のペースにはまりそうになって、あわてて気持ちを引き締めた。

油断してはいけない——そう思うのに、彼はまるで息をするように思わせぶりな台詞《せりふ》を投げかけてくる。

「清水さん、絆創膏《ばんそうこう》持ってる？」

ふいに訊《たず》ねられ、佳乃は無意識に胸のポケットに手をやる。

「はい、あります。どこか怪我をなさったんですか？」

「ちょっとね。悪いけど、また貼ってもらえる？」

佳乃はポケットから絆創膏《ばんそうこう》を取り出して、デスクに歩み寄った。

「どこに貼りますか？」

佳乃が問うと、彼は無言で右の掌《てのひら》を差し出す。近寄って見るけれど、傷らしきものはどこにも見当たらない。

「もうかれこれ二週間も君に触れてない。そろそろ限界なんだけどな」

低い声でそう言われて、絆創膏《ばんそうこう》を持つ手を掴《つか》まれる。彼の掌《てのひら》のぬくもりが、一瞬にして身体中に伝わっていく。指の硬さが愛しすぎて、あやうく彼の手を握り返しそうになる。

「ちょっとでも、家に来られない？　まだ、家に招待できてないし」

敦彦が、おもねるような目つきでそう訊《たず》ねてきた。

「……申し訳ありませんが、それは出来かねます」

震えそうになる声を我慢して、きっぱりと断る。

「そうか。仕方ない、もう少し我慢するよ。でももし、ちょっとでも時間がとれそうなら、いつでも電話してくれ。すぐに自宅まで迎えに行くから」

敦彦の顔には、あからさまな落胆の色が浮かんでいる。

それを見た佳乃は、ますます混乱して彼の真意がどこにあるのかわからなくなってしまった。

いったい、何が本当でどれがそうでないのか。敦彦にすべてを問いただしたい。

そう思うのに、いまだはっきりさせる事ができないのは、自分の望まぬ現実に直面するのが怖いからだった。

そんな佳乃の戸惑いをよそに、敦彦は掴《つか》んだ手を握りしめたまま離そうとしない。

「本城代表、手を離していただけませんか」

「うーん……もう少しだけ、こうしていたいんだけどな」

「本城代表――」

敦彦が渋々といった様子で、佳乃の手を離した。

「はいはい、わかったよ。それはそうと、清水さん。来週の『ブラン・ヴェリテ』の祝賀記念パーティの件なんだけど、スーツの用意はもうできてるかな？」

「ブラン・ヴェリテ」とは今年で創立五十周年を迎える、国内の大手アパレル企業である。その記念パーティが来週の火曜日に開催される事になり、先代の社長と懇意である村井にも招待状が届いていた。しかし、村井は入院加療中のため、社長代理として高石が出席する事になっていた。

そして、つい先日先方に就任の挨拶《あいさつ》をしに行った敦彦も、是非にと言われて急遽《きゅうきょ》出席する事になったのだ。

「はい。すべて手配済みです」

佳乃は、携帯していたスマートフォンを操作し、当日敦彦が着る予定のスーツを画面に表示させた。アパレル業界主催のパーティには、そのブランドのものを着用していくのが礼儀だ。事前に敦彦から準備を依頼されていた佳乃は、ファッション業界にいる友達の意見を参考にしつつ、光沢《こうたく》のあるダークグレーの新作スーツを選んでいた。

「ふぅん、いいチョイスだね。じゃあ、これに合うようなドレスを一着用意してもらえるかな?」

「――はい、わかりました」

パーティに出席する際、場合によって秘書を一人同伴する事がある。これまでも何度かそういった機会があったし、佳乃も何度か参加させてもらった。

しかし、それはごくまれな事であり、今回のように大規模なパーティに出る際は後輩秘書にその役を任せるのが常になっている。

そして、その場合の同伴者は、ここ数年ほぼ高石舞という暗黙の了解がされていた。

それは、娘の顔を売っておきたい高石の思惑と、余計な波風を立てたくない村井の意向が合致した結果だ。

慣例では、役員が二人参加する場合も同伴する秘書は一人だ。

つまり、同伴者は舞で間違いないだろう。

他社のイベントとはいえ、公《おおやけ》の場所に連れ立って参加するのだ。

もしかして、これを機に正式に婚約を発表するのでは……？

ふいにそんな憶測が頭をよぎり、胸が苦しくなった。必死に感情を押し殺し、努めて事務的に対応しようとする。

「デザインなどの指定はありますか？」

「いや、それは君に任せる。サイズは少しゆったりめのＳかな」

敦彦は、何を思ってわざわざ自分にこんな事を頼んでくるのだろう？　もしかして、遠回しに舞との関係を匂わせようとしているのか……

「そうですか。靴のサイズは――」

「ああ、二十三センチを頼む。靴擦れをすると困るから、革は柔らかめでヒールの高さは七センチがいいかな」

靴のサイズを知っているなんて、もう舞とかなり親しい関係になっているに違いない。それに、靴擦れの心配までするのだから、彼女の事をよほど大切に思っているのだろう。

「できれば、全体的にエレガントな感じで。色は、あまり暗すぎないものがいいかな。色白だからそれを生かしたいんだ」

「……承知しました」

色白なのは、舞が自分を言い表すときのお気に入りのフレーズのひとつだ。

ふと、舞本人の希望を敦彦を通じて伝えられているのではないか――そんなふうに勘ぐってしまうほど、敦彦はいつになく饒舌《じょうぜつ》で楽しそうだった。

何も考えたくなくて、佳乃は無理やり頭と心を切り離す。そして、彼の秘書として、ただ仕事に徹した。

「承知しました。ヘアメイクの手配は必要ですか？」

「うん、そうだな。できたら会場から近くて、準備をするための部屋があるところがいいんだけど」

「わかりました」

ヘアメイクにかかる時間を考えると、二、三時間前には予約を入れておいたほうがいいだろう。取り出したメモ帳に必要な事を書きつけると、佳乃は一礼して一歩後ずさる。

「では、さっそく手配を――」

「ああ、ちょっと待った。……ごめん、やっぱりドレスと靴はこっちで用意するよ。ヘアメイクは全面的に君に一任する。もう取り消しはなし」

敦彦が、口元に笑みを浮かべながら肩をすくめた。

これはいったい何のパフォーマンスだろう？

舞を飾り立てるための注文をあれこれしたあげく、やはり自分が決めたいというアピールなのか。

「そうですか。わかりました」

佳乃は一礼して、無表情を保ちながら退室する。廊下を歩きながら、悲鳴を上げ続けている胸を押さえた。たぶん、自分が思っている以上に心が傷ついている。

二度と二股をかけられるのはごめんだと思っていた。

佳乃がそう思っている事は、敦彦も知っているはずだったのに。

(でも……これで、ようやく踏ん切りと諦めがつけられるかもしれない)

五年ぶりの再会にうっかり浮かれた自分が愚かだった。年齢は上でも、恋愛経験の少ない自分が、百戦錬磨のイケメンと付き合うなど、所詮無理な話だったのだ。

自席に戻る途中、舞がデスクの上に何か雑誌らしきものを広げているのを見かけた。立ち止まってよく見ると、それがドレスのカタログである事がわかった。掲載されているものからして、明らかにウェディング関連のものだ。

デスクの横には、舞がやるべき仕事が放置されたまま残っている。さすがに腹に据えかね、佳乃は舞に苦言を呈《てい》した。

「高石さん、今は仕事中でしょう？　やるべき事をしないで何をしてるの？」

話しかけられ、舞がおもむろに顔を上げる。

「何って、これも仕事のうちですけど？　これをよく見ておくようにって、副社長に言われたんです。あ、それと私、これから出かけますから。も、ち、ろ、ん、副社長に頼まれた用事で、ですよ？　で、そのあとは直帰します」

平然とした顔でそう言うなり、舞が帰り支度をはじめた。ちょうどそのとき、離席していた丸越がそばを通りかかる。

「あ、課長。さっきも言いましたけど、私、これから出かけますね。清水主任が、何だかごちゃごちゃ言ってますから、お相手をよろしくお願いします」

「え？　ああ、そう……。いってらっしゃい」

丸越が腰のあたりで小さく手を振る。それを見た舞は、にっこりと微笑んで彼に手を振り返した。

「じゃ、行ってきますね。清水主任」

佳乃を振り返った舞が、そう言い残して秘書課をあとにする。

立ち止まっていた丸越は、そそくさと自席に戻りどこかしらに電話をかけはじめた。

（何なのよ、いったい……）

席に着くと、それまでの様子を見ていた岡が、そっと話しかけてきた。

「高石さん、最近ずっとあんな感じなんです。さっき課長と話しているのを聞いたんですけど、彼女、自分の仕事を課長に丸投げしているみたいで……」

「そうなの？」

さすがに呆れ果てた佳乃は、何も言わないまま首を横に振った。

岡が眉尻を下げた顔で仕事に戻っていく。

舞には目を光らせていたが、まさか彼女がそこまで甘やかされているとは知らなかった。丸越はもう、まったく頼りにならない。

佳乃は、さっき敦彦に握られた手をじっと見つめる。

そして、そっと小指だけを残して拳《こぶし》を握った。

舞や彼女の周りの様子から判断するに、婚約の話は本当なのだろう。

ならば、敦彦の言動が前と変わらないのはどうしてだろうか……

わからない事だらけなのは依然として変わらない。しかし、いずれにせよ、こんな状態のまま敦彦との関係を続けるわけにはいかなかった。

（もう二度と彼と親密な関係になんかならない。絶対に、ダメ。指切りげんまん、嘘ついたら針千本のーます！）

佳乃は頭の中で自分自身と指切りげんまんをした。

これでもう、敦彦との関係は終わりだ。

佳乃はそう自分に言い聞かせて、両方の小指をしっかりと絡《から》み合わせた。

その週の土曜日、佳乃は真奈の幼馴染《おさななじみ》がオーナーをしているヘアサロンを訪れた。

目的は来週火曜日に依頼している舞のヘアメイクの詳細確認をするため。そして、直接会って挨拶《あいさつ》をしようと思ったからだ。

オーナーは、ほんの一年前までハリウッドでヘアメイクの仕事に就いていたと聞かされている。

彼が帰国後にオープンさせたサロンは思いのほか大人気で、オーナーの施術を受けるには何カ月も前から予約が必要であるらしい。しかし、祝賀パーティの会場がサロンから近い場所にある事もあり、佳乃はダメ元で真奈をとおしてヘアメイクの依頼を打診してみた。その結果、オーナーは自身の個人的な予定を変更して依頼を受けてくれたのだ。

サロンに到着し、はじめましての挨拶《あいさつ》をする。

実際に会ってみてわかったのだが、彼は佳乃が今までに知り合った人の中で一、二を争うほどエキセントリックで楽しい人だった。

都会の一等地で人気サロンを経営するだけあって、人懐《なつ》っこくコミュニケーション能力も高い。初対面ながら、同じ年だという理由でタメ口で話すよう促《うなが》され、お互い下の名前で呼び合う事を約束させられる。

「真奈から聞いたけど、なんだかいろいろと大変なんだってね」

「うん。五年ぶりに大波が来たって感じ」

「そうなんだ〜。でも、負けちゃダメよ。最後の最後に笑うのは自分だって思って、辛い事なんかぜんぶ受け流しちゃえばいいのよ」

そんなふうに励《はげ》ましの言葉をもらって、サロンを出る頃にはいくぶん気持ちが楽になっていた。

佳乃は細い路地を通り抜けて、大勢の人が行き交う大通りに出る。

歩きながら、頭の中に先週末に出された各秘書の週間予定表を思い浮かべた。

佳乃が予想したとおり「ブラン・ヴェリテ」の祝賀パーティには舞が出席する。自身のスケジュール表を手渡すとき、彼女は佳乃に勝ち誇ったような笑みを向けた。

自身の都合によってどうにでもなる彼女のスケジュールのうち、祝賀パーティの予定だけは確実なものとして赤字で表記されている。

敦彦との五年ぶりの再会は、このまま望まない結果に終わるのかもしれない——そんな悲観的な憶測が、じわじわと現実味を帯びてきていた。

（いろいろと最悪……）

これで踏ん切りと諦めがつけられる、なんて嘘だ。

痛む胸を抱えながら人混みの中を歩き続け、目的もなくショウウィンドウを眺める。

「あれ？」

そのとき、進行方向の店先に、見覚えのある立ち姿を見つけた。遠目でもわかるスタイルのよさと、はっきりとした目鼻立ちの横顔。

佳乃がいるところから十メートルほど先にいるその人は、間違いなく敦彦だった。よく見ると、彼が立っているのはイタリアに本店があるシューズショップの前だ。ドアが開いているところを見ると、たった今出てきたところなのだろう。

まさか、こんなところで出くわすとは――

佳乃は思わず前を行く人の陰に隠れ、そのまま通りすがりの店先に隠れた。けれど、つい気になって彼の様子を窺《うかが》ってしまう。

すると、敦彦の横に女性が寄り添っているのに気づいた。ふわふわとした巻き髪に、艶《つや》やかな赤い唇。嬉しそうに敦彦に微笑みかけているのは、高石舞に他ならない。

佳乃はその場に立ちすくんで二人を凝視する。見ると、敦彦の右手には「ブラン・ヴェリテ」のショッピングバッグがぶら下がっていた。

（ああ、そっか……）

この道の反対側には「ブラン・ヴェリテ」の直営店がある。おそらく敦彦は、舞をともなって祝賀パーティのドレスを買いに来たのだろう。

佳乃の見ている前で、舞は敦彦の左腕に手を回しこちらに背を向けて歩き出す。ぴったりと寄り添うようにして歩いている二人は、仲睦まじく見える。やがて二人は、左方向に曲がって見えなくなった。

たった今目《ま》の当たりにした事実に打ちのめされ、何も考える事ができない。目の前の風景が、なぜか白茶けて見える。

佳乃は二人が進んだ方向から目を逸《そ》らし、ただまっすぐに歩きはじめるのだった。

土日が終わり、月曜日は祝日で休みだった。

どうにか気持ちを立て直した佳乃は、火曜日の朝いつものように出勤し、何事もなかったかのように敦彦の執務室に出向いた。そして、その日一日のスケジュールを確認する。

「すべて予定どおりで、特に変更はありません。祝賀パーティですが、会場までの交通手段はどうされますか？」

入社当初、敦彦は自身の車を自《みずか》ら運転して移動する事を好んだ。しかし、移動中の時間も仕事に充てるようになったため、この頃はタクシーを使う事が多くなっている。

「自分の車で行くつもりだ。二時間くらい前に出ようと思ってるけど、どうかな？」

「はい、業務に関しては特に問題ありません。ただ、ちょうど道が混み合う時間帯ですので、もう少し早めに出たほうがいいかもしれません」

祝賀パーティは午後八時開始だ。しかし、道路の混雑具合を考慮すると六時出発では遅いような気がする。

今朝、各役員のスケジュールを確認してみたら、高石は舞をともなって午後から取引先を二件回る予定になっていた。そのあと、帰社せずに祝賀パーティに向かう手筈になっている。

敦彦には予約の件は伝えてあるから、舞は直接ヘアサロンへ向かうのだろう。

本来なら秘書課の主任として部下の動向をきちんと把握しておきたいが、前にも増して佳乃と距離を置こうとしている舞に話しかける事はどうしてもできなかった。

「そうか。じゃあ、五時半にはここを出たほうがいいな……」

敦彦が思案顔で天井を仰ぐ。どの角度から見ても完璧な容姿に目を奪われそうになり、急いでスケジュール表に目を走らせた。

「そのほうがいいと思います」

「うん、じゃあそうするかな」

敦彦が機嫌よさそうな微笑みを浮かべる。佳乃は機械的に微笑み返した。

表面上は冷静さを取り戻しているとはいえ、心の中はまだ嵐が吹き荒れている。

ヘアサロンのオーナーに〝辛い事はぜんぶ受け流せばいい〟とアドバイスを受けたものの、襲ってくる悲しみは思った以上にずっしりと重く佳乃の心を責め苛《さいな》んでいた。

「ところで清水さん、ここのところ元気がないみたいだけど、何かあった?」

「……いえ、特に何もありません」

佳乃はとっさに首を横に振った。そして、内面の気持ちを悟られないように完璧な秘書の仮面をかぶり、うっすらと微笑みを浮かべる。

もはや、二人の関係は上司と部下というだけ。かつての情熱的なやりとりは、すべて過去のものだ。ものすごく悲しいけれど、受け入れる以外佳乃に選択肢はなかった。

「本当に？」

一方、敦彦のほうはまったく笑っていなかった。

そんなふうに真剣な顔で見つめられると、必死に平静を保っている心が揺れてしまう。いつになく心配そうな視線を向けられ、あやうく表情が崩れてしまいそうになった。

誰にでも優しいのは彼の美点だとは思うが、今の佳乃にはダメージが大きすぎる。

「はい、本当に何もありません」

さすがに目を合わせていられず、瞬《まばた》きと同時に視線を下に向けた。

「……君がそう言うのなら、今は追及しないでおく。だけど、僕のサーチ能力を甘く見ないほうがいいよ」

耳慣れない言葉に、思わず視線を上げてしまった。

佳乃を見る敦彦の口元に謎めいた笑みが浮かんでいる。しかし、相変わらず目は笑っていない。鋭い眼光にたじろぎ、佳乃はとっさに視線を外した。

そのまま適当な理由を付けて、執務室を退室する。

最後に見たときの敦彦の表情を思い出し、佳乃は無意識に唇を噛んだ。

彼は舞と婚約し、結婚するのではないのか？

それなのに、敦彦の態度は最初の頃とまるで変わらず、一貫している。

佳乃にとって、一番の問題はそれだった。

彼の様子からして、佳乃が彼と舞の事を知っているとは思っていないのだろう。

だからといって、その事実を隠したまま、佳乃との関係を続けようとするのはルール違反だ。まして敦彦は、佳乃が元カレに二股をされて傷ついた過去を知っているはずなのに……

本来なら、もっと怒り狂って彼を詰《なじ》ってしかるべきだ。けれど、心を覆《おお》いつくす悲しみのほうが大きくて、そんな気になれない。

その上、どんなに諦めようと努力しても、気持ちは今も敦彦のほうを向いているのだ。

こんな事になってなお、オフィスで顔を合わせれば胸がときめくし、彼を想う気持ちを完全に捨て去る事ができない。

（やれやれ……。一番問題なのは、私自身だよね……）

そんな結論に思い至り、佳乃は自席に着くなり小さくため息を吐いた。

それからは意識して余計な事は考えないようにしつつ、ランチタイムを忘れる勢いで予定していた業務をこなした。途中、敦彦から何度か仕事に関する内線が入ったが、特に顔を合わせる事もないまま彼の出かける時刻が迫る。

午後四時を過ぎてしばらく経つと、佳乃はヘアサロンに確認の連絡を入れた。

『オッケ～！　準備万端整ってるから、いつでもいらっしゃいって伝えて！』

明るいオーナーの声が、佳乃の沈んだ気分を一瞬だけ明るくしてくれた。しかし、これから一緒にパーティに参加する二人の事を思うと、自然と気持ちが落ち込んでくる。

『今日のドレスと靴、すごく素敵！　本城さん、よっぽど同伴の女性の事が大事なんだね～』

オーナーが電話の向こうで笑い声を上げる。ドレスと靴は、敦彦が直接ヘアサロンに持ち込んだと聞いた。まさに至れり尽くせりの状態であるのを知り、心にまたひとつ波紋が生じ、鬱々《うつうつ》とした気分になる。

受話器を置いた佳乃は、今日やるべき事を書き出したメモにチェックを入れていく。

このまま何事もなければ、終業時刻までに予定していた仕事を終えられるだろう。あとは、雑務をこなしながら敦彦が出かけるのを見届けるだけだ。

（もう少しだから頑張ろう……）

しかし、なるべく心をフラットにしておきたいのに、さっき聞いたオーナーの言葉が耳の奥に残り、地味に佳乃へダメージを与えてきている。

なんとか集中して仕事をこなし、ようやく午後五時を迎えた。

念のため交通情報を確認してみたら、ほんの五分前に会場へ向かう経路上で事故渋滞が発生している事がわかった。

もともと余裕をもってスケジュールを組んでいたから、恐らく遅れはしないだろうが、念のためさらに出発を早めたほうがいいかもしれない。キャビネットを閉じて電話をしようとしたタイミングで、敦彦から内線がかかってきた。

事故渋滞の件を伝え執務室に向かうと、敦彦はすでに出かける準備を整えている。

「もう出たほうがいいかな？」

「そう思います」

「そうか。じゃ、出発するか」

バッグを持った彼が、入口へ歩いてくる。そして、ドアの前に立っている佳乃を見て、怪訝《けげん》そうな表情を浮かべた。

「荷物は？　まさか手ぶらで行こうとしてる？」

敦彦に問われ、佳乃は意味がわからないままドアの外に出る。

「え？　荷物って……」

「何をとぼけた事を言ってるんだ？　早く取ってきて。エレベーターホールで待ってる」

そう指示を出すなり、敦彦はエレベーターホールに向かって歩いていってしまう。

どうにもわけがわからない。とりあえず急ぎ自席に戻り、手早く後片づけを済ませる。

そして、大急ぎで荷物を持ってエレベーターホールに向かった。

待っていた敦彦に、すでに到着していたエレベーターへ押し込まれる。

「あの、私はどこまでご一緒したらいいんでしょうか？」

佳乃に訊《たず》ねられ、敦彦が不思議そうな表情を浮かべる。

「君も祝賀パーティに出るんだから、会場までに決まってるだろう？」

「は？　私が祝賀パーティに……ですか？」

佳乃は忙しく考えを巡《めぐ》らせるが、状況がまったくわからない。

「ですが、パーティに参加するのは本城代表と副社長……それと、高石さんですよね？」

「それと、君。……え？」

「え？」

同じタイミングで声を発し、お互いが目を丸くして顔を見合わせる。

「もしかして、君は留守番のつもりだったとか？」

「そ、そのつもりでしたが――」

「何で？　君は僕の秘書なんだから、当然出席してもらわないと困るよ」

「でも――」

「とりあえず出発しよう。詳しくは車に乗ってからだ」

エレベーターが地下一階に到着し、二人して敦彦の車に乗り込む。

「渋滞はまだ続きそうかな？　違う道を行ったほうがいいと思う？」

「――は、はい。そのほうが安全だと思います」

車が発進し、速やかに大通りに合流する。

「さて、と。もう一度確認するけど、どうして君は留守番をするなんて思い込んでいたんだ？」

「申し訳ありません。私の確認ミスです。てっきり、秘書課からは高石さんだけが行くものだと思い込んでいました」

我ながら間抜けに聞こえる答えだ。しかし、実際にそうなのだから他に言いようがない。

佳乃は助手席でかしこまり、深々と頭を下げる。何をするにも、しつこいほど確認するよう心掛けていたのに、こんな初歩的なミスを犯すなんて。

「もしかして、そういう取り決めでもあったのかな？」

「いえ、はっきりとした取り決めはありませんが――」

「決まりはないけど、高石さんが行くのが当たり前になっていたって事か。大方、そんなところだろう？　普通に考えて、君が理由もなくこんなミスをするはずはないからね」

これまでの慣例など関係ない。新しく来た上司が、はじめてパーティに出席するのだ。

いつも以上に確認をしてしかるべきなのに、それを怠《おこた》ってしまった。

すべては敦彦に指摘されたとおり、佳乃の思い込みが原因だ。いくら聞きにくい状況にあったとしても、彼の秘書としてあるまじき行為をしてしまった自分を恥じる。

佳乃は顔を上げる事もできず、唇をきつく結ぶ。

「僕からもきちんと確認すべきだった。とにかく、一人でパーティ会場に放り出されなくてよかったよ」

赤信号で停止したタイミングで、敦彦の掌《てのひら》が佳乃の頬に触れた。佳乃はあわてて身を引こうとしたけれど、思った以上に身体がシートに沈んでいてとっさに反応できない。

「さあ、顔を上げて。しょげてる君を抱きしめて慰《なぐさ》めてあげたいところだけど、とりあえず今はサロンに急ごう」

信号が青に変わり、車がふたたび走り出す。

敦彦に触れられた頬が、じんわりと熱くなった。

だけど、正直言ってあまり優しくされたくはない。祝賀パーティに行く事になったとはいえ、それは敦彦と舞が婚約する事とは何の関係もないのだ。

しかし敦彦の言うとおり、今はしょげている場合ではない。パーティに参加するとなれば、秘書としてできる限り彼のサポートをしなければ――

ヘアサロンに到着し、敦彦と連れ立ってオーナーに挨拶《あいさつ》をする。

「あれ？　ちょっと待ってよ～。本城代表の同伴者って、佳乃ちゃんだったの？」

オーナーに素《す》っ頓狂《とんきょう》な声を出されて、佳乃は恥じ入りながら頷く。

「実はそうなんだ。ちょっとした行き違いがあってね。とにかく、注文どおりよろしく頼むよ」

「OK、わかった。あとは任せといて」

大柄な男二人が、パチンと軽くハイタッチをする。去り際に、オーナーが佳乃に向かって軽くウィンクをしてきた。すっかり意気投合している様子の二人を横目に、佳乃は女性スタッフに連れられて店の奥に向かう。明るい照明に照らされた個室に入り、部屋の中央に置かれた椅子に座らされた。

正面に置かれた大型の鏡の横には、ミモザ色のワンピースドレスが飾られている。

「こ……これって……」

「そう『ブラン・ヴェリテ』の未発表、かつイチオシの新作」

あとからやってきたオーナーが、鏡越しに話しかけてきた。

「本城代表、これをゲットするために先方の社長に直接交渉したみたいよ。もちろん、かぶりナシ！　今日招待客の中でこれを着るのは佳乃ちゃんだけよ」

オーナーは、お喋《しゃべ》りを続けながら佳乃のヘアメイクをはじめた。一度すっぴんに戻された顔に、華やか且つ清楚なメイクを施《ほどこ》される。続いて髪の毛にドライヤーを当てられ、みるみるうちに緩《ゆる》やかなアップスタイルが完成した。

オーナーがいったん退室し、やって来た女性スタッフに着替えを手伝ってもらう。

驚いた事に、敦彦はドレスと同系色の下着まで用意していた。戸惑いつつもすべての着替えを済ませ、壁に据えられた姿見の前に立つ。戻ってきたオーナーが、パンと掌《てのひら》を打ち合わせて歓声を上げた。

「うーん、我ながら上出来！　これなら本城代表も大満足間違いなし！」

オーナーに肩を持たれて、マーメイドスタイルの裾がしとやかに揺れた。オーナーが敦彦を呼びに行く間、佳乃は鏡に映る自分を見つめて呆けたように立ち尽くすばかりだ。

「はい、じゃあ、ちょっとの間二人きりにしてあげるからね」

ドアの向こうからオーナーが手招きをすると、女性スタッフが小走りになって部屋を出ていく。

入れ替わりに入ってきた敦彦が、佳乃を見て大きく目を見開いた。そして、佳乃が選んだスーツを見事に着こなした姿で、こちらに向かって歩いてくる。

「すごく似合うよ。思っていた以上にエレガントだし、心臓が止まるほど綺麗だ」

感じ入ったような声を上げる敦彦に、佳乃は小さな声で礼を言った。

「それと、これ——つけてみてくれるかな？　今日のドレスに合わせて選んだんだ」

差し出された手の中を見ると、ホワイトゴールドのチェーンの先にティアドロップ型のペンダントトップが光っている。

「わぁ……すごく素敵ですね」

佳乃は思わず感嘆の声を上げて、それに見入った。

「いいだろう、これ。つけてあげるからうしろ向いて」

佳乃は頷き、少し俯《うつむ》いて敦彦に背中を向けた。敦彦がペンダントを持った手を佳乃の胸元に回してきた。まるでバックハグをされているような姿勢になり、自然と心拍数が上がる。

彼の手が佳乃の肩を通り、うなじの上で止まった。

佳乃は息を潜《ひそ》め、金具が留まるのを待った。なぜか、じっと首筋を見られているような気がして、ますます心臓の動きが速くなる。

「よし、できた」

敦彦に声をかけられ、佳乃はすぐに彼のほうを向いて姿勢を正す。

「うん、よく似合ってる。これは、君に対する僕からのプレゼントだ。さほど高価なものじゃないから、受け取ってくれるね？」

「えっ、そんな……困ります」

「どうして？　君には、これからも僕がプレゼントしたものをたくさん身に着けてもらいたいと思ってるのに」

近づいてきた敦彦が、佳乃の腰に手を回そうとしてくる。佳乃は無意識にあとずさり、小さく首を横に振った。

「――そんなふうに言うのはやめてください。それに、必要以上に近づくのも好ましくありません」

「何で？」

「何でって……。だって、本城代表には高石さんという婚約者がいらっしゃるじゃありませんか」

「何だって？」

敦彦がポカンとした表情を浮かべる。

やっぱり知られているとは思っていなかったのだろう。こうなったら、自分達の立場をはっきりさせておくべきだ。そう思った佳乃は、高ぶりそうになる気持ちを抑えて口を開いた。

「先日の土曜日、高石さんと一緒に表参道《おもてさんどう》で買い物をしていらっしゃいましたよね？駅からすぐのシューズショップの前で見かけました。彼女と特別な関係なのに、どうして私にまでちょっかいを出したりするんですか――」

「ちょっと待ってくれ。シューズショップで一緒だったのは事実だが――」

「やっぱり」

「やっぱりって、あれは同じ場所に買い物に来ていた彼女と偶然出くわしただけだ」

「偶然？　あんなに仲良さそうにくっついて歩いてたのが偶然だって言うの？」

「ああ、そうだ」

敦彦が、きっぱりと言い放つ。

「君を誤解させてしまったのなら謝る。納得がいくように説明するし、どんな質問だって受けよう。だけど、婚約者って何だ？　君は俺を信じていないのか——」

「んっ……」

突然伸びてきた腕にきつく抱きしめられ、唇にキスをされる。拳《こぶし》を握ってはみたものの、それで敦彦を打つ気にはなれなかった。無理やり顔を横向けてキスから逃れると、すぐに顎《あご》を掴《つか》まれて正面を向かされる。

「いいか？　あの日、俺は君が着るドレスを手配するために『ブラン・ヴェリテ』の社長に会いに行った。その帰りに、行きつけのシューズショップに立ち寄ったら、偶然通りかかったと言って高石さんが声をかけてきた。彼女は俺に、足をくじいたから自宅まで送ってくれと頼んできた。ここまでは、理解した？」

敦彦に問われ、佳乃は渋々ながら首を縦に振った。いろいろと引っかかる点はあるが、真剣な面持《おもも》ちをしている彼が嘘を吐いているとは思えない。

「彼女は大袈裟《おおげさ》に痛がってね。このままだと店に迷惑がかかると判断した俺は、彼女を連れて外に出た。それで、近くのカフェで彼女を待たせておいて、タクシーを呼んだ。当然、一人で帰ってもらったし、俺は、そのあとすぐにシューズショップに戻って、君が今履いている靴を買った。……これが偽りのない本当の話だ。どうだ？　これで少しは納得してもらえた？」

　確かにつじつまは合っている。佳乃は、もう一度首を縦に振り、少しだけ肩の力を抜いた。

「誓って言うが、俺は高石さんと婚約なんかしていない。君を傷つける事をする気もないし、もっと言えば泣きそうな顔で怒ってる君が可愛くて仕方がない。君がそうしろと言うなら、店の外に出て大声で君が好きだって叫んでもいい。それくらい君に夢中なんだ」

「んっ……」

　ふたたび敦彦の腕の中に抱き込まれ、唇を重ねられる。抗《あらが》う間もなく彼の舌が口の中に押し入ってきた。久しぶりに感じる彼の腕の逞《たくま》しさに、全身の肌に熱いさざ波が起こる。

「秘書としての君は常に冷静沈着だけど、プライベートではまるで違う。五年前と同じだ。素直に喜怒哀楽を出したときの君は、最高に可愛い。今夜パーティが終わったら一緒に過ごそう。部屋はとってあるから、あとで鍵を渡すよ」

唇の先に敦彦の舌先が触れた。いろいろな事がいっぺんに起こりすぎて、佳乃は戸惑って何も言えないまま敦彦を見た。

「どうした？　まだ理解できない？　高石さんに関しては、俺も誤解を招くような事をして悪かったと思ってる。だけど、それにはちょっとしたわけが――」

「ちょっと～！　さっそくメイク崩れ起こしてるの、誰～？」

タイミングよく部屋に戻ってきたオーナーが、不満げな声を漏らしながらにんまりと笑う。

張り詰めていた空気が、彼の登場で一気に和《なご》やかなものに変わった。

「ご、ごめんなさい！」

佳乃は、あわてて敦彦から離れた。オーナーが手早く唇のメイクを直しながら、改めて佳乃を見た。

「ドレス、サイズ的にぴったりだったわね。聞いた？　このドレス、佳乃ちゃんの体形に合わせて微調整してもらってるみたいよ」

「そ、そうなの？」

佳乃はうしろを振り返って敦彦を見た。

「〝少しゆったりめのＳ〟――俺の目測は、ぴったり合ってただろう？」

彼が笑いながらウィンクをする。サイズを聞いたとき、てっきり舞の体形を考えてのものだと思い込んでいた。だけど、そうじゃなかった。ドレスは驚くほど佳乃の身体にフィットしている。

「さあ、できた！　もうパーティが終わるまでイチャイチャしないようにね」

オーナーが笑いながら佳乃の背中をポンと叩いた。

彼に見送られ、敦彦とともに車で会場に向かう。ホテルの一角を貸し切って行《おこな》われる祝賀パーティは、佳乃が知る限りアパレル業界内では最大級のものだ。

「会場入りしたら、そばでサポートを頼むよ。会場には面識のないＶＩＰが大勢いる。村井社長が、こういうときは全面的に君に頼るようアドバイスをくれた。だから、今日のような場所には君を同伴すると最初から決めてたんだ。その点は信じてくれるね？」

「はい」

「よかった」

頭の中には、今までに出会ったＶＩＰ達の顔と名前がすべて入っている。

ホテルに近づくにつれ、敦彦の顔がビジネスマンのそれに変わっていった。それを見つめる佳乃にも、ピリリとした緊張が走る。

「待ちの戦法は性に合わないから、こっちから積極的に話しかけていこうと思う。それには、君の助けがどうしても必要だ。覚悟はいい？」

「はい、もちろんです」

「期待してるよ。君だけが僕の頼りなんだから」

上司に頼られるのは秘書としてこの上なく喜ばしい事だ。つまらないミスをしたあとだけに、佳乃はいつにもまして秘書としての使命感をみなぎらせる。

今日の祝賀パーティは、実質敦彦が自社のCEOに就任以来、はじめて参加するイベントだ。あらゆる方面から注目を集めている大手アパレル企業が主催するパーティだけに、会場には大勢のビジネスパーソンはもちろん、マスコミも多数やって来ている。

そんな場所で、敦彦が最大限に能力を発揮できるよう、精一杯のサポートをする――

佳乃は今一度気持ちを引き締め、職務を全《まっと》うすべく精神を研ぎ澄ました。

ホテルの地下駐車場に到着し、エンジンが止まる。シートベルトを外した敦彦が、こちらをじっと見つめてきた。

「さあ、いよいよ出陣だ。その前に、ちょっとだけいいかな？」

「えっ……？」

ふいに身を乗り出してきた敦彦が、佳乃の眼前に迫る。

「もしかして、緊張してる？　顔がこわばってるよ。ほら、ちょっと笑ってみて」

敦彦が、にっこりと微笑む。それにつられて口角を上げると、表情筋が硬くなっている事に気づいた。

「うん、その調子だ。……あー、キスしたい。でも、メイクが崩れるってオーナーに怒られるかな。佳乃……口、開けて舌を出して」

「え？　む、無理です！」

佳乃は驚いて首を横に振った。近づいてくる敦彦が、ほんの少し目を細め佳乃の太ももに触れる。

「……本当は今すぐにでも君と抱き合いたいくらいなんだ。何だかんだで、もうひと月近くお預け状態なの、わかってるよな？」

圧倒的な彼の魅力を前にして、佳乃の全身に緊張が走った。

「ほ……本城代表……人が、来ますから——きゃ……」

ふいにシートが倒れ、身体がドアウィンドウよりも低い位置に沈んだ。

「これでいい？」

敦彦の左手は、佳乃のうなじをしっかりと支えている。おそらく、髪形が崩れないようにしてくれているのだろう。そんな彼の気遣いを感じて、佳乃はあやうく自分からキスをしてしまいそうになった。

「君と再会して、今日で四十六日目だ。——今これを言うときじゃないのはわかってるけど、もう気持ちを抑えられない。……佳乃、好きだ……。唐突すぎて信じられないかもしれないけど、俺は心から君を愛してる。お願いだから、これだけは信じてくれ」

突然の告白に、佳乃は息をするのも忘れて敦彦を見つめた。彼のまっすぐな心に触れ、これまで感じていた不安や悲しさが、ぜんぶ消えていくのがわかった。

思わず涙が零《こぼ》れそうになり、急いで瞬《まばた》きをしてどうにか堪《こら》える。だけど、心は喜びに満ち溢れ、どう対処していいかわからない。

「佳乃……君にキスしたい。だから、口、開けて舌を出して」

顎《あご》を指先で持ち上げられ、口元を見つめられる。

「舌……出して。いい子だから」

まるで操られるみたいに言うとおりにすると、彼に舌先を吸われた。

「ぁ……っ……」

そのまま、唇を合わせせないキスをする。自在に動く彼の舌が佳乃の官能を刺激し、全身の筋肉を弛緩《しかん》させた。

キスの間、右の乳房を揉み込まれ、ドレスの上から乳先を引っ掻かれる。思わず声が漏れそうになったところで、絡《から》んでいた舌が離れた。

「——これくらいでやめておこう。そうでないと、祝賀パーティをすっぽかしそうだ」

そう言う敦彦の顔に、鷹揚《おうよう》な微笑みが浮かんだ。

「この続きは今夜——パーティが終わったらね」

「はい……はっ？」

うっかり承諾の返事をしてしまい、瞬時に顔が赤くなった。身体を抱き起こされ、助手席で居住まいを正す。ふと気がつけば、ついさっきまで感じていた緊張が嘘のようになくなっている。

もしかして、今キスをくれたのは敦彦なりの気遣いだったのでは？

佳乃は、改めて敦彦の優しさを感じ、気遣いに感謝した。

これまで、いろいろな不安や誤解があったりしたけれど、もう迷ったりしない。

今度こそ敦彦が言ってくれた言葉を信じよう――

そう決心して車を降りると、佳乃は気持ちを仕事モードに切り替える。

「行こうか」

敦彦に促《うなが》され、二人してエレベーターホールに向かった。

案内板に従って会場がある方向に進むと、入口付近にはすでに人々が集まりはじめていた。

その中を颯爽《さっそう》と進んでいく敦彦は、まるで大海を行く海神のように雄々しく優雅だ。

会場に入るや否《いな》や、すでに顔合わせをしている社長達が挨拶《あいさつ》をするために集まってきた。

（すごい……。こんな大規模なパーティに出るの、はじめてかも……）

国内大手アパレル会社が主催するパーティには、芸能人やスポーツ選手といった華やかな人達も数多く招待されている。

佳乃は若干気後れしながらも、彼の秘書として、この場にふさわしい立ち居振る舞いを心掛けた。ふと振り返った敦彦が、佳乃に身体を寄せて囁《ささや》きかけてくる。

「やっぱり、君が一番素敵だ」

驚いて両方の眉を吊り上げると、敦彦が一瞬だけにやりと笑う。熱くなる頬をさりげなく冷えた飲み物で冷やしながら、敦彦のサポートを続けた。

そうこうする間に開始時刻となり、主催者側の挨拶《あいさつ》がはじまる。

（そういえば――）

ふと思い立って会場を見回す。だが、高石副社長と舞の姿は見当たらない。

もしや渋滞に巻き込まれているのだろうか？

佳乃は、事前に渋滞情報を伝えておかなかった事を悔やんだ。気になって舞に連絡を入れてみるが、返事がないまま新作コレクションの発表を兼ねたファッションショーがスタートする。

会場の真ん中に設置されたランウェイを歩くモデルの中に、佳乃と同じミモザ色のドレスをまとった女性を見つけた。背が高く美しい顔だちをした女性を見て、思わず敦彦の背後に隠れる。しかし、すぐに彼に見咎《みとが》められ、もとの位置に連れ戻されてしまう。

「あのモデルより、君のほうが似合ってるし、ずっと綺麗だよ」

眩暈《めまい》がするほど甘い台詞《せりふ》を囁《ささや》かれて、佳乃は頭のてっぺんから湯気が出るかと思った。

ショーが終わると、来賓達は思い思いに移動をはじめる。

「さてと。じゃあ、本格的に戦闘開始といこうか」

敦彦はゆっくりと歩き出しながら、正面を向いたまま斜めうしろにいる佳乃に質問を投げかける。

「二時の方向にいる白髪《しらが》の男性は？」

「ナダマチ商事の小池《こいけ》常務取締役です。秋田県出身で前年度末まで東北支社の支社長をしていらっしゃいました」

「十一時の方向からこっちを見てる眼鏡の男性は？」

「角山《かどやま》フードサービスの角山社長です。つい最近、ゴルフのスコアが百を切ったそうです」

佳乃は敦彦の呟きを聞くなり、スムーズに対象者の情報を彼に伝えていく。

彼はその情報を上手《うま》く使ってターゲットに近寄り、にこやかに挨拶《あいさつ》を交わす。そのスマートな様子に感嘆しつつ、佳乃は次々と要求される情報を提供していった。

主だった招待客との挨拶《あいさつ》を終えると、敦彦は佳乃に少し休憩してくるよう言ってくれる。

「必要なときはまた呼ぶから、それまで休んでていいよ」

金色に光るシャンパングラスは、敦彦が自《みずか》ら佳乃に手渡してくれたものだった。

佳乃はそれを少しずつ口にしながら、目立たないようブッフェスタイルの丸テーブルの前に立つ。

敦彦は今「ブラン・ヴェリテ」の若き社長、桜井《さくらい》と歓談している。以前から面識があったらしい二人は、同学年という事もあり共通の話題で大いに盛り上がっている様子だ。

ふと目を向けた先に、高石と舞が立っているのを見つけた。彼らはすぐに移動をはじめ、視界の外に消えていく。

二人が会場に到着した事に、ひとまずホッとした。

そして、佳乃は改めて華やかな会場を見回す。会場に隣接する広々としたロビーの向こうには、ライトアップで幻想的に演出された庭が広がっている。

(さすが、オシャレだなぁ。たまにこういう場所に顔を出すのもいい刺激になるかも)

たくさんの来賓がそれぞれに歓談する中、にこやかな顔で周囲と話す敦彦の立ち姿を見守る。

いつの間にか彼の周りには大勢の人だかりができていた。その集団を囲む人々も、それぞれ敦彦と話す機会を窺《うかが》っている様子だ。

やっぱり、すごい人だ。

敦彦の秘書として一緒に会場を回った佳乃は、彼のコミュニケーション能力の高さに舌を巻く。柔らかな物腰と魅力的な笑顔で人々を引きつける敦彦は、どんな話題にも即座に対応できるバラエティ感覚であっという間に相手を魅了する。

あとは、上手《うま》くビジネスの話題を振りながら必要な情報を引き出していくのだ。

これまで大勢の人と接してきた佳乃だけど、彼ほどの人たらしには会った事がなかった。

そんな事を考えながら、いつお呼びがかかってもいいように敦彦を見守り続ける。

「清水主任、お疲れさまです」

突然背後から声をかけられ、声のしたほうを振り返った。

「ああ、高石さん。お疲れさま」

声をかけてきたのは舞だった。彼女も「ブラン・ヴェリテ」の新作である、紅色のドレスを身に着けている。

「渋滞に巻き込まれたんじゃないかと思って心配してたけど、大丈夫だった？」

「大丈夫じゃなかったです。車は動かないし、ヘアメイクはイマイチだし。清水主任はどこのサロンでしてもらったんですか？　メイクも普段とぜんぜん違いますね。それにそのドレス……」

舞が悔しそうな表情を浮かべた。

「それ、私も着たかったのに。パパが桜井社長に頼んだときには、もう別の人が着る事になってるからって断られたって……。まさか、清水主任の事だったとは思いませんでした」

赤い唇を歪《ゆが》めながら、舞が佳乃の全身に視線を走らせる。

「……ドレスは本城代表が用意してくださったものだから、私にはよくわからないのだけど――」

「もしかして、その靴とペンダントも本城代表のチョイスですか？　私、その靴を買ったお店で本城代表と一緒だったんですよ」

それまで悔しさでいっぱいの顔をしていた舞が、一変して勝ち誇ったような表情を浮かべた。

「うん、知ってる。そういえば、足は大丈夫？　捻挫《ねんざ》したんでしょう？」

「は？　なんで清水主任がそんな事を知って――」

ふいに言葉を切った舞があからさまに顔をしかめ、きつい目でこちらを睨《にら》んでくる。

「……清水主任って、案外油断ならない人だったんですね。色気も素っ気もないくせに、いったいどうやって本城代表に取り入ったんですか？　アラサー女子の底力って怖いですね」

舞にはこれまでも何かにつけて反抗的な態度を取られてきたが、今の言葉にははっきりとした敵意を感じた。しかし、彼女の態度は、秘書課の主任として見過ごせない。

「高石さん。ここは『ブラン・ヴェリテ』の祝賀パーティ会場なの。あなたは、『七和コーポレーション』の秘書として参加しているのだから、それに見合った言動をしてください」

佳乃は努めて冷静な態度で舞に言い聞かせる。しかし、かえってそれが舞の気に障ったようだ。彼女は怒りに身を震わせながら、さらにきつく佳乃を睨《にら》みつける。けれど、ふいに表情を和《やわ》らげたと思ったら、作り笑いを浮かべながらふたたび話しはじめた。

「お説教は結構です。まだ発表する段階じゃないから黙ってましたけど……私、本城代表ともうじき婚約するんです。清水主任がどうあがいても無駄ですから！」

舞はそう吐き捨てると、足早に広間のほうへ去って行った。残された佳乃は、呆然とそのうしろ姿を見送る。

（彼女は、どうしてあんな嘘を吐くんだろう？）

佳乃は、もはや舞の言葉に心を揺らされたりしない。

冷静に考えてみるに、彼女がこれほどまでに自分本位な考え方をするようになったのは、父親をはじめとする周りからの過度の甘やかしが原因だろう。

それにしたって、高石父娘の言動は、不可解な事だらけだ。

（あ、もしかして……）

佳乃は、さっきへアサロンで敦彦が言いかけた言葉を思い出す。

『高石さんに関しては、俺も誤解を招くような事をして悪かったと思ってる。だけど、それにはちょっとしたわけが——』

それと彼らの言動には何か関係があるのだろうか……

そんな事を考えていると、会場内に流れるBGMがアップテンポのものに変わった。そろそろ敦彦のもとへ戻ろうと足を踏み出すと、斜め前方から人が歩いてくるのが見える。邪魔にならないよう脇に除け、何気なくそちらに顔を向けた。

(え……智也さん!?)

まるで頭から氷水をかけられたみたいだった。一瞬にして全身が冷えて、身動きが取れなくなる。

今すぐにでも逃げ出してしまいたい——そう思うものの、秘書としてこの場を離れるわけにはいかなかった。佳乃の心情などお構いなしに、智也が足早に近づいてくる。

「やあ、久しぶり。驚いたな、まさかこんなところで君に会えるとはね」

「渡利社長。お久しぶりです」

ようやく出せた声が自分でもわかるくらい震えている。

佳乃は最大限の努力をして、口元に微笑みを浮かべた。会場から出る事はできなくても、一刻も早く智也から離れなければ——

もともと華々しい場所が好きだった智也は、昔からこういった場所によく顔を出していた。それを知っていた佳乃は、こういうパーティでは万が一にも智也と顔を合わせる事がないよう気をつけていたのに。

「やれやれ。つい今しがたここに到着したんだ。うちの秘書が使えないやつでね。タクシーを手配したはいいが、途中渋滞に巻き込まれて大遅刻だ。……君が『七和コーポレーション』で秘書をしてるって、つい先日知ったよ」

一人ぺらぺらとまくしたてると、智也は佳乃のすぐ横に立った。同じ方向に視線を向け、したり顔で頷く。

「ああ、あそこに立っているのが本城さんか。確か、ＣＥＯ兼代表取締役だったね。いきなりやってきてそんな重要なポストにつくんだから、よっぽどできる男なんだろうな。聞いたところ、君のところの高石副社長の娘さんと婚約しているんだってね。さすが、色男は手が早い」

「えっ……？　それは、どこでお聞きになった話ですか？」

敦彦と舞の間に婚約の事実はない。少なくとも、そう主張しているのは高石親子だけだと佳乃は知っている。

それなのに、どうして何の面識もない智也がそれを知っているのだろう？

「さあ……どこだったかな？」

智也が、急にとぼけたような表情を浮かべた。

「そんな事より、僕達二人の話をしよう」

それを聞いた途端、佳乃の全身がざわつく。

今すぐこの場から立ち去りたい——そう思ったとき、タイミングよく司会者がゲストステージがはじまるとアナウンスをした。

「会場にお集まりの皆さま！　お待ちかねのショーがはじまります！　どうぞ、庭のほうにゆっくりとお進みください！」

会場がざわつき、皆の視線が庭に設置された特設ステージのほうに集まる。

人々がいっせいに庭へ移動しはじめ、その流れに上手《うま》く乗った佳乃はその場から逃げるようにしてロビーに出た。

智也が現れるまでは、視線の端に常に敦彦を捉《とら》えていた。けれど、今はもう彼がどこにいるのかわからなくなってしまった。

佳乃は歩きながら背伸びして視線を巡《めぐ》らせてみる。すると、特設ステージの横の一段高くなったところに敦彦を見つけた。どうやら、主催者側からＶＩＰ席に招待された様子だ。

にこやかな笑みを浮かべながら、敦彦も誰かを捜すように辺りを見回している。もしかして、自分を捜しているのかもしれない。急いで佳乃がそちらへ向かおうとしたとき、敦彦の隣に女性が寄り添うのが見えた。見覚えのある紅色のドレスが明るい照明の中に浮かび上がる。

（高石さん？）

間違いない。敦彦の隣にいるのは、舞だ。そのすぐそばに高石の姿もある。

彼女は、何かしら敦彦に話しかけ、大袈裟《おおげさ》に笑いながら彼の腕に指を絡《から》めた。敦彦は、その指を振り払う事なく、舞のほうに身体を傾けるようにして話を聞いている。

その姿に違和感を覚えた佳乃が足を止めて三人を見つめていると、敦彦と目が合った気がした。

直後、庭全体の照明が落とされ、ステージに現れた女性シンガーにスポットライトが当たる。周囲の歓声とともに、ステージから曲が流れはじめた。

とにかく、敦彦のそばに行かなければ——佳乃は人混みを避け、庭の奥にあるガゼボを迂回すべく歩き出した。ステージの照明が遠くなるごとに、どんどん足元が見えなくなる。

石畳の上を注意深く歩き進んでいると、ふいに腰を抱き寄せられて半ば強引にガゼボの中に引き込まれた。

「捜したよ。せっかく会えたっていうのに、どうして僕を避けるような真似をするんだ？」

「智也さんっ……」

驚いて振り返った先に智也の顔があった。彼は薄笑いを浮かべながら、佳乃に顔を近づけてくる。とっさに逃げようとするものの、彼の腕に引き留められてしまった。

「この間だって、どうして電話に出なかったんだ。なぜメッセージの返事をしない？　それでも元僕の秘書か？　あまり僕をがっかりさせないでもらいたいな。……まあいい。とりあえず、久しぶりにゆっくり話そうじゃないか」

背中を押され、ガゼボの中にあるベンチに座らされる。佳乃は、すぐに腰を上げて立ち去ろうとした。けれど、いっそう腰を強く引かれ、身動きが取れなくなる。

「私、戻らないと――」

「ダメだ！　僕が話そうと言っているのに、どうして従わないんだ？」

強い口調でそう言われ、彼の秘書だった頃の記憶が蘇《よみがえ》った。身体に緊張が走り、神経がギリギリまで追いつめられる。佳乃は必死になってそれに抗《あらが》い、智也をまっすぐに見た。

「い、今は秘書としての仕事中です。ですから、あなたの要求に応《こた》える事はできません！」

佳乃は震えそうになる身体を叱咤《しった》して、毅然《きぜん》とした態度でそう言った。

しかし智也は、薄ら笑いを浮かべながら佳乃を見つめ続けている。

「君がうちの会社を辞めてから、もう五年になるのか……。結構長かったけど、いい勉強になっただろう？　そろそろ戻って来い。さっきも言ったけど、今の秘書がポンコツ過ぎて使えないんだ。君が戻るまでにはクビにしておくから、安心して帰ってきていいよ」

智也の顔に浮かぶ笑みが、だんだんと高圧的なものに変わっていく。一刻も早くここから逃げ出したいのに、足がすくんで動けない。

「……い、いったい何の話ですか？」

「何のって、君をヘッドハンティングしようって話だよ。ただ復帰するよりは、そのほうが箔がつくだろう？」

さも当然の事みたいに話す智也が、薄気味悪く思えてくる。

「ちょっと待ってください！　私は今の職場を離れるつもりはありませんし、もし仮にそうなったとしても、そちらの会社に復帰なんてしません」

佳乃を見る智也の顔に、呆れたような表情が浮かぶ。

「は？　復帰しないとか、ありえないだろ？　久しぶりに会ったっていうのに、わけのわからない事を言うなよ。まったく……そういえば、君は昔も聞き分けがないところがあったよな。その点に関しては、まったく成長していないと見える。まあいいさ。うちに戻れば、僕の秘書兼恋人として何が必要で何が足りないか、もう一度じっくり教え込んでやるよ」

佳乃の腰を持つ智也の手が、徐々に下のほうにずれていく。佳乃は小さく悲鳴を上げた。

その声は、ステージの音にかき消され、誰一人気づく者はいない。

「嬉しいだろう？　今度はちゃんと〝恋人〟として僕と付き合えるんだ。僕も、もう三十八歳だからね。いいかげん、地位と財産目当ての馬鹿女の相手をするのにも飽きたんだ」

智也が愉快そうに笑い声を上げる。

「その点君は、僕の秘書として、一生懸命尽くしてくれたね。今になって、そのありがたみがわかってきた。だから、こうして直々《じきじき》に君を迎えにきたんじゃないか。なのに、復帰しないなんて馬鹿な話があるか？」

じわじわと移動する智也の手が、佳乃の太ももを掴《つか》んだ。佳乃は無理やり身体を捻《ひね》り、渾身《こんしん》の力を込めて智也の手を振り払った。

「お断りします。あなたは、どんな気持ちで私が尽くしていたかなんて、はじめから気にしていなかった。ただ暇つぶしの相手を増やしたかっただけ……。あなたも、それを認めたじゃありませんか。なのに、今さらどうしてそんな事をおっしゃるんです？」

まさか断られるとは思っていなかったのだろう、智也が意外そうな顔をして佳乃を見る。しかし、すぐに眉を顰《ひそ》めて声を荒らげた。

「うるさい！　君は僕の言うとおりにしていればいいんだ！」

彼の怒号を聞いて、佳乃の心臓がどきりと跳ね上がる。それからすぐに智也が大きく深呼吸をする音が聞こえてきた。

「はあ……。ねえ、佳乃。過去の事なんか忘れて、もう一度僕とやり直そう。また僕のマンションに来て、おいしい料理を作ってくれよ。なんなら、一緒に暮らしてもいい。公私ともに僕の面倒をみてほしいんだ」

智也が佳乃のドレスの裾を引っ張ってきた。

いきなり激高したかと思えば、猫なで声で懐柔《かいじゅう》してこようとする。くるくると変わる智也の態度に、佳乃は恐怖を覚えた。

「返事は？　もちろん、イエスに決まってるね？」

佳乃は懸命に首を横に振った。そして、声を振り絞るようにして智也に返事をする。

「……い……嫌です……」

佳乃が答えたとき、女性シンガーがちょうど歌を歌い終えた。彼女に対して観客が盛大な拍手を送る。

「え？　今なんて言った？　周りがうるさすぎて聞こえないな！」

智也が、またしても大声を上げた。そして、座りながらイライラと石畳を踏み鳴らしはじめる。

これ以上、彼とここでこうしていたくない――

しかし、身体がこわばり、椅子から立ち上がる事すらできない。

その間に、智也の掌《てのひら》が佳乃の肩を掴《つか》んだ。そして、佳乃の目を見つめながらにっこりと微笑みを浮かべる。

「さあ、もうこんなパーティは切り上げて、僕と行こ――うわあっ！」

突然肩を持つ智也の手が離れ、倒れそうになる身体を伸びてきた腕に支えられた。

「ごめん。もっと早く来てあげたかったんだけど」

「ほ、本城代表っ……」

すぐ近くまできた敦彦の顔を見た途端、全身の緊張が解けるのがわかった。彼の手を借りて体勢を整え、どうにか自分を落ち着かせる。

「大丈夫か？　怪我はない？」

「はい、平気です」

見ると、ガゼボの床に仰向けに転がった智也が、起き上がろうとして脚をじたばたさせている。そして、ようやく上半身を起こすと、拳《こぶし》を握りながら叫び声を上げた。

「なっ……何をするんだ！」

敦彦が智也のほうを振り返った。その顔には凄まじいほどの怒りの表情が浮かんでいる。佳乃は、とっさに二人の間に割って入った。

「私は大丈夫です」

佳乃は、そう言って敦彦の顔をじっと見つめた。他企業の祝いの席で、騒ぎを起こすような真似は、いかなる理由があっても避けなければならない。

敦彦は佳乃を見て小さく肩をすくめた。そして、もう一度智也を振り返って口を開く。

「何をするんだって？　それはこっちの台詞《せりふ》です。『株式会社ホールサムサービス』の渡利智也社長？」

いつの間にか、また歌いはじめていた女性シンガーの歌が終わり、庭全体が少しだけ明るくなる。にこやかに笑う敦彦が、智也に向かって手を差し伸べる。

智也は何かしら言おうとして口をもぐもぐさせた。しかし、結局は敦彦の迫力に気圧されて、悔しそうに口をつぐむ。

「さあ、手を貸しますよ」

「あ……ああ、どうも……」

精一杯の虚勢なのか、智也はやけに難しい顔を作りながら敦彦の手を借りて起き上がった。

「改めまして、僕は『七和コーポレーション』の本城敦彦と申します。それで、うちの秘書に何の御用ですか？　あなたが彼女の元上司だというのは履歴書を見て知っていますが、だからといって彼女の肩を押さえつけるような真似をしていい理由にはなりませんね。場合によっては、法的な処置をとらせていただきますが？」

敦彦の口調は落ち着いているが、智也を見る彼の視線にはさっきよりも強い怒気が感じられた。

「い……いや、別に何も……。久しぶりに彼女を見かけたものだから、ちょっと懐《なつ》かしくなって声をかけただけですよ」

智也は引きつった笑みを浮かべて、スーツの裾を手で払った。ちょうど、特設ステージから、新たな音楽が流れてくる。女性シンガーがバラードを歌いはじめ、ふたたび庭全体が薄暗くなった。

その隙をついて、智也はガゼボの外に出ていく。その背中を黙って見送ったあと、敦彦は佳乃の肩を抱いて会場内へ導いた。

中にはほとんど人が残っておらず、ホテルスタッフが流れるような動きで空《あ》いた皿やグラスを片づけている。

「何があった？　彼はいったいなぜ君にあんな態度をとるんだ？」

壁際に置かれている椅子に並んで腰をかけると、敦彦がそう訊《たず》ねてきた。

「……いえ……特に何も。渡利社長は、前からああいう方でしたし……」

頭の中がごちゃごちゃとしすぎて、今はそう言うだけで精一杯だった。

「そうか。詳しい事はあとで聞かせてもらうよ。もうじきパーティも終わるし、君は一足先に部屋に行って着替えを済ませるといい。着替えはもう部屋に運び込んであるから」

敦彦がポケットからチーフを取り出して、佳乃の膝の上に載せた。今まで気がつかなかったけれど、よく見るとドレスの裾が破れている。

チーフの下には、カードキーが収納されたケースが潜《ひそ》ませてあった。

「一人で平気か？　部屋まで送る？　なんなら、専用の女性コンシェルジュに頼んで部屋までついていってもらう事もできるけど」

顔を覗《のぞ》き込んでくる敦彦の顔に、いかにも心配そうな表情が浮かんでいる。

「いえ、一人で大丈夫です。では、お先に失礼します」

佳乃はそそくさと立ち上がると、一礼して急ぎエレベーターホールに向かった。

仕事の途中で敦彦から離れるのは本意ではないけれど、破れた服のまま彼の隣にいる事はできない。

やってきたエレベーターに乗り、キーケースに記載されているフロアのボタンを押す。

フロア担当のアテンダントに迎えられた佳乃は、セキュリティエントランスを通り抜け部屋に入る。

ドアを閉めるなり、安心感がどっと押し寄せてきた。

じっと入口で佇《たたず》んでいた佳乃は、しばらくしてゆっくりと部屋の奥へ歩を進める。

最初に目に飛び込んできたのは大きな窓。そこには、煌《きら》びやかな都会の夜景が広がっていた。仕事柄、ホテルから見る景色は見慣れているが、今見えている夜景は格別に綺麗だ。

しばらくの間、窓の外の風景を眺めていたら、鬱々《うつうつ》とした気分が、ほんの少し軽くなった気がする。

佳乃は着替えを探すべく部屋の中をうろつく。ほどなくして、クローゼットの中に昼間着ていたスーツを見つけた。それを手に取り、佳乃はバスルームに向かって歩き出す。ちょうどそのとき、ドアを開けて入ってきた敦彦と出くわした。

驚いた佳乃は、一歩下がって敦彦を迎え入れる。

「お疲れさま。ずいぶん早かったのね？　祝賀パーティはどうしたの？」

「うん、桜井社長に挨拶《あいさつ》だけ済ませて、先に失礼させてもらったんだ。君がすごく心配だったし……。もしかして、以前聞いた元カレの上司って渡利社長の事じゃないか？」

ズバリと言い当てられ、佳乃は思わず黙り込んだ。

「そうか……。これからは、彼と二人きりにさせないよう配慮するよ」

気まずくなった佳乃は、敦彦から目を逸《そ》らした。

敦彦が近づいてきて、佳乃の肩を抱いた。そのまま彼は、佳乃の髪の毛に頬をすり寄せてくる。

そのしぐさがあまりにも優しくて、佳乃は無意識のうちに、敦彦の身体に強く腕を巻き付かせる。そして、彼と同じように硬い胸板に頬を寄せて安堵のため息を漏らした。

「どうした？　渡利社長の他にも何かあったのか？」

敦彦が顔を覗《のぞ》き込んでくる。

「ううん、そうじゃないの。……ただ、いろんな事がありすぎて、ちょっと混乱しちゃって……」

佳乃は、パーティ会場で舞に会ったときの事を話した。敦彦は時折眉を顰《ひそ》めながら、じっと耳を傾けてくれている。

「――彼女、あなたと婚約すると言い切ってた。まるで、それが本当の事みたいに……」

「……佳乃、今から俺が話す事を聞いてくれるか？」

敦彦が佳乃をソファまで誘導する。真剣な面持《おもも》ちの敦彦を見て、佳乃は黙ったまま頷いて彼の隣に腰掛けた。

それから彼が話してくれた内容は、佳乃を少なからず驚かせ、絶句させた。

敦彦曰《いわ》く「七和コーポレーション」と「パンジーマート」のＭ＆Ａに関して、どうやら高石が外部に情報を横流ししているというのだ。流出先は今のところ不明だが、両社が合併・買収するという事実が高石から漏れているのは確かだという。

そのきっかけとなったのが、高石の個人的な株の売買による資産の損失であるらしい。

情報流出の目的も、おそらく自身の資産を取り戻すための裏取引ではないかという事だった。

高石はインサイダー取引によって莫大な利益を得ようとしているのではないか――

敦彦はその疑惑を解明するために、あえて高石父娘に近づいたようだった。

「もしかして、さっきへアサロンで言おうとしていたのは、この事だったの？」

「ああ、そうだ」

「じゃあ、会議で副社長寄りの発言をしたのも……」

「うん。それによって、高石派の勢いが増したのも想定内だ」

会議では高石派のような発言をした敦彦だが、実際は公平に両派閥の意見を吟味し、それぞれの評価できるところを組み入れた新たなプランを作り上げていた。

蓋《ふた》を開けてみたら、高石派の思惑とはまったく別の結果が導き出されるというカラクリらしい。

すべての話を聞き終え、佳乃は無言のまま目を瞬《しばたた》かせた。

まさか、副社長がそんな背任行為をしているなんて、思ってもみなかった。

佳乃は秘書課主任として、その一端でも掴《つか》めなかった自分を責める。

「大丈夫か？　少し横になったほうがいいんじゃないか？」

敦彦に声をかけられ、佳乃ははっとして顔を上げた。いろいろな事があった上に、高石の背任行為の話まで聞かされて、茫然自失となってしまったのだ。

「いえ……大丈夫です」

佳乃が言うと、敦彦がそっと肩を抱き寄せてきた。

「佳乃、誓って言うが、俺と高石さんは何でもない。彼女が何を言おうと、俺が想っているのは、清水佳乃――君だけだ」

敦彦のキスが佳乃の唇を覆《おお》った。お互いの唇をたっぷりと味わったあと、見つめ合って微笑み合う。

「さっきの話だが、高石父娘は最初から俺を自分達の味方につけようとして、なんだかんだと取り入ってきた。話の中で、副社長が俺と高石さんをくっつけようとしてるのがわかったし、彼女自身かなり乗り気だったように思う」

敦彦曰《いわ》く、高石は事あるごとに彼を食事に誘い、舞は舞で用もないのに執務室にやって来ては思わせぶりな態度をとったりしていたという。

「便宜上、一度食事の誘いには応じた。そのとき、ほろ酔いの副社長からいろいろと情報を得て、疑惑が確信に変わったんだ」

聞けば、敦彦が高石父娘と食事に行ったのは、彼が佳乃の家から直接出張に出かけたときの一度だけだったようだ。敦彦は余計な心配をかけまいとして、あえて佳乃には話さずにいたらしい。

「うん、わかった。いろいろと心配したり不安になったりしてたけど、これでぜんぶすっきりした。だけど、高石父娘の暴走ぶりには、ほとほと参っちゃった。彼女、本気で敦彦の事狙ってたんだね」

「それはどうかな。本気だったとしても、明らかに玉の輿狙《こし》いの打算的なものだと思うな」

敦彦がしかめっ面《つら》をして肩をすくめる。その顔が可笑《おか》しくて、佳乃はあえて難しい顔をして彼を睨《にら》みつけた。

「高石さんって、美人だしスタイルもいいよね。もしかして、ちょっとくらい気持ちがぐらついちゃったとか、ない？　作戦のうちだからって、敦彦からも結構思わせぶりな事言ってたりして――」

話しているうちに、佳乃を見る敦彦の顔がとろけるような笑顔に変わった。

「ふふん……。だとしたらどうする？　なーんて、そんな心配本気でしてないだろ？その顔を見ればわかるよ……。でも、そうやって焼きもち焼かれるの、結構いいな」

「んっ……」

敦彦の舌が佳乃の唇を割る。

彼は佳乃の背中を抱き寄せてドレスを脱がしてきた。あっという間に下着姿にされ、身体を横抱きに抱え上げられる。そのままベッドルームまで連れていかれ、二人してベッドの上に倒れ込んだ。

途端に香《かぐわ》しい薔薇《ばら》の香りが立ち上り、肌にしっとりと柔らかなものが触れる。

「わあっ……すごい……」

ベッドの上一面に紅い薔薇《ばら》の花びらが敷き詰められていた。

「ごめん……俺がいろいろと言葉足らずだった。そのせいで、佳乃に誤解を与えて悩ませてしまった。本当にごめん……。実はこう見えて、結構恋愛下手《べた》なんだ。何せ、将来世界を飛び回るような仕事に就きたいって夢を抱いたのが中学校に入ってすぐだったからね」

彼が言うには、夢を抱いてからというもの、それを実現させるために勉強に明け暮れていたらしい。女性から言い寄られる事は多々あったし、それなりに付き合ったりしたが、いつも本気にはなれず長続きしなかったようだ。

「いわば、仕事が恋人ってやつかな。だからこそ、バリ島でなりふり構わず大泣きして鼻水垂らすような女性に引っかかったのかもしれないな」

「なっ……それって、私の事？　ひっどー……んっ……」

抗議しようとした唇を、有無《うむ》を言わさず塞《ふさ》がれる。

ベッドの上で横になって向き合い、お互いの顔を正面から見つめる。

「人を本気で好きになったのは、佳乃がはじめてだった。佳乃……お試しなんかじゃなく、本格的に俺と付き合ってくれ。強引だし唐突かもしれないけど、本気でそう思ってるよ」

「敦彦……」

「俺は決して君を悲しませるような事はしないし、裏切ったり騙《だま》したりするような真似も絶対しない。だから、安心して付き合ってくれ」

「うん。ありがとう……」

敦彦は、佳乃が過去に傷ついた事を思いやってくれているのだろう。

彼への愛しさが大きくなるとともに――佳乃は自分も彼を想い求めているのをはっきりと感じた。

「――佳乃、抱いていい？　もうこれ以上我慢できそうにないんだ」

「――あんっ！」

いきなり下着の上を剥《は》ぎ取られ、あらわになった乳房の先に齧《かじ》りつかれた。

「やっと、じっくり佳乃を味わえる。今日はご近所を気にする必要もないし、遠慮なく声を出してくれていいよ。だけど、その前にちょっとだけ、いいものを見せてあげようかな」

半裸の佳乃を仰向けに寝かせると、敦彦がベッドの端に仁王立ちになった。

「さて、アフターパーティは、お待ちかねのショータイムからだ」

そう言ってにんまりと笑うと、敦彦が歌を口ずさみながらゆっくりと着ているものを脱ぎはじめた。

ジャケットを手に持ち、壁際のソファめがけてそれを放り投げる。それが終わると、ネクタイの結び目に指を引っかけてシャツの襟元《えりもと》を緩《ゆる》めた。一度首をぐるりと回し片方の手で髪の毛をかき上げながら、もう一方の手で逞《たくま》しい胸筋が盛り上がる白シャツのボタンを外していく。

佳乃は口を半開きにして、敦彦のパフォーマンスに見入った。夢中になるあまり、いつのまにか上体を起こし半分四つん這《ば》いになって近づいている。

見事に引き締まった上半身を惜しげもなく晒《さら》した敦彦が、佳乃に向かって人差し指でおいでおいでをする。彼のもう片方の手から、避妊具の小袋が連なって垂れ下がった。

「ちょっ……え……？　なっ……なに……？」

「下、脱がしてくれるか？　なんだか、もう自分で脱ぐの疲れちゃって」

「え、ええっ⁉」

実のところさっきから彼の腰の辺りが気になって仕方がなかった。なぜかと言えば、もうずっと前から彼のものが硬く形を変えているのがわかっていたから。

佳乃は震える手で、慎重にズボンとトランクスに手をかけ下におろした。待ちかねたようにトランクスの外に解放された彼の屹立《きつりつ》が、佳乃の目の前にそそり立っている。

「はぁ……」

自然と吐息が零《こぼ》れ、無意識のうちに唇がそこに吸い寄せられる。佳乃は敦彦の腰に手を添え、舌先でゆっくりと屹立《きつりつ》の側面を舐《な》め上げた。

「佳乃……」

敦彦の指先が、佳乃の髪の毛に絡《から》んだ。佳乃は、熱に浮かされたみたいに硬く反《そ》り返った屹立《きつりつ》の側面に舌を絡《から》みつかせる。

あとはもう、無我夢中でその先端に吸い付き、思いのままに唇を滑らせ、喉の奥まで先端を迎え入れた。

「佳乃、気持ちよすぎる……」

直後、敦彦が突然腰を引いた。ふいに唇から熱い塊《かたまり》を奪い去られ、佳乃は思わず不平を言う。

その唇に何度もキスをされ、すっかり夢心地になっていると、絡《から》めた指先を秘所へと持っていかれた。

「あんっ！　や……ぁっ……！」

今までまともに自分で触れた事がなかった場所に、指先を導かれる。

「ほら、自分で触ってごらん？　……すごく濡れてる」

「や……だっ……。あ、あ……んっ……」

「ダメ。あんなにいやらしい事をしたんだから、これくらい何でもないだろ？」

意地悪な言葉を投げかけられているのに、思いがけず胸がドキリと跳ねた。敦彦に言われるまま、佳乃は自《みずか》らの花房を指先で左右に割る。

「いい子だ」

そう褒《ほ》めると同時に、敦彦が佳乃の腰の上に屈み込み、開いた秘裂を舌で執拗《しつよう》に舐《な》めはじめた。

「ひぁ……っ！　あ……！」

背筋にビリビリとした衝撃が走り、腰が浮いた。膨らんだ花芽を舌先で弾かれ、佳乃は顔を真っ赤に染めて唇を噛みしめる。敦彦の硬く尖らせた舌先が、ゆっくりと佳乃の蜜窟に入ってきた。じわじわと抽送《ちゅうそう》されはじめるとともに、指の腹で花芽の包皮を剥《む》かれる。

「あぁんっ……あっ……ひこっ……。あああっ……！」

露出した花芯に口づけられ、強く吸われた。同時に蜜窟の中を指で愛撫されて、頭の中に閃光《せんこう》が走り抜ける。

「敦彦……。もう……」

佳乃は潤《うる》んだ目で敦彦を見つめ、懇願するように彼に向かって手を伸ばした。

「どうした、佳乃？　どうしてほしいか、言わなきゃわからないよ？」

いつになく敦彦が意地悪だ。でもそんな彼が、たまらなく愛おしい。すべてを彼にゆだねたいという思いに駆られ、佳乃は言われたとおり彼にしてほしい事を口にする。

「入れてほしいの……お願い……」

堪《こら》え切れずそう口にしたはいいが、急に恥ずかしさが込み上げてくる。羞恥《しゅうち》に耐え兼ねた佳乃は、彼の視線から逃れるように、くるりと身をうつぶせた。

その途端、敦彦から腰を高々と持ち上げられ、背後から深く挿入される。

佳乃は背中を仰《の》け反《ぞ》らせて、嬌声《きょうせい》を上げた。

「やっ……いゃあんっ！　ダ……メ……いや、いや、ぁ……あんっ……」

「何で嫌？　入れてって言ったくせに……。それに、うしろからも結構いいだろ？」

心なしか、正面から抱かれたときよりも、深くまで先端が入っているような気がする。

今の佳乃に返事をする余裕なんかなかった。押し寄せる快楽に喘《あえ》いでいると、敦彦がゆっくりと腰を前後に動かしはじめる。

「ひっ……あ、あ、あ……」

突かれ、引き戻されるごとに奥からどっと蜜が溢れた。徐々に速まっていく腰の動きに合わせて、うしろから両方の乳房を揉み込まれる。

ふと視線を向けたベッドサイドの鏡に、自分達の痴態が映っていた。淫《みだ》らすぎる光景を目にして、佳乃は五年前にはじめて敦彦と結ばれた夜の事を思い出す。あのとき、はじめて彼に快楽を教えられ、悦《よろこ》びに打ち震えた。

敦彦に出会い、傷ついた心身を癒《いや》されて、どうにかそのあとの日々を無事送る事ができたのだ。

「敦彦……。好き……好きなの……。五年前、逃げちゃってごめんね……。私、本当は帰りたくなんかなかった。……ずっと一緒にいたかったの」

佳乃はヘッドボードに手をかけて上半身を起こした。

そして、うしろ手に敦彦の顔を引き寄せ、彼の唇に繰り返しキスをする。

敦彦が下から押し上げるように腰を動かしてきた。痺《しび》れるような愉悦《ゆえつ》を感じつつ、佳乃は彼と唇を合わせながら自《みずか》らも腰を左右に揺らめかせる。

そうしている間も、涙はとめどなく溢れ頬を濡らした。

「私、嘘つきだったよね。針千本、のまなきゃ許してもらえないよね……」

佳乃は、かつて両親や祖父母から嘘だけは吐くなと教えられた事を話した。話すうちに、また涙が込み上げてきて、佳乃は奥歯を噛みしめて黙り込んだ。

そんな佳乃を、敦彦が優しく背後から抱き寄せてくれた。

「大丈夫。針なんかのまなくても、俺が許すよ。佳乃……君と出会えて、本当によかった……。もう二度と離さない。一生俺だけのものになってくれるね？」

荒い息をする合間に訊《たず》ねられ、佳乃はしっかりと頷いた。そして、敦彦と繋がったまま向かい合わせになり、キスをしながら二人してベッドに倒れ込んだ。

敦彦の手が佳乃の双臀を鷲掴《わしづか》みにする。佳乃は彼の胸板に手を置いて身を起こした。蜜窟の中で角度を変えた屹立《きつりつ》が、いっそう硬さを増す。

もう声を我慢したりしない。佳乃は思うままに腰を動かしながら、敦彦を見つめた。

「一生、あなたのものになる。だから、あなたも……一生私のものになって？　……私を、二度と離さないで……」

佳乃は、敦彦の腰に跨《また》がったまままそう訊《たず》ねた。佳乃の問いかけに、敦彦がはっきりと頷く。

「一生佳乃のものになるし、二度と離さないって誓うよ」

そう言い切った敦彦が、眩《まぶ》しいものを見るように目を細め、感嘆のため息を漏らす。

「綺麗だよ、佳乃……。五年前と変わらない……いや、前より、もっとセクシーでエロいよ……」

「あんっ……気持ちい……い……」

思わず漏れた声が、我ながら淫《みだ》らすぎる。佳乃は、うっとりと目を閉じて顎《あご》を上向かせた。

敦彦の指が双臀に食い込み、屹立《きつりつ》が蜜窟の内壁をきつく抉《えぐ》る。下から腰を突き上げられ、硬い先端が佳乃の中を繰り返し掻いた。

蜜窟の奥で屹立《きつりつ》が爆《は》ぜると同時に、真っ白な光球が佳乃の目前に迫り、千々《ちぢ》に弾け飛んだ。身体がビクリと跳ね、小刻みに痙攣《けいれん》する。これまでにないほどの恍惚感《こうこつかん》に包まれ、佳乃はぐったりと前に倒れかかった。

「佳乃……五年ぶりの騎乗位も、最高に気持ちよかった？」

敦彦が佳乃の名前を呼び、しっかりと身体を抱き留める。うっすらと目を開けて、彼と視線を合わせると、言いようのない幸福感が込み上げてきた。

「うん」

小さく返事をして、照れたような微笑みを浮かべた。その唇に、敦彦の笑った口元が重なる。

「佳乃、好きだよ……。愛してる。自分でもわけがわからないくらい、愛してるよ」

敦彦に囁《ささや》かれ、佳乃の目から熱い涙が流れた。

「私も……。私も愛してる！　どうしようもなく愛してるの……」

敦彦の硬さが佳乃の中でふたたび硬度を取り戻しはじめる。彼に抱きかかえられたまま、佳乃の身体がベッドに押しつけられた。

キスをしながら、こめかみを伝う涙を指先で拭《ぬぐ》われる。

一度だけでは、到底満足できなかった。佳乃は両脚を敦彦の腰に回し、小さな声で懇願する。

「まだ終わりたくない……」

敦彦が頷いて微笑む。

「俺も。まだ佳乃を堪能しきれてないから——」

彼はそう言うなり蜜窟の中から屹立《きつりつ》を引き抜いた。そして佳乃の両脚をすくい上げると、つま先を揃えて自身の口元に持っていった。

「えっ……？　なにっ……」

驚く佳乃をよそに、敦彦が透明のマニキュアを塗ったつま先に舌を這《は》わせはじめる。指の間を舐《な》められ、思わず腰が浮いた。

「やっ……そんな事っ……あんっ！」

「どう？　くすぐったい？　それとも気持ちいい？　もしかして、どっちもかな？」

敦彦の舌が、それぞれの指を愛《め》でたあと足裏に移動する。そこを執拗《しつよう》に舐《な》められて、呼吸が乱れた。

くすぐったいというのではなく、もっと官能的な感覚——

激しくはないのに、得《え》も言われぬ恍惚感《こうこつかん》に囚《とら》われて、佳乃は呆けたようにただ敦彦に与えられる快楽を享受する。

「あっ……ん、……やぁん……」

彼の指が佳乃のふくらはぎを撫で回し、濡れた舌がアキレス腱の上を辿《たど》る。彼の舌は、佳乃の脚をくまなく愛撫《あいぶ》し、付け根まで来たと思ったら手の甲に移動した。

「これはまだ序の口。まだまだ、たっぷりと可愛がってあげるよ」

指先に恭《うやうや》しくキスをされて、胸の先がじんと熱くなった。それを見透かしたように敦彦は佳乃の硬くなった乳先に息を吹きかける。

「やんっ……！」

「そこはまたあとでね」

蜜窟の中に、再び熱い屹立《きつりつ》がゆっくりと忍び込んでくる。

もうそれだけで身体に戦慄《せんりつ》が走り、つま先から脳天まで快楽の熱波が通り抜けた。

彼の舌が全身を愛撫《あいぶ》しつくすまで、いったい何度絶頂を味わうのだろう？

佳乃はぶるりと身を震わせる。

そして、期待に胸を膨らませながら、うっとりと目を閉じるのだった。


ホテルで濃密な夜を過ごした週から数えて、二回目の土曜日。

佳乃は朝早くから起きて縁側の拭《ふ》き掃除をしていた。

「えっと……今何時？　え！　もう九時……うわあ、急がないと！」

この一週間というもの、仕事に家事にと大忙しだった。それというのも、パーティの翌日の朝、敦彦が佳乃の住む家で同棲すると言いだしたからだ。

むろん、敦彦が住んでいるマンションを引き払うわけではないし、同棲といっても実際は佳乃の家をメインにして、頻繁《ひんぱん》にお互いの家を行き来するという事なのだが。

（それにしても、急すぎない？）

五年ぶりに再会を果たし、なんだかんだとありながら二カ月足らずで同棲する事が決まってしまった。

お互い、いい大人だしどちらも一人暮らしだ。一緒に暮らす事に不都合はないけれど、さすがに急展開すぎて自分でも面食らってしまう。

ちょっと前までは、一生一人でいいかもしれないなどと思っていたのに、人生何が起こるかわからないとは、まさにこの事だろう。

「さて！　あとは敦彦に使ってもらう部屋を、もう一度チェックしてっと……」

佳乃は敦彦のために用意した部屋のドアを開け中に入る。そして、オフィスでしているのと同じようにぐるりと全体を見回した。

ここは、かつて叔父が書斎として使っていた一階の角部屋だ。家の中でこの部屋だけが和洋折衷《せっちゅう》の造りになっており、レトロな猫脚のテーブルと椅子が置かれている。背の高い本棚には、佳乃が買い集めた本や雑誌が無造作に積まれており、ちょっとだけ見栄えが悪い。

さらに、和室を模様替えしたときに一時的に移動させた荷物が置きっぱなしになっている。それをどうにかしようと悪戦苦闘している間に、いつの間にか午後三時を回ろうとするところだった。

「うわ、どうしよう……。まだぜんぜん片づいてないのに……」

積み重ねてあった書類の束を焦って持ち上げたはいいが、下に置いてあった段ボール箱に躓《つまず》いて身体が傾く。何とか転ばず体勢を立て直すのには成功したが、手の中のものを盛大にぶちまけてしまった。

「ああ……もう……」

そのとき、玄関のチャイムが鳴った。きっと敦彦に違いない。さらに焦った佳乃は、散らばった書類を踏んづけて今度こそ畳の上に転んでしまった。

玄関が開く音が聞こえたと思ったら、敦彦が血相を変えて書斎に飛び込んできた。

「佳乃？　大丈夫か？　大きな音がしたけど、いったいどうした――」

「い、いらっしゃい……。片づけをしてる途中で転んじゃって……」

軽く打ち付けた額《ひたい》をさすりながら、佳乃はどうにか起き上がって畳の上に正座した。

周囲を見回すと、転んだ拍子にバインダーの金具が外れたらしく、中に挟んであったクリアポケットがばらばらに散らばってしまっている。

「あーあ……おでこ、平気か？　どれ……うん、ちょっと赤くなってるみたいだな」

しゃがみ込んだ敦彦が、心配そうに佳乃の顔を覗《のぞ》き込んだ。そして、部屋の様子を見て片方の眉を上げて笑った。

「それにしても、ずいぶん盛大に散らかしたな……ふっ……ふふふ……」

佳乃を見ていた敦彦が、ふいにクスクスと笑い出した。

「え？　どうしたの？」

「ぷっ……くく……どうしたって……。佳乃こそ、これどうしたんだ？」

敦彦が、畳に散らばったA四サイズのクリアポケットを指さす。その中には、今まで佳乃が受け取ったたくさんの名刺が入っていた。一人につき一シートずつ割り振り、名刺の他にはその人物についてのメモ書きなどを添えていた。

「これ？　これは私が作った人物データリストみたいなものかな？　ほら、こうしてその人の似顔絵や特徴を書いたメモを残しておくと、どんな人だったか記憶に残りやすいでしょ？」

最初は人物の特徴を文字で書いていたのだが、だんだんと似顔絵にシフトしていったのだ。

「そ……それはわかるけど……。これ、どれも傑作だよ」

そう言って、敦彦がクリアポケットから似顔絵を拾い上げた。

「そういえば、佳乃は美大出身だったね。納得の腕前だよ」

佳乃はちょっと照れながら肩をすくめた。

「ありがとう。美術とはぜんぜん関係ない仕事に就いちゃったけどね。こんなふうに描きはじめたのは今の会社に入ってちょっと経った頃だったかな」

散らばったクリアポケットを集めながら、敦彦はそれぞれに入っている似顔絵に見入っている。

「ふぅん、って事は五年前か……。結構な量だもんな。ああ、ひとつひとつに日付が書いてあるね」

敦彦が似顔絵の下に書いてある数字を読む。

「これって、この人と会った日付？」

「うん、会った日も忘れないように」

敦彦の返事が背後から聞こえる。

「私ね、本当は似顔絵ってあまり得意じゃないの。だけど、あるときどうしても忘れたくない人ができて……。もう二度と会えないし忘れたほうがいいって思いながら……気づくと、記憶を頼りに何度もその人の顔を描いてて――」

「その、忘れたくない人の似顔絵って、これか？」

佳乃が振り返ると、敦彦が一枚のクリアポケットを自分の顔の横に掲げていた。その中に入っていたのは、五年前に見た敦彦の笑顔だ。

「えっ？　ちょっ……ちょっと！　それ見ちゃダメっ！」

「おっと！」

飛びかかろうとする佳乃を片方の腕で捕まえると、敦彦がもう一方の手で似顔絵をひらひらと振った。

「返してってば！　もう……恥ずかしいから！　ねえってば……」

「えっと……どれどれ？　裏に何か書いてあるな……。『世界で一番大好きで、一生忘れられない人』『好き』『もう一度会いたい』『神様お願いします。彼にもう一度会わせて――』」

「わあ〜！　ダメダメダメっ！　それ以上読んじゃダメ！」

佳乃は必死になって敦彦の腕から逃れ、ようやく似顔絵を奪い返した。そして、その裏にびっしりと書かれた文字を見て思いっきり赤面する。そこに書かれている言葉こそが、五年前の偽らざる本音だった。

「佳乃……」

敦彦が佳乃の肩をうしろから抱き寄せる。恥ずかしさのあまりじっとしている佳乃の耳元に、彼が囁《ささや》きかけた。

「俺の事、ずっと前から好きだったんだ？」

問いかけられ、こっくりと頷く。

「一生忘れられない彼にもう一度会わせてくれって、神様にお願いしたんだ？」

執拗《しつよう》に訊《たず》ねられ、佳乃は観念して繰り返し首を縦に振った。すると、急に身体の向きを変えられ、正面から抱きすくめられる。

「じゃあ、俺と同じだ。きっと、お互いの願いが合わさって、天に届いたんだな」

「敦彦――」

唇が重なり、しばらくの間キスを繰り返す。

ようやく解放されたときには、すっかり唇がふやけてしまっていた。

「いいものを見せてくれたお礼に、俺も面白いもの見せてやろうか？　ほら、これ。佳乃の似顔絵と同じくらい俺には意味のあるものだ」

敦彦がスマートフォンを手に取り、一枚の画像を表示させた。

それは、五年前に佳乃が南国の島で大泣きして顔をクシャクシャにしているときの写真だ。

「やっ……いつの間に撮ったの？」

佳乃がスマートフォンを奪おうとすると、一瞬早く敦彦がそれをうしろ手に隠した。

「あ！　ちょっ……それ、消してよ！　そんなみっともない顔、今すぐに消して！」

「絶対にダメ。これは、俺の一番の宝物なんだ」

「もう！　意地悪なんだから！」

そんな事をしている間に、いつしか窓の外が暗くなりはじめていた。片づけは、まったく進んでいない。けれど、お互いにこの五年間の過ごし方などを話し、瞬《また》く間に時間が経過していく。結局、その日のうちに書斎の掃除は完了せず、次の日の日曜日へと持ち越されたのだった。

八月に入り、「七和コーポレーション」では、「パンジーマート」との合併・買収の話が粛々《しゅくしゅく》と進められ、ようやく具体的な進展を見せはじめた。相手側との調整のため、敦彦は一週間の予定で名古屋に出張に出かけている。

これまでさんざん滞《とどこお》っていたのが嘘みたいにスムーズに話が進んでいた。その大きな理由は、協議がはじまって以来、頑《かたく》なに村井派と対立する立場を取っていた高石が、急に態度を軟化させた事にある。

入院加療中の村井が会社を不在にしている中、高石の派閥はずいぶん勢力を増してきていただけに不思議で仕方ない。

もうひとつ不思議なのは、祝賀パーティ以降、舞の態度が格段に大人しくなった事だ。パーティのあと、佳乃はてっきり舞が何か言ってくるのではないかと思っていた。しかし実際は、あの日以来、舞は一切佳乃や敦彦に寄りつかなくなっているのだ。

相変わらず自分勝手な行動をとる事はあるものの、前とは比べ物にならないほど大人しくなっているし、最低限の仕事もこなしている。

「そういえば、高石さん最近変わりましたよね？」

八月も第四週目に入った火曜日。

給湯室で洗い物をしている佳乃に、岡が話しかけてきた。

「何かあったんでしょうか？　静かすぎて、なんだかちょっと怖いです」

「そうね。……何か心境の変化でもあったのかな？」

佳乃も岡に同意して頷く。舞は、先週の金曜日から今週の金曜日まで、合計六日間の有給休暇をとっている。もっとも、今回の休みに関しては、きちんと丸越に申請した上で取得したまっとうなものだ。

「そういう清水主任も、最近、雰囲気が変わりましたよね？　みんなそう言ってますよ。もちろん、いい意味で、ですからね」

「え？　私が？」

「はい。なんていうか、前よりも物腰が柔らかくなったっていうか、とっつきやすくなったっていうか……。もしかして恋してます？」

「こ、恋っ⁉」

突然そんな事を言われ、佳乃はつい声を張り上げてしまい、あわてて掌《てのひら》で口を押さえた。

「ぷっ……！　清水主任ったら、わかりやすすぎ。でも、なんだか親近感持っちゃいます」

後輩にからかわれながら洗い物を終えると、佳乃はデスクに戻ってメールチェックをする。

それがあらかた済んだところで、佳乃は席を立った。

「ちょっと、副社長のところにいってくるね」

「はい、いってらっしゃいませ」

岡が気の毒そうな表情を浮かべて小さく手を振った。これまで同様、副社長秘書の舞が長期不在中は、彼女に代わって佳乃が高石の秘書を務めている。そのせいで、佳乃にはまた新たに受け持つ仕事が増えてしまっているのだ。

「くれぐれも刺されたりしないようにしてくださいね……」

「ふふっ、大丈夫。『ハリー』は案外大人しいから」

小さく肩をすくめ、佳乃は廊下に出てふたたび給湯室に向かう。

「ハリー」というのは、高石が先週の金曜日から執務室に持ち込んでいるハリネズミの名前だ。なんでも、旅行に行く親戚の子から、ちょっとの間預かる事になったらしい。

『すまんが、私に代わって世話をしてやってくれないか』

最初「ハリー」をオフィスに持ち込んだとき、高石はほとほと困った様子で、佳乃に世話を頼んできた。自分で連れてきた割に、高石はまったく「ハリー」を見ない。おそらく、彼は「ハリー」があまり得意ではないと思われる。

そして、彼が言うところの「親戚の子」とは、舞の事だと察した。

（やれやれ。副社長も、大変といえば大変だよね。私だって、まさか秘書の仕事でハリネズミの世話をする事になるとは思ってもみなかったし）

冷蔵庫からパック入りの果物を取り出し、予備の専用容器に水を入れた。それを持って、高石の執務室のドアをノックする。

「どうぞ」

中から声がして執務室へ入ると、高石は誰かと電話中だった。佳乃は、時間を改めるべくドアを閉めようとするけれど、高石が大きく手招きをして「ハリー」のほうを指さしてくる。

（はいはい。餌《えさ》の時間だもんね。電話よりも「ハリー」が最優先ってわけね）

軽く一礼して部屋に入り、ケージに近づいて、そっと扉を開ける。夜行性のハリネズミは、昼間はほとんど中に入れたタオルに包《くる》まったまま眠っていて、めったに顔を出さない。

（「ハリー」元気？　ちょっとそのまま大人しくしててね〜）

「ハリー」の世話を任されるにあたり、佳乃はハリネズミの生態について調べた。

ハリネズミは、名前にネズミとつくけれど実はモグラに近い生き物らしい。イガイガの針は毛が硬化したものであり、警戒心が強く基本的には人に懐《なつ》かないようだ。

「ハリー」の大きさは佳乃の掌《てのひら》サイズで、ハリネズミ専用のエサや果物を好んで食べる。そのため、昆虫などの生餌《いきえ》はあげなくてもいいらしい。

佳乃は「ハリー」のために新しい水と果物を所定の位置に置いた。デスクからは、高石がボソボソと話す声が途切れ途切れに聞こえてくる。

別に盗み聞きをするつもりはなかったが、どうやら株の売買に関する電話のようだ。餌《えさ》をやり終えたあと、退室してドアを閉める。その途端、高石の怒声が聞こえてきた。

佳乃は、隣の敦彦の執務室に入り、そっとドアを閉めた。そして、カフェコーナーに常備されている紙コップを手にして、それを耳に当てて隣と隣接する壁に押し当てる。向こう隣の役員が不在であるせいか、高石は結構なボリュームで話し続けていた。

くぐもった音しか聞こえてこないものの、「八方塞《ふさ》がり」だの「破産」だのと断片的に聞こえてくる単語が怪しすぎる。

察するに、高石はまたしても投資に失敗して多額の損失を出してしまったようだった。

佳乃は、その日の夜、敦彦に連絡を入れた。

そして、昼間聞いた高石の通話の件を、ありのまま報告する。

『なるほどね。おそらく、また投資に失敗したっていうのは当たっているだろうな。俺のほうでも、ちょっと調べてみる。佳乃はできる範囲でいいから副社長の動向を見守っていてくれ。だけど、絶対に無理はしないように。こっちの帰りは今のところ、予定通り次の日曜日になりそうだ』

「了解」

はじめは普通に電話していたのだけれど、敦彦のたっての希望で、今はスマートフォンを使ったビデオ通話で対応している。

電話するまでに少々時間がかかってしまったのは、風呂上がりの気の抜けた顔を少しでもマシにするのに手間取ったからだ。

『ほんとうに無茶はダメだぞ。離れてる今、大事な君に何かあったら、俺はどうしていいかわからなくなるから』

「うん、わかってる」

『よし。ところで、もう風呂は入ったのか？　もしまだなら、このままライブ映像で佳乃の入浴シーンが見たいんだけど』

画面の向こうにいる敦彦が、にんまりと笑った。

「なっ……何を言ってるの？　そんな事できるわけないでしょ？　それに、お風呂はもう入っちゃいました」

画面に向かって、ちょっとだけ鼻の頭に皺《しわ》を寄せる。敦彦は、いかにもがっかりしたという表情を浮かべ、天井を見上げて髪の毛をかきむしるジェスチャーをした。

『あ〜あ、佳乃と離れてもう三日目だぞ。さすがに寂しいよ。佳乃は？』

いつになく切なそうな表情を向けられ、きゅんと胸がときめいてしまった。

「そりゃあ……私だって寂しいに決まってるじゃない」

本当は、気持ちを素直に口に出すのは恥ずかしい。けれど、もう誤解するのもされるのも嫌だから、気持ちを伝えるのを躊躇《ちゅうちょ》したくなかった。

『ふぅん。じゃあ、俺が入浴シーンのライブ映像を流そうか？』

「えっ？　そっ……そ、そんな……。い――」

『――あ、ごめん。誰か来たみたいだ。もしかして「パンジーマート」の専務かな？　今日同じホテルに泊まってるんだ。ちょっと待ってて、見てくるから』

「あ、待って――」

眉間に縦皺《たてじわ》を寄せながら席を立つ彼を引き留め、佳乃は強引に通話を終えた。そして、電話が切れているのを確認して机の上に突っ伏す。

――いいの？

もう少しで、そう言いそうになっていた。ギリギリセーフで言わずに済んだ佳乃は、ほっとして胸を撫でおろす。

（危なっ……。私ったら、つい敦彦の言葉に乗せられそうになって……）

本音を言えば、敦彦の入浴シーンには、大いに興味がある。彼の完璧な身体を思う存分愛《め》でたいし、逞《たくま》しい筋肉がいかにしなやかに動くのかをじっくりと観察したい。

（だけど、こんなの知られたら、絶対に引かれるよね？　だって、それじゃまるで思春期真っ盛りの男子高校生みたいじゃないの。というか、ただ単に欲求不満のアラサー女そのもの？）

もっとスマートに恋愛ができたらいいのに……

そう思いながら、佳乃は布団の中に潜《もぐ》り込み、ただひたすらに眠気がやってくるのを待ち続けた。しかし、敦彦との会話のせいで目が冴えてしまい、実際に眠りについたのは、それから一時間もあとの事だった。


翌日の水曜日、高石は朝少し遅れて出社してきた。手には今日も「ハリー」のケージが入ったキャリーバッグがぶら下がっている。

佳乃は頃合いを見計らって高石の執務室に出向いた。一見いつもどおりの高石だが、よく見ると心なしかやつれているように見える。「ハリー」はといえば、まだ高石の足元に置かれたままだ。

「『ハリー』のケージ、いつもの場所に移動させましょうか？」

「あ？　ああ、頼むよ。実は、私はあまりネズミ系が得意じゃないんだ」

「そうでしたか」

やっぱり。佳乃は頭の中で苦笑しつつ、キャリーバッグを書庫のほうに移動させる。ジッパーを開けてケージを書庫の上に載せた。すると、丸くなっていた「ハリー」がチラリと顔を出す。

（おはよう「ハリー」。今日も一日よろしくね）

いったん退室して、給湯室に向かう。必要な準備をして再度高石の執務室に入った。お茶を出して今日一日のスケジュールを確認する間も、高石はどこか心ここにあらず、といった感じだった。

何かあったのかもしれない――

そんな事を考えていたら、カフェでランチをとっているときに敦彦から電話が入った。

『この間、副社長と電話をしていた相手がわかった。とりあえず、副社長が資産運用に失敗したのは、ほぼ間違いない』

敦彦が言うには、近頃の高石は以前にも増して証券会社を訪れるようになったらしい。そして、敦彦と間接的に繋がりのある人物に多額の借金を申し込んでいるようだった。

「そうですか……。今朝、副社長の様子が少しおかしかったのですが、もしかしたらそのせいかもしれませんね」

佳乃は高石の様子を簡潔に敦彦へ伝えた。

『なるほど……。その様子だと、かなりひっ迫した状態だろうな』

「はい」

『何かわかったら、また連絡する。他に気になる事があったら連絡してくれ。重ねて言うけど、絶対に無茶はしないように』

「わかりました。今、ちょうど『ハリー』の世話をしている関係で、副社長の執務室には比較的楽に入れるので」

『「ハリー」？』

佳乃は敦彦に「ハリー」の世話をするようになったいきさつを話した。

『ふぅん。ハリネズミの「ハリー」か。その子、雄？　雌？　佳乃に懐《なつ》いてるのか？』

敦彦の口調が突然プライベートモードに変わった。

「えっと……雄だって聞いてます」

『へえ……。ハリネズミね……できたら、今度写真撮って見せてくれるか？　ちなみに俺と「ハリー」、どっちが可愛い？』

「はぁ？」

つい大声を出してしまい、周りにいる人達の視線を集めてしまった。

（いったい何を言い出すの！）

バツの悪さに、佳乃は身体ごと窓のほうを向いた。

「ど、どっちって……。そりゃあ……あ……あつ……ひこ、かな？」

声を潜《ひそ》め、どうにかそれだけ伝えきった。すると、電話の向こうで敦彦がいかにも不満そうな声を出した。

『「かな？」って』

「いや、その……敦彦に、決まってるっていうか……」

『よっしゃあ！　俺の勝ちだな。「ハリー」の負け。うん』

直前の不機嫌さが嘘みたいに満足そうな声を聞いて、佳乃は自分の表情筋がふにゃふにゃに緩《ゆる》むのを感じた。

（何この感じ……。可愛い……可愛すぎる……年下男、ヤバすぎ……最強……）

『もしもし？　どうかしたか？』

「あっ……ううん、何でもないの。じゃあ、午後の仕事も頑張ってね」

『ああ、佳乃も。また連絡する』

電話を切る間際、チュッというキスの音が聞こえてきた。

いったいどこで電話をしていたのやら……

佳乃は、いよいよ頬を赤らめて、下を向いて黙々とランチを食べるのだった。

翌日の木曜日、佳乃はさらに注意深く高石の言動を観察した。

このときばかりは舞が長期休暇をとってくれていて、心からよかったと思う。なにより、さりげなく副社長の動向を見守れるのは、「ハリー」の世話という大義名分があったおかげだ。

その日の午後、佳乃は高石に頼まれてとある老舗《しにせ》和菓子店に買い物に行った。

「できれば目新しさを感じる、伝統的な和菓子を買ってきてほしい。あとついでに、百貨店でブランド物のスカーフを十枚、買ってきてくれ。銘柄は何でもいい。それと……私用に何か甘いものを少し」

午前中に予定していた仕事があらかた片づいた頃、高石に呼ばれて佳乃はそう依頼された。

これは、高石の臨時秘書を務めるときの、いつものパターンだ。

いつもは舞に遠慮して自分で買い物に出る高石だが、相手が佳乃となると、あれこれと頼み事をしてくるのだ。

買い物に行く前、佳乃は念のため彼にスカーフ一枚あたりの上限金額と使う人の年齢を訊《たず》ねた。

最低限の情報がわかっていなければ、適正なものを買い求められないというのが理由だ。

「うむ……」

高石は一瞬言いにくそうにしたものの、結局はそれぞれの送り先が四、五十代の女性だと明かした。

「わかりました。では、すぐに行ってきます」

退室して廊下を歩きながら、佳乃は首を捻《ひね》る。

(高級品をプライベートで複数の女性に？)

もしかして、これも個人的な借り入れと関係あるのだろうか？　それとも、こういった出費が借金の遠因《えんいん》になっているのか。いずれも憶測の域を出ないし、なんでもかんでも借金に結び付けて考えるのはよくない。

(どっちにしても、奥様はご存じないんだろうな……)

ふと、そんな事を思い、ちょっとだけ気分が沈んだ。

佳乃は電車を乗り継いで買い物に行き、手際よく頼まれたものを購入して帰ってきた。

「あ、清水主任、おかえりなさい。副社長、さっき急に取引先に行く事になったとかで、お出かけになりました」

岡が帰ってきた佳乃に声をかけてきた。

「すみません。会社名をお聞きしたんですけど、教えていただけませんでした」

「そうなの？　……わかった。何かあったら、副社長の携帯に連絡するから大丈夫」

佳乃は岡に礼を言い、荷物を持って高石の執務室に向かった。

（急いでどこに行かれたんだろう？　……もしかして、資産運用の件と関係している？）

執務室の中に入り「ハリー」のケージを覗《のぞ》く。

「ただいま『ハリー』。いい子にしてた？　……ふふっ、実はお土産《みやげ》があるんだよ～」

佳乃はお使いのついでに買っておいたモンキーバナナを取り出した。「ハリー」の餌《えさ》については、高石から一任されているし、自分でもハリネズミの好物について調べてみたのだ。

「ごはんの時間になったら食べようね。さて、荷物はどこがいいかな」

高石のデスクに近づき、その雑然とした様子に唖然とする。

（やれやれ……。相変わらず散らかってるなぁ）

高石の執務室には、結構な量の私物があちこちに置きっぱなしになっていた。机の上はたいてい物が散乱しているし、端には書類が山積みになっている。片づけるにしても高石の許可を得た範囲に限られているし、片づけたそばからすぐゴチャゴチャになっていくのだ。

（朝片づけたのに、もうこれ？　それにしても、すごいなぁ。せめて、ゴミはゴミ箱に……ん？）

デスク横に置かれたゴミ箱の横に、クシャクシャになったメモが落ちているのを見つけた。拾い上げて中を見ると、かなり乱れた字で数字と文字が書かれている。どうやら、誰かとの待ち合わせに関するメモらしい。

(三時半、柱時計通り……か。ふぅん、これって、今日の事かな。さっき出たなら、たぶん今ここに向かってるって事だよね)

場所の他には、〇九〇ではじまる携帯電話の番号が記されていた。ぱっと見ただけではわかりにくい癖のある数字を、途中まで読み取って固まる。

(……〇九〇、七七――これって、智也さんの携帯番号だ)

いまだに忘れられないその番号を、佳乃は何度も見直して確かめる。

(間違いない。智也さんの番号だ……。だとしたら、副社長は今、智也さんと会っているって事?)

『君が「七和コーポレーション」で秘書をしてるって、つい先日知ったよ』

智也がパーティ会場でそう言ったときは、深く考える余裕がなかった。しかし、もしそれを教えたのが高石だとしたら?

『聞いたところ、君のところの高石副社長の娘さんと婚約しているんだってね。さすが、色男は手が早い』

さらに智也は、高石父娘が勝手に考えていた婚約の話を知っていた。こうなると、高石と智也の間には、何かしらの繋がりがあるとしか考えられない。

まさかとは思うが、例のインサイダー取引と何か関連があるのでは？

そうであれば、早急に彼らの間に隠された秘密を暴《あば》く必要がある。


夜になり、帰宅してやるべき事をすべてやり終えて寝室に布団を敷く。

敦彦は今夜は帰りが遅くなるらしい。

（副社長と智也さんの件は、とりあえず知らせておいたけど……）

高石が「パンジーマート」との合併・買収の情報を流している相手が、「株式会社ホールサムサービス」の渡利智也社長である可能性がある——。そう敦彦にメッセージを送ると同時に、念のためにメモの写真を添付する。

「パンジーマート」との話が進んでいる今、少しの油断が両社にとんでもない不利益をもたらすかもしれなかった。

敦彦からは、まだ返信はない。

モヤモヤした気持ちを抱えつつも、佳乃はいつもどおり歯を磨いて布団に潜《もぐ》り込んだ。

そして、気持ちを落ち着かせるためにスマートフォンに保存してある画像を開いた。

一番最初に出てきたのは、ついこの間撮った「ハリー」の写真だ。昼間敦彦に送ったメッセージには、ついでにこの写真もつけておいた。

「あ」

ちょうどそのタイミングで、敦彦から返信が届く。

インサイダー取引について、何か新しくわかった事があるのかもしれない——そう思った佳乃は、布団から飛び起きるなり、急いでメッセージを確認する。

けれど、画面をタップしてトーク画面を開くと、まっさきに目に入ってきたのは敦彦の自撮り写真だった。

シャツの前をはだけて上半身をあらわにした敦彦は、顔を左斜め四十五度に向けてポーズを取っている。半開きにした口元と、こちらを見る視線がとんでもなく色っぽい。

「なっ……何これっ!?」

メッセージをスクロールすると、他にも彼の自撮り写真が何枚も送信されてきていた。

「ちょっ……ちょっ……」

さすがに肌の露出は胸元だけに留めているが、その代わりこちらを見る顔の表情は妖《あや》しく、顔や唇のアップ写真まであった。

しかも、唇の写真には『キスしていいよ』のメッセージ付きだ。

高石と智也についてのメッセージを送ってから、ずっとやきもきしていた佳乃は、思わず写真に向かって唇を尖らせる。そこへ、新しくメッセージが届いた。

〝メモの件、了解〟

〝確かにきな臭いな。調べてみる〟

〝気をつけて。無理はするな〟

メッセージが途切れ途切れなのは、おそらくまだ「パンジーマート」の人達と一緒だからだろう。

それにしても、何という写真を送ってくるのだろう……

おかげで密かに抱え込んでいた緊張は解けた。けれど、代わりにありえないほど顔がにやけている自分に気づき、あわてて表情を引き締める。

再度布団の中に入った佳乃は、横になって送られてきた敦彦の自撮り写真を見返す。すると、また新しいメッセージが届いた。

〝「ハリー」、可愛いな。でも、俺も負けてないだろ？〟

〝おやすみ〟

続いて送られてきた自撮り写真の彼は、カメラ目線でウインクをしている。

「確かに、負けてない。っていうか、こんなの送りつけられたら寝られなくなっちゃう」

写真を見ながら、佳乃はほっとため息を吐いた。

新しく届いた彼の写真を見つめ、指先でそっと輪郭をなぞる。そして、唇を近づけて軽く画面にキスをした。

（私ったら、敦彦の思う壺だ）

きっと彼は、佳乃がたった一人で緊張と不安を抱え込んでいる事に気づいていた。だからこそ、こんな写真を送ってきて和《なご》ませようとしてきたのだ。

彼がいてくれると思うと、ものすごく心強い。

彼は、必ずや今ある問題を最良の形で解決するに違いない。そう思わせてくれるほど、敦彦は頼りになるし有能な超一流のビジネスマンだ。

（そして、私の恋人……）

その事が、嬉しくてたまらない。

佳乃は敦彦の写真を眺めながら、喜びを噛みしめる。そして、いつしか小さな寝息を立て始めるのだった。

あくる日の金曜日。

佳乃は引き続き出張中の敦彦と業務関係の連絡を取りつつ、高石の秘書も務めていた。

今日の高石のスケジュールは、午前中は人事部との会議。午後は取引先とのランチミーティングのあと先方の地方工場の視察に行く事になっている。

高石を見送ったあと、佳乃は敦彦から依頼されている人事に関する業務に取りかかった。

「パンジーマート」とのM&Aは吸収合併という形で話が進んでいる。

「七和コーポレーション」の業績はここ数年安定している。しかし、敦彦はそれに甘んじる事なく、今回の吸収合併をさらなる業績拡大に繋げたいと考えていた。

具体的に言えば、部門の整理と大規模な業務の再編成を行《おこな》う。それと同時に、必要な人員整理をする事になった。

結局のところ、リストラをする事になったわけだが、敦彦はその具体的な手法と、対象者のリストアップを佳乃に依頼してきたのだ。

敦彦は企業のトップとして、会社の利益を第一に考えている。その上で、時に冷酷な判断を下さなければならないし、そのせいで非難されてもやむをえないと考えている。

人事関係に私情を挟んではいけない。そうとわかってはいても、社員の人生がかかっているとなると二の足を踏んでしまう。

（あ～あ……。気が重いなぁ）

唯一の救いは、敦彦がリストラそのものを目的としていないという事。つまり、人員整理の人数は決まっていない。だから、必要と思われる人を無理矢理リストに入れる必要はないのだ。

それでも、やはり心苦しい事には変わりないのだが。

なにより、この件は公《おおやけ》にされていない。つまり、佳乃は誰にも相談せずに、たった一人でリストアップ作業をしなければならないのだ。

頭を抱えつつ、何気なくメールボックスをチェックしていると、新着メールで一通違和感のある件名が目に留まった。

（え？　……なにこれ……）

【佳乃へ】という件名がついたメールにカーソルを合わせ、少しの間考え込む。

まさか、ウイルスメール？　だとしても、個人名が特定されているのはどういう事だろう？

怪訝《けげん》に思いながら送り主のアドレスを確認して息を呑む。

よくある個人名と会社のドメインを合わせたそのアドレスは、佳乃のよく知るものだった。

（どうして智也さんが？　それに、何でこのアドレスがわかったの？）

佳乃の会社アドレスも作りは似たようなものだが、間に任意の数字を付け加えている。智也にメールアドレスを教えた覚えはないし、祝賀パーティで会ったときも名刺の交換はしなかった。

（もしかして、副社長がメアドを漏らした？）

恐る恐るメールを開き、本文に目をとおす。

そこには、一方的な待ち合わせの日時と場所が記されている。あとは「七和コーポレーション」の今後と本城敦彦の件で大事な話がある事、この件に関しては他言無用であり、来なければ、いろいろとまずい事が起こるだろう――と書かれていた。

頭の中に智也と高石の関係と「パンジーマート」の吸収合併に関する情報流出の件が思い浮かぶ。

「株式会社ホールサムサービス」の社長である智也が「七和コーポレーション」の今後や敦彦について何を語るというのか。

彼はいったい、何を考えてこんなメールを自分に寄こしたのだろう？

佳乃が敦彦と恋人関係にあるという事実は、公《おおやけ》にはなっていない。当然、智也も知らないはずだ。だが、メールにあえて敦彦の名前を出したのは、何らかの意味があっての事に違いなかった。

いろいろと不可解だし、気持ちが悪い事この上ない。

おそらく智也は、この呼び出しが佳乃個人だけでなく「七和コーポレーション」本城敦彦の秘書に宛てたものだとわからせようとしているのだろう。

事務的な文章の向こうに、高圧的な智也の性格が透けて見えるようだ。

先日のやり取りといい、彼は以前とまるで変わっていない。

きっと、別れた今でも、自分と佳乃の間に昔と変わらない上下関係があると思い込んでいる。

指定されたのは明日の土曜日。午後六時。

待ち合わせ場所は、先日ブラン・ヴェリテの祝賀パーティの会場になった老舗《しにせ》シティホテルだ。

もしかしたら、危険が伴うかもしれない――

だけど、敦彦と会社の名前を出されては、秘書として放置するわけにはいかなかった。

本来なら、この明らかに怪しいメールの件を、まずは敦彦へ報告すべきだろう。

けれど、今現在敦彦は、吸収合併のために現地へ赴《おもむ》いているのだ。ただでさえ忙しく、スケジュールもタイトなのに、はっきりと目的のわからないメールなどで煩《わずら》わせたくなかった。

それに、この件を伝えれば、敦彦は絶対に佳乃が行くのを許さないだろう。

(とりあえず、事後報告にしておこうかな……)

上手《うま》くいけば、智也が何を企《たくら》んでいるか探る事ができるかもしれない。

佳乃は腹を決めて、彼の誘いに乗る事にした。

待ち合わせ当日の土曜日。

佳乃が指定されたホテルに着いたのは、午後六時ちょうどだった。

誰かと待ち合わせをするとき、佳乃はいつも約束の時間の五分前には現場に到着している。

プライベートでもそう心掛けているし、仕事であればなおさら余裕ある行動をとっていた。

今回の場合、指定された時刻は午後六時だが、実際に智也と顔を合わせるのは彼が用意した部屋の中だ。そこに行くには、まずフロントで智也の名前を言って部屋番号を聞かなければならなかった。

智也としては、約束の時刻ジャストに佳乃が部屋を訪ねてくるのを期待していたに違いない。

案の定、佳乃がフロントに向かう前に、智也から電話がかかってきた。

『もしもし？　今どこだ？』

「ホテルのロビーにいて、これからフロントに向かうところです」

『は？　なんだそれ……遅刻だよ、ち・こ・く。まったく、ありえないな……。フロントはもういいから、今すぐ七〇五号室に来るんだ』

それだけ告げると、一方的に通話が途切れた。

もう智也とは恋人でもなんでもないし、仕事上の関わりもない。それなのに、どうしてこんなに居丈高《いたけだか》な態度をとられなければいけないのだろう？

そんな事を考えながら、佳乃はフロントを通り過ぎエレベーターで七階に向かった。

頭ではそうとわかっている。なのに、彼と二人きりで会うと思うと、多少なりとも昔

いだ。

実をいうと、約束の時間ギリギリになってしまったのも、途中で何度も足を止めたせの自分に戻ったような気がしてひどく不快だった。

智也と二人きりになるのが嫌で仕方がないし、どうしても不安が拭《ぬぐ》いきれないのだ。先日パーティで再会したときは、まだ周りに大勢の人がいた。しかし、今日は誰もいない。ましてや、会うのはドアを閉めれば密室になってしまうホテルの部屋だ。どう考えても、そんな状況下に身を置くのは好ましくない。だけど、行かないという選択肢もなかった。

行きたくないけれど、行かなければならない。

昨日から、そういった迷いや逡巡《しゅんじゅん》を繰り返してきた。

そして今、どうにかそれを振り払い、ここまでやって来たのだ。

エレベーターが七階に到着し、佳乃は指定された七〇五号室のある方向を確認する。

(ここまで来たんだから、もう行くしかない)

佳乃は覚悟を決めて歩き出した。一歩部屋に近づくごとに胃がきゅっと縮こまる感じがする。

ドアの前で立ち止まり、深呼吸をした。ノックして二秒で、唇を一文字に結んだ智也がドアを開く。

「遅い。待ち合わせに遅刻するなんて、それでも秘書か？　敏腕ＣＥＯ専属が聞いて呆れるね。ふん……君も落ちたもんだな」

顔を合わせて三秒でこれだ。

常に上から目線で、いつだって横柄《おうへい》で高飛車な態度を崩さない。そうやって自分の優位を誇示し、佳乃を力で押さえつけようとする。智也の秘書だった頃の佳乃なら、ここで平謝りしているだろう。だけど、もう五年前の自分ではない。

「遅れてしまった事については、申し訳ないと思っています。それで、ご連絡いただいた件についてですが、具体的にどういったお話なんでしょうか」

できるだけ感情を抑え、事務的に話すよう心掛ける。そして、部屋を入ってすぐに置かれていたストッパーでドアが閉まるのを防いだ。

何か言われるのかと思ったが、智也は別段気にする様子もなく部屋の奥に歩いていく。

「五年の間に、だいぶ生意気な口を利くようになったな……。まあ、いい。とりあえずこっちへ。君が好きなシャンパンを用意してあげたよ」

間違っても智也のペースに巻き込まれてはいけない――そう強く思いながら、佳乃は智也の顔を真正面から見つめた。

「そう怖い顔をしなくてもいいだろう？　せっかくこうしてまた顔を合わせているんだ。少しは笑ったらどうだ？」

部屋の真ん中に置かれた丸テーブルには、オレンジと黒のシャンパンボトルが置かれている。専用のクーラーボックスに入れられたボトルを手に取ると、智也は佳乃にラベルを向けた。

「覚えてるだろ？　君をオペラに連れて行ってあげたとき、これをおいしそうに飲んでいたね。よほど気に入ったのか、三杯もグラスを空《あ》けただろう？」

智也がボトルを開け、ふたつのグラスにシャンパンを注《つ》ぐ。今いる部屋の大きさは、約五十平方メートル。テーブルを挟んで左右に二台ずつ、合計四台のベッドが置かれている。部屋の隅にあるテレビ台の上に、未使用のグラスをふたつ見つけた。

「誰か他にもここにいらっしゃるんですか？」

「心配しなくても、しばらくは僕ら二人きりだ。ここに来る事は、誰にも言ってないだろうね？」

「はい。そう指定されていたので」

「そうか。従順なのはいい事だよ。その点は昔と変わりないんだな」

智也が満足そうな笑みを浮かべる。佳乃にしてみれば、別に智也の言う事を聞いたわけではなかったが、ここはあえて何も言わないで頷いておいた。

毅然《きぜん》としながらも、あまり反抗的な態度を見せないようにしなければならない。そうでなければ、彼から知りたい事を聞けなくなってしまう恐れがある。

「それに、洋服の趣味は以前よりマシになったみたいだ」

今日着ているのは、緑がかったアースカラーのワンピースだ。極力肌を出したくなかったから、その上に同系色のカーディガンを羽織っている。

「モノトーンばかりでは、さすがに地味ですから」

「ふん……なるほどね」

智也が値踏みするような目つきで佳乃を見る。まるで、得体のしれない動物の舌に舐《な》められているみたいな気分だ。それに耐えられなくなった佳乃は、小さく一歩前に出て彼に声をかけた。

「渡利社長——」

「なんだ？　……ああ、そうそう。君に連絡をした件についてだったね」

いかにももったいぶった態度は、昔とぜんぜん変わらない。彼の下で働いた五年間で、その性格や行動パターンは、嫌と言うほど頭に刷り込まれていた。

「実は高石副社長とは少し前から知り合いでね。何度か食事をしたりして、いろいろと興味深い話を聞かせてもらっているわけだ」

思わせぶりな言い方をする智也から、佳乃はシャンパングラスを受け取る。

やはりそうだった！　高石と智也は交流を持っていたのだ。しかし、それがどの程度のものかわからないし、当然その事実だけでは背信の証拠にはなり得ない。

ここで焦ってはいけない。佳乃は特に関心がないふうを装《よそお》い、さりげなくあとずさって智也から距離をとった。

「そうでしたか。企業のトップの方々が交流を持つのはいい事だと思います」

「高石さんの話では、本城代表はどちらかといえば副社長寄りの考えを持った人のようだが、実際はどうなのかな？」

智也に問われ、佳乃は曖昧《あいまい》に首を捻《ひね》った。

「さあ、私には……。高石副社長がそうおっしゃるのなら、そうなのかもしれません」

「なにはともあれ、知り合いが多くいる会社が発展するのは喜ばしい事だ。『七和コーポレーション』は、今のところ我が社と取引関係にない。しかし、将来的にはどうなるかわからないし、今後両社にとっていい関係が築ければ、それに越した事はない……そうだろう？」

智也はいったい何が言いたいのか。

彼はそのあとしばらくの間、ビジネスとは全く関係のない自分語りをはじめた。

内容は、いかに自分がビジネスマンとして優秀であるか、どれほど多くの女性からアプローチを受けているかなどなど。どれを取っても、実にくだらない話ばかりだ。

いい加減イラついてきたが、それを乾いた微笑みで隠しつつ相槌《あいづち》を打ち、感じ入ったような表情を浮かべた。

「以前にも増してご活躍されているようですね。……先日は失礼な態度をとってしまい、申し訳ありませんでした。あのときは、すっかり気が動転してしまって……」

下を向いて、さらに一歩下がる。

ドアは開いているとはいえ、ここは個室だ。いざというとき、すぐに逃げられるようにしておきたい。

「ふん……まあ、無理もない。五年前の事を考えると、君が卑屈《ひくつ》な態度をとってしまうのは仕方ないさ。そう思ったから、今日ここに君を呼びだしたんだ」

盛大に勘違いしているようだが、あえて否定せずに黙っておく。昔も今も、彼は自分の都合のいいようにしか物事を捉《とら》えない男だ。

その自己中心ぶりには感心を通り越して呆れ果ててしまう。

この人は、本当に昔と何も変わらない。

人の話を聞かない、生まれながらのお山の大将的お坊ちゃんだ。

相変わらず、部下は自分の下僕であり、秘書は小間使いであるとでも思っているのだろう。きっと、佳乃がいたとき同様、彼を取り巻く役員達は大変な苦労を強《し》いられているに違いない。

今のままでは「株式会社ホールサムサービス」に明るい未来はないだろう。

「前にも言ったとおり、今の秘書は本当に使えないんだ。今日もここに来る前に、いろいろとやらかしてくれたよ。毎日イライラして、怒鳴り散らしてばかりだ」

智也の秘書がどんな人なのかはわからない。しかし、彼の下で日々戦々恐々《せんせんきょうきょう》とする日々を送っているのであろうその人を心から気の毒に思う。

「その点、君はよくやってくれたよ。……佳乃、もう一度僕のところに戻ってこい。ちなみに五年前の女性達とは、今は完全に切れている。僕もようやくその気になってきたし、親もうるさいから、そろそろ落ち着こうかと思ってるんだ。僕が言っている意味、わかるだろう？」

智也の見当はずれな発言を聞いて、佳乃は一気に胸が悪くなった。彼は一度拒絶されたのを都合よく忘れている。

佳乃にしてみれば、彼の言う意味なんか知った事ではないし、いったいどの面《つら》を下げての発言かと思ってしまう。

佳乃は奥歯を嚙みしめ、少しだけ顔を上げて智也を見た。

「申し訳ありませんが、話を本題に戻してください。それが終わらないと、落ち着いて今のお話にお返事する事ができませんから」

話を遮《さえぎ》られた智也は、一瞬キョトンとした表情を浮かべた。しかし、何事も自分に都合よく捉《とら》える彼は、佳乃の発言を恥じらいから出たものだとでも受け取った様子だ。

「ふっ……わかったよ。そうだな、まずは本題を片づけてからだったな。ここに来た時点で、君の気持ちは固まっているようだし……。いいだろう。だが、まずは乾杯のグラスを空《あ》けよう。ほら、本当の意味での再会を祝して……！」

智也がおもむろに近づいてくる。佳乃は逃げ出したくなる気持ちをどうにか抑え込み、彼とグラスを合わせた。中を一気に飲み干した智也に、佳乃はすかさず二杯目のシャンパンを注《つ》ぎ足して、さりげなく距離を空《あ》ける。

智也は、タイミングよく差し出されるチーズやフルーツを摘《つ》まみながら機嫌よく杯《さかずき》を重ねた。しかし、飲み食いばかりで、なかなか本題に入ろうとしない。

佳乃は思い切って、水を向けてみる。

「高石副社長と食事をされたっておっしゃいましたけど、もしかして舞さんともご一緒でしたか？　彼女が入社した当時、私が教育係をしていたんです。今どきの美人だし、とても魅力的な女性ですよね」

我ながら、なかなかの女優ぶりだと思う。佳乃は、自分の意外な才能に驚きつつ、空《あ》いたグラスにシャンパンを注《つ》ぎ足した。

「ああ、一度だけ同席したかな。たしかに美人だよね……。だが、中身はどうかな……。いずれにしても、秘書としてはまだまだって感じだ」

「そうですか？　でも、舞さんなら家柄もいいし……たとえば、結婚相手にするにはいいんじゃありませんか？」

「ふふっ、君は何もわかってないね。ああいう女性は妻には向かないよ。僕だって、彼女みたいな女性を妻に迎えようとは思わないね。……僕の妻となる女性に必要なのは、家柄よりも中身だ。僕もこの年になってようやく女性の本質を見抜けるようになったよ。それに、心配しなくても彼女は僕と君の仲をサポートする側に回ってくれてる」

智也の話しぶりからして、彼に佳乃のメールアドレスを教えたのはやはり高石か舞のどちらかだろう。佳乃は気を引き締めて万が一の事態に備えた。

「それに、ここだけの話、彼女は少々頭が悪すぎる。いくら生まれがよくても育ちが今ひとつだ。彼女と結婚しようとする本城代表の気がしれないな。ああいう女性には、もっと年上の何をしてもうるさく言わないじいさんがいいんじゃないか？　どの道、婚約者がいながら俺に色目を使ってくる時点で、長続きはしないだろうね」

佳乃は、引き続き智也の無駄口に付き合い続ける。彼は、神妙な面《おも》持ちで聞き入っている様子の佳乃を見て、すっかりご満悦だ。

なおもべらべらと喋《しゃべ》り続ける智也が、ふと考え込むような表情を見せた。

「だけど、結局、高石さんは本城代表の力に頼らざるを得ないだろうね。少なくとも、『パンジーマート』の吸収合併が終わるまでは」

智也の発言を聞いて、佳乃は小さく息を呑む。思っていたとおり、智也は高石から得てはならない情報を受け取っていた。

佳乃は静かに頷いて、智也のグラスに最後のシャンパンを注《つ》ぎ終える。

「どうしましょう。追加を頼みますか？」

何気なく聞いたつもりの声が、わずかに上ずったような気がする。智也はといえば、それまでとは打って変わって、佳乃の様子を窺《うかが》うようなそぶりを見せた。

「……さあ、どうしようかな。君はどうしたい？　もっと飲むか？」

「はい、まだ大丈夫です」

グラスに入っていたシャンパンは、智也がよそ見をしている隙にクーラーボックスの中に空《あ》けている。だから、ほろ酔いの智也に対して、佳乃はまったくの素面《しらふ》だ。

「そうか。じゃあ、ルームサービスを頼もう。ちょっと小腹が空《す》いたから、適当に何か見つくろってくれ。……それはそうと、どうして僕から『パンジーマート』の名前を聞いても驚かないんだ？」

酔っていても、さすがにそこは気がついたようだ。彼の目には、ずる賢いハイエナのような光が宿っている。

「だって、頭のいい智也さんの事ですから。副社長から、それくらいの情報を聞き出すのは朝飯前かと」

いくらなんでもちょっと盛り過ぎたか――緊張で身を硬くすると、智也がいきなり大声で笑い出した。

「ははっ！　さすがに鋭いね。やはり君は有能な秘書だ。くくっ……君だから言うけど、今回の話はあっちからリークしてきたんだ。いい情報があるから見返りに金を寄越せとね。だがまあ、僕にしたら安いもんだったよ」

以前よりも格段に能天気になっているのは、アルコールのせいだろうか。それとも、佳乃が自分のもとに帰ってくると都合のいい勘違いをしているせいなのか。

とにかく、すっかり気をよくした彼は、高石がどんなふうに自分に近づき、どんな情報を漏らしたかを佳乃に話してきた。そして、すべてを語り終えると、鼻息も荒く見当はずれの事を喋《しゃべ》りはじめる。

「僕と君の未来は前途洋々だよ。高石さんが今の地位にいる限り『七和コーポレーション』の情報は筒抜けだしね。それはそうと、君はいつから復職できるんだ？　僕としては、来週からでも来てほしいと思ってるよ」

智也が機嫌よく話している間に、佳乃はルームサービスを頼んだ。そして、智也に断って洗面所に向かう。ドアを閉めて中から施錠すると、佳乃は大きく深呼吸をして、肩の力を抜いた。

（やった……！　ついに尻尾《しっぽ》を掴《つか》んだ！）

一気に緊張が解けて、バスタブの縁に腰をかける。そして、隠し持っていたスマートフォンを取り出して敦彦にメッセージを送った。

極力文字数を少なく、且つわかりやすい文面を考えつつ、細切れに送信を続ける。

証拠となる会話は、ばっちり録音できているはずだ。緊張に、ぶるりと身体が震えた。

そうしていると、部屋の入口のドアをノックする音が聞こえてきた。

（ルームサービス？　それにしては、やけに早すぎる……）

とっさに耳を澄ませるが、やけに静かだ。不審に思いながら、どうにかすべての送信を終えた。

すると、すぐにメッセージが返ってきて、今どこにいるのかと問われた。

一瞬躊躇《ちゅうちょ》したものの、出張中の敦彦に心配をかけたくない。

すでにかなりの時間を洗面所で過ごしている。ルームサービスが来ているのなら、係の人とともに退室するのがベストだろう。

佳乃はスマートフォンを手に、そっと洗面所のドアを開ける。次の瞬間、強い力でドアを引っぱられ、あやうく前のめりに倒れ込みそうになった。とっさに部屋の中を見た佳乃は、ぎょっとしてすぐそばの壁に背中をつける。

「大丈夫？」

声をかけてきたのは、ドアを引いた見知らぬ女性だ。彼女の他に、もう一人男性が智也の横に立っている。

「あの……」

混乱して智也を見ると、彼はにんまりと微笑んで佳乃に手を差し伸べてきた。

「友達を呼んだんだ。せっかくだから、ちょっとしたパーティを開こうと思ってね」

すぐそばにいた女性が、佳乃の腕に手を回してきた。見たところ年齢は三十代後半くらい。男性のほうは、たぶん二十代の前半だろう。

「パーティ……ですか？」

「そう、パーティ。楽しいわよ。あなたもすぐに虜《とりこ》になると思うわ」

謎めいた女性の言葉に、言いようのない胸騒ぎを覚える。不安が顔に出ないようにしながら、佳乃は曖昧《あいまい》に相槌《あいづち》を打つ。

「私はパーティとかは、あまり……」

どうにか足を止めようとするも、思いのほか女性の力が強く、部屋の真ん中まで連れていかれた。その拍子に、持っていたスマートフォンが手を離れて床に落ちた。急いで腰を屈めて拾い上げると同時に、女性にうしろから抱き着かれて身動きが取れなくなる。

「なっ……何をするんですか？」

スマートフォンを手にしたままうしろに引っ張られて、そのままベッドの縁に座らされる。

「何って……。智也ちゃん、何も説明してないの？」

甘えたような声で話す女性が、智也を見て唇を尖らせる。智也が無言で頷くと、女性は大袈裟《おおげさ》に肩をすくめた。

「あら～。そうなの？　じゃあ、ジュンちゃんはとりあえず待機ね。智也ちゃん、あなた、ちょっとこっちにいらっしゃい」

智也は、やってきた二人と聞くに堪《た》えない下品な会話を繰り広げはじめる。明らかにおかしな雰囲気を感じて、佳乃はとっさに逃げようとした。けれど、とおせんぼをする智也に行く手を阻《はば》まれてしまう。

「じゃあ、とりあえず服、脱ごうか？」

女性に耳元で囁《ささや》かれて、思わずそちらを振り返って大声で叫んだ。

「お、お断りします！」

「ひっ！」

声に驚いた女性が、耳を押さえながらベッドに倒れ込んだ。智也が女性を気遣っている間に、佳乃は入口に向かって走り出した。しかし、うしろから若い男性にタックルをされ、床に膝をついて倒れ込む。そのまま両足首を掴《つか》まれ、ズルズルと部屋の中へ引きずって行かれた。

「おいおい、あんまり乱暴に扱わないでくれよ」

待ち構えていた智也が猫なで声を出す。彼は女性とともに佳乃を両側から抱え上げ、窓際のベッドに移動させる。

そのとき、ドアを高らかにノックする音が部屋に響いた。その場にいた全員が、いっせいに入口を向く。最初に声を出したのは智也だった。

「ああ、そうか。ルームサービスを頼んでいたな」

他の二人がほっとした様子で顔を見合わせる中、佳乃は一人、どうやって入口まで行くか必死に考えを巡《めぐ》らせていた。一刻も早くここを出たい。けれど、ヘタに暴れるよりルームサービス係の人に助けを求めたほうが確実かもしれない。

智也が入口へ歩いていくのを息を詰めて見つめる。その間に、残った二人が佳乃を挟むようにしてベッドの左右に座ってきた。

「静かにしましょうね」

佳乃の考えを見透かしたかのように、女性がドスの利いた声で囁《ささや》いてきた。二人に腕を掴《つか》まれているから、それを振り切って逃げるのは難しいだろう。とりあえず大声を出そうか？　そう思ったとき、脇腹に何か硬いものが当たった。まさか、拳銃だろうか？　さすがにそれはないだろうと考えを否定するも、それが何かわからない以上、自然と恐怖心は募《つの》る。

（きっとペンか何かだよね？　最悪、ナイフとか……。ううん、もしかしたら、指を押しつけているだけかもしれない……）

いずれにせよ、佳乃は思ったように行動がとれなくなった。

だけど、このまま大人しくしていたら、何をされるかわかったものではない。

座っているところから、左斜め方向に入口が見える。佳乃はいう事を聞くそぶりを見せながらも、入口の様子をじっと見守り続けていた。智也がドアスコープを確認し、一度こちらを振り返ってからドアの鍵を開ける。

それと同時に、勢いよくドアが開き、ドアの前にいた智也が大きな音を立てて壁にぶつかった。

ホテルのジャケットを身に着けた男性が、それを飛び越えるようにして佳乃のいるほうへ駆け寄ってくる。

「佳乃っ！」

部屋の中に飛び込んできたのは、ホテルマンの扮装《ふんそう》をした敦彦だった。

「あ、敦彦っ!?」

佳乃の無事を確認するが早いか、敦彦は両脇にいる二人を睨《にら》みつける。

「その人を離せ」

低く響く声を聞くと同時に、真っ先に女性が手を離し壁際まであとずさった。

「貴様もだ」

そう言いながら、敦彦が若い男性の襟《えり》を掴《つか》む。男性はあわてて手を離し両手を上げて降参のジェスチャーをする。智也はといえば、床に伸びたままだ。

「大丈夫か？　何もされていないな？」

敦彦が佳乃に声をかけつつ、青い顔をしている二人に床に伏せるよう指示した。

「だ……だいじょうぶ……」

「そうか。よかった」

ほっと安堵のため息を吐くと、敦彦が佳乃ににっこりと微笑みかける。そして、男女二人にそれぞれの身分証を提示させ、カメラで撮影して保存する。廊下のほうで、智也がもぞもぞと動き出した。敦彦がそちらを振り向くと、彼は口をあんぐりと開けながら身を起こそうとする。

「渡利社長。あなたと、こんなところでお会いしたくなかったですね。できればそのまま、床に伏せておいてくれますか？　逃げようとしても、外には警備員が待機しています」

静かな怒りを滲《にじ》ませた敦彦の声に、智也は観念したようにもとの体勢に戻った。

「あなた方がここでした会話は、すべて録音しています。それぞれの身元もわかっている事ですし、誤魔化そうとしても無駄だという事を肝に銘じておいてもらいたい。渡利社長、あなたはいろいろと覚悟しておいたほうがいいかと……。じゃあ、我々はこれで失礼します」

敦彦に連れられ、佳乃は部屋の外に出た。そこに控えていた数人のホテルスタッフと警備員に、敦彦が何か指示を出す。彼らが部屋に入るのを待たずに、敦彦は佳乃を連れて廊下を歩きだした。

「助けてくれてありがとう……。でも、どうしてここに？　日曜まで出張じゃなかったの？　それに、なんで部屋番号まで――」

「しーっ」

歩きながら軽く唇にキスをされ、驚いた佳乃は口をつぐむしかなくなる。

「今はとにかく、家に帰ろう。話は車の中で聞くよ。夕飯は食べた？　俺はハラペコだ」

エレベーターで駐車場に下りて、敦彦の車に乗り込む。途中、ドライブスルーで軽食を買い、敦彦の自宅マンションに向かった。

「まったく。無茶はするなと言っておいただろう？」

途中、敦彦から軽く睨《にら》まれた。本当なら、もっと怒られてもいいくらいの事をしでかした。なのに彼は、それをせず茶化すように窘《たしな》めるだけに留めてくれている。

きっと彼は、佳乃が何のためにそうしたのかわかってくれているのだろう。

こんなときまで、佳乃の事を気遣ってくれる敦彦に、胸が熱くなった。

「出張は問題なく終わった。今日もランチを兼ねて話し合う予定だったけど、昨夜一席設《もう》けたときにぜんぶ片づいちゃってね。だから、こっそり帰ってきて、君を驚かそうと企《たく》んでたんだ。帰る途中、君のメールボックスをチェックしてたんだが、そこに思いっきり怪しいメールを見つけてね」

業務上、敦彦と佳乃は互いのメールを閲覧できるようにしている。智也からのメールを読んだのは、東京駅に到着する寸前の新幹線の中だったらしい。

「君は電話に出ないし、どう考えても約束の時刻には間に合わない。移動している間、君が無事である事だけを祈った。……まったく、何度心臓が止まるかと思ったか」

佳乃はホテルに入った時点でスマートフォンをマナーモードにしていた。だから、連絡も一方的なものになってしまったのだ。

「そうだったの……。本当にごめんなさい。敦彦が来てくれなかったら……私……」

佳乃は敦彦が来てくれた事を心からありがたいと思うと同時に、自分がいかに危ない行動をとっていたかを自覚して猛省した。

あの三人が、どんな関係なのかは知らない。だけど、あの部屋で何をしようとしていたのかはだいたい想像がついた。

「ほんと、浅はかだったと思う。もっといい方法があったかもしれないのに……本当に、ごめんなさい」

佳乃は唇を噛んで下を向いた。車が駐車場に到着し、エンジンが止まる。敦彦の掌《てのひら》が、佳乃の髪の毛をそっと撫でて頬に触れる。

「うん、大丈夫だ。ぜんぶ、わかってるから」

車を降り、二人してエレベーターに乗って最上階を目指す。ドアを開け中に入ると、ふいに敦彦の両腕に抱え上げられ、再びお姫様抱っこの状態でくるくると回転させられてしまう。

「きゃあああっ！　ちょ……目……まわ……ちゃ……」

佳乃は敦彦の腕の中で両脚をばたつかせた。

「いう事を聞かず、暴走した罰だ。だけど、よくやってくれたね。これですべて片づく。ぜんぶ佳乃のおかげだ」

ようやく下に下ろされたものの、少々目が回っているせいか足元がおぼつかない。結果、敦彦に再度抱きかかえられて、ソファまで連れて行ってもらった。

そこから見える煌《きら》びやかな夜景を見て、佳乃は目を丸くして感嘆の声を上げる。

「すごい……。まるで別世界みたい……。こんな素敵なところに住んでるのに、うちに同居するとか言ってたの？」

「ああ、そうだよ」

敦彦が事もなげに、そう答える。同居を宣言して以来、彼はなんだかんだと言って佳乃が住む家に入り浸《びた》っていた。

だから、佳乃がここに来るのは今日が最初だ。

「佳乃んちの檜風呂《ひのき》もいいけど、ここの風呂も結構気持ちいいよ。ここで待ってて。今用意してくるから。ついでに、何か飲むものを持ってくるよ」

佳乃は頷き、ソファにゆったりと背中を預けた。彼が持ってきてくれたミネラルウォーターの小瓶を片手に、窓の外の風景を堪能する。

「今日はいろいろあって疲れただろう？　楽にしてていいよ。俺がぜんぶやってあげるから」

入浴の準備を済ませた敦彦が、当然のように一緒に入ろうと誘ってきた。返事をする暇もなく、敦彦が佳乃の服を脱がしはじめる。

「やっ……ちょっとっ……」

「ほら、楽にして……。ん？　ずいぶん挑発的な下着をつけてるね。なんで今日これを選んだのかな？」

佳乃が身に着けていたのは、敦彦がプレゼントしてくれた薔薇《ばら》模様のランジェリーだ。

「こ、これは、その……気合を入れるって意味で選んだだけで……」

「気合って、何の気合？　ちょっと聞き捨てならないんだけど。こんなエロい下着つけて、俺以外の男に会いに行くとか、問題ありすぎだろ」

「うぁっ……あんっ……！」

あっという間に素っ裸にされ、再びお姫様抱っこされて泡だらけのバスタブの中にゆっくりと下ろされる。さっそく伸びてきた彼の掌《てのひら》が、佳乃の身体中を這《は》い回りはじめた。

「たまには洋風のお風呂もいいだろ？　広いし、多少暴れても平気だし、佳乃が感じてる声がいい感じで響くし――」

泡だらけのお湯の中では、いつ何をされるのか予想がつかない。

佳乃は、あちこちに移動する敦彦の指が肌に触れるたびに、小さく悲鳴を上げる。

「くくっ……。くすぐったいのか？　それとも、感じてるのかな？　どっちにしろ、声、エロすぎるんだけど」

ぬめるお湯の中で敦彦が佳乃を背後から、膝の上に抱え上げる。

閉じた太ももの間に、何か硬いものがするんと押し入ってきた。

「やっ……ど、どっちが……。あんっ……！　きゃっ！」

驚いて腰を浮かせた途端、敦彦もろともバランスを崩して頭まで泡のお湯の中に沈み込んでしまう。

顔を出してじたばたともがいていると、敦彦の腕にすくい上げられた。

「もう！　泡、呑んじゃったじゃない！　敦彦ったら、どうしてそう、エロいの！」

「そんなの仕方ないだろ？　こうなったのも佳乃がエロすぎるせいだ！」

わざとのように「エロ」という言葉を連発し、他愛なく抱き合って笑い転げる。

そんな時間を過ごしながら、佳乃はこれから起こる騒動を思い浮かべた。

黙ったままでいると、敦彦がうしろからゆったりと背中を抱き寄せてくる。そして、そのままバスタブの縁にもたれかかり、静かに問いかけてきた。

「何を考えてる？」

「……これから、いろいろと大変だろうなって……」

高石が主犯のインサイダー取引は、今後社内外に向けて正式に公表し、詳細をつまびらかにする必要がある。むろん、それだけでは済まない。国内最大級の企業として、きちんと会見を開き謝罪しなければならないのだ。

社長が入院中である今、すべての矢面《やおもて》に立つのはＣＥＯである敦彦だろう。その精神的負担たるや、佳乃などでは想像もつかないほど大きいに違いなかった。

「俺の事なら大丈夫だ。心配しなくても、乗り切ってみせるよ」

微笑んだ敦彦に正面から抱きしめられ、泡がついたままの頬にチュッとキスをされた。

「私、一生懸命敦彦のサポートをする。これから、もっとあなたの役に立つように努力するから……。敦彦にだけ重荷を負わせたりしない。もし私にできる事があれば言って？　私に、今回の事を乗り切るサポートをさせてほしい」

できる事など限られているし、実際には何もできないかもしれない。だけど、せめて気持ちだけは伝えようと思ったのだ。

「うん、ありがとう。そう言ってくれるだけでも、すごく心強いよ」

敦彦が微笑み、佳乃もそれに倣《なら》う。

きっと、二人なら何だって乗り切れる。佳乃はそう思いながら、敦彦の肩に頭をゆだねるのだった。

夏の暑さも一段落した十月中旬の土曜日。

佳乃は、敦彦とともに村井の自宅を訪ねていた。そこは東京都心から少し離れた閑静な住宅街で、代々受け継いでいるという広い敷地には、枯山水《かれさんすい》や竹林に囲まれた茶室まである。彼は先月退院して、現在自宅療養中だ。

経過は良好で、一時期はげっそりと頬がこけていたが、それも徐々にもとに戻りつつある。

八月の下旬にあった一連の出来事は、一部の個人的事実を除き、必要と思われる情報はすべて警察やその他メディアに包み隠さず報告した。

結果「七和コーポレーション」取締役副社長・高石恵三は、同社が小売業者「パンジーマート」を吸収合併するにあたり、公表前に「株式会社ホールサムサービス」社長の渡利智也に情報を漏らしたとして、インサイダー取引の罪に問われた。被告となった高石は副社長職を辞任。情報提供を受けた智也もまた罪に問われ、代表取締役社長を解任されている。

一方、敦彦は自社の取締役による不祥事について速やかに記者会見を開くと宣言。深く陳謝《ちんしゃ》するとともに、今後の方針を明確に示したのだ。

「本当に悪かったね、本来なら私一人が頭を下げるべきところだったのに」

広々とした応接間のソファに座りながら、村井が敦彦に対して深々と頭を下げる。

「今回の不祥事は、私の社長としての力不足が招いた事だ。本当に申し訳なかった。どうか、君の力で『七和コーポレーション』をよりよい企業に押し上げてくれ。私は、それを陰ながら応援させてもらうよ」

村井は、謝罪会見の当日に、敦彦をとおして代表取締役社長を引責辞任すると発表した。

それに伴い、敦彦が村井の後任として代表取締役社長兼CEOに就任。空席となった副社長職は、村井の腹心だった佐伯常務取締役が引き継いでいる。

「お任せください。今回の事をきっかけに人員整理もできましたし、今後は欧州への進出を視野に入れた事業計画を予定しています」

佳乃が敦彦に任されてリストアップしたリストラ要員は、結局は高石の権威を笠に着ていた者達がそのほとんどを占めた。対象者に対しては敦彦自《みずか》らが面談を行《おこな》い、さほど揉めずに全員が退社する事になった。

再就職の支援に関しては、各自の能力とやる気に応じて人事担当者が対応している。

「そうか。『パンジーマート』との吸収合併も滞《とどこお》りなく進んでいるようだし、私も安心して隠居できるよ」

村井が安心したように頷く。

「それと、清水さん。君にはいろいろと世話になったね。職務を全《まっと》うしての勇退――とはいかなかったが、君のおかげでとても有意義な企業生活を送れた。本当にありがとう。君と一緒に働けた事を心から感謝するよ」

「社長……」

村井のねぎらいの言葉を聞いて、佳乃は泣きそうになってしまう。見ると、村井のほうも目頭を熱くしているみたいだ。

「私のほうこそ、いろいろとお世話になり、ありがとうございました」

ようやくそれだけ口にすると、佳乃は頭を下げるついでに零《こぼ》れ出た涙を瞬《まばた》きで振り払った。佳乃がここまで精進してこられたのは、彼の器《うつわ》の大きさと温厚な性格のおかげだ。

村井は今後一切「七和コーポレーション」に関わる事はないが、佳乃は彼とは今後も交流を続けたいと思っているし、敦彦も同じ気持ちだろう。

彼を知る人はみな隠居するには惜しい人材だと思っている。これからは会社という枠の中ではなく、人生の先輩として彼を敬《うやま》い交流を深めたいと思っている。

村井とひとしきり思い出話をして、また来る事を約束して席を立った。そして、玄関で暇乞《いとまご》いをする。

「今日は来てくれてありがとう。ありがたついでに言っておくが、君達が結婚式を挙げるときは、ぜひ私に仲人《なこうど》をやらせてくれ。そのときまでには、もっと身体を回復させておくから」

「いっ……!?」

村井の発言に驚いた佳乃は、思わずしゃっくりみたいな声を上げてしまった。

「え？ だって、君達は付き合っているんだろう？ ここへ来たときの二人の雰囲気から して、そうだと思ったけど違ったかな？」

当然のようにそう言われ、佳乃は頬を赤く染めながら敦彦と顔を見合わせた。

村井夫妻に見送られ、二人は車で邸宅をあとにする。

落ち着いた街並みの中を走行しながら、敦彦が声を上げて笑い出した。

「さすが村井さんだ。なんでもお見通しだな。いや、まったく彼の観察眼は大したものだよ」

「ほんとに――んっ……」

赤信号で車を停車させた途端、敦彦が運転席から身を乗り出して助手席の佳乃にキスをした。

「ぷわっ……！　もう、びっくりするでしょ！　それに、人に見られる」

佳乃がふくれっ面《つら》をする横で、彼は満足そうに舌なめずりをしている。

「見たい奴には見せといたらいいさ。それに、佳乃が、キスしてほしそうな顔してたから」

「してません！」

「嘘だね。ああ、嘘ついたから針千本のんでもらわないとな〜」

敦彦が歌うようにそう言って笑う。

車が走り出し、自宅を目指す。

途中、ペットショップによって、必要な買い物をした。店から出て車に運び込んだのは、ハリネズミ用のケージだ。

一連の騒動の間も、佳乃は「ハリー」の世話を続けた。人に懐《なつ》かないと言われているハリネズミだけど、毎日のように世話をしていれば当然情が湧くし、心なしか「ハリー」も佳乃を個別認識してくれているような気がしている。

また、もともとの「ハリー」の飼い主である舞だが、父親の事件を知らされると同時に、電話一本で会社を辞めてしまった。電話を受けた丸越は、彼女が大量に持ち込んでいた私物を、自宅に送る作業で大わらわだ。

舞もさすがに今回の件では凹んでいるかと思いきや——彼女は未来の億万長者をゲットすべく、現在母方の親戚の援助によりアメリカに長期留学中らしい。

そんなこんなで、行き場を失った「ハリー」は、佳乃が引き取って飼う事になった。

敦彦曰《いわ》く「ハリー」を飼う事で、佳乃がバリ島で彼に吐いた大嘘はチャラにするらしい。

「だって、こんなに針だらけの『ハリー』の面倒をみるんだぞ？　それだけで十分罪を償《つぐな》う事になるだろう？」

二人の乗った車は、さっきとは別の繁華街《はんかがい》に差しかかる。

ファッションビルの電光掲示板に、旅行会社のコマーシャルが流れはじめた。

「佳乃、来年の正月は一緒に海外旅行に行こうか。『ハリー』には留守番してもらう事になるけど、何かおいしいお土産《みやげ》を買って帰るって事で許してもらって」

「海外旅行？　いいよ。どこか行きたいところがあるの？」

「うん、俺と君がはじめて出会った場所に。今から手配すれば、以前と同じホテルの部屋がとれるかもしれないし……。実は、ずっと考えてたんだ。どこで佳乃にプ……いや、あんまり詳しく言うと、面白くないな」

敦彦が正面を向いたままにんまりと笑う。

そして、それきり素知らぬ顔で旅行の日程について話しはじめる。

一方の佳乃は、もう旅行の話どころではなかった。

（えっ⁉　今〝プ〟って言った？　〝プ〟って何？　〝プ〟って……）

今の流れを考えると〝プ〟は〝プロポーズ〟の〝プ〟ではないだろうか？

いや、それはあまりにも短絡的？

助手席に座りながら、佳乃は頭の中で〝プ〟ではじまる他の単語を探した。だけど、たくさんあるはずなのに、なぜかひとつの単語しか頭に浮かんでこない。

（――もういいや！　もし〝プロポーズ〟じゃなかったら、私から逆プロポーズしたらいいし。たまには年上の余裕っていうものをみせなきゃ――）

「うん、行こう。私達がはじめて出会った場所！　また一緒にショッピングもしたいし。特にチョコバー。それと『ハリー』には木彫りのハリネズミとかいいかも」

車がふたたび赤信号で停まった。

交差点の中にはたくさんの人が行き交っている。

二人は同時にお互いのほうを振り返り、同じタイミングで微笑み合うと、どちらともなく唇を寄せてキスを交わすのだった。

書き下ろし番外編

永遠の誓い―もう二度と離さない―

佳乃と再会して、ちょうど一年後の六月。

敦彦は彼女とともにバリ島を訪れていた。

今いるのは、島の中西部にある山間の村だ。神々が住むと言われている山と森に囲まれたここは、海辺の町とは雰囲気がまるで違う。

敦彦はもとより、佳乃もかねてからこの島で永遠の愛を誓い合いたいと願っていた。

今回この地を訪れたのは、その願いを叶えるためであり、今日これからバリスタイルの挙式が行われる。

敦彦は着替えを済ませ、鏡に映る自分をまじまじと見つめた。現地の慣習に基づいて施《ほどこ》されたメイクには若干違和感がある。しかし、念願の挙式当日を迎えられた喜びに溢れた顔には、笑みしか浮かばない。

「アツヒコ、ニヤニヤシテル」

様子を見に来てくれた現地の友人であるトトが、敦彦の腕を肘でつつく。

彼は、この島で結婚式を挙げたいという敦彦達の願いを知るや否や、それならばぜひ自分に式のプロデュースをさせてほしいと言ってくれた。

彼は敦彦と佳乃がはじめて顔を合わせた店のオーナーであり、実はこの村に住む王族の一人だ。

バリ島の結婚式は、通常は新郎の家で行《おこな》われる。

現地人ではない敦彦達だが、トトは二人の式を挙げるのに自《みずか》らの住まいである宮殿を使ってほしいと言ってくれた。サービス精神旺盛な彼は、空港からの送迎や宮殿での宿泊に至るまでのすべてを取り仕切ってくれている。

式は伝統的なバリスタイルで行《おこな》われる予定であり、新郎新婦の身を包むのはトトの家族が手配してくれた王族用の婚礼衣装だ。

今いるのは、宮殿からすぐの場所に建っている別邸であり、敦彦はすべての支度を終えて、佳乃と合流すべく彼女がいる部屋に向かった。

「佳乃、俺だ」

声をかけて中に入ると、部屋の奥に設《しつら》えてある大型の鏡の前に、佳乃がいる。その姿は想像していたよりも遥《はる》かに美しい。

敦彦は、思わず息をするのも忘れて佳乃の花嫁姿に見入った。

彼女は、敦彦と同じ、金と紫の糸で刺繍《ししゅう》を施《ほどこ》された荘厳かつ豪奢《ごうしゃ》な伝統衣装を着ている。

それは通常の民族衣装とは一線を画すもので、西洋風のドレスのような長い裾がついた特別なものだ。

見られている事に気づいた佳乃が、敦彦のほうを振り向きながら立ち上がった。現地のメイクをした彼女は、いつもとは違うエキゾチックな美女に変身を遂げている。

「……どうかな？ 似合ってる？」

佳乃がはにかんだ微笑みを浮かべながら、両手を広げてポーズをとる。

その姿に、敦彦は感嘆の声を上げる。

「もちろんだ。すごく綺麗だよ。……綺麗すぎて、今にも心臓が止まりそうだ」

敦彦は胸元を押さえて、わざと苦しそうな表情を浮かべた。

「もう、敦彦ったら――」

佳乃が顔を赤くして、唇を尖らせる。彼女はその言葉を半分冗談と捉《とら》えたようだが、敦彦は本気でそう言ったし、実際に心臓が跳ねたのは確かだ。

「アツヒコ、ヨシノ、ジュンビ、オーケー？」

それからすぐにやってきたトトの母親に声をかけられ、いよいよ結婚式がスタートする。どこからともなくガムランの音楽が聞こえてくる中、揃いの衣装を着た男性達が担ぐ神輿《みこし》に乗り、祝いの列をなす人々に先導されて式場である宮殿に向かう。

沿道にはたくさんの村人がおり、口々に祝いの言葉をかけられたり微笑みを向けられたりした。華やかな装飾が施《ほどこ》された門をくぐり、宮殿の中に入る。広々とした庭には色鮮やかな婚礼の装飾が施《ほどこ》されており、二人の結婚を祝うためにトトの親戚をはじめとする大勢の人達が集まってくれていた。

敦彦が佳乃とともに新郎新婦の席に腰を据えると、村の少女達による祝いの舞踏を筆頭に、さまざまな踊りや伝統音楽が披露される。

その後、トトの祖父である王族の長から餞《はなむけ》の言葉をもらった。いくつかの儀式を経て僧侶から祝福を受けたのち、神殿に赴《おもむ》く。そこで祈りを捧《ささ》げ、すべての神々に自分達が結婚した事を報告する。

この時、敦彦は佳乃と出会った幸運を心から喜び、改めて神々に感謝をした。

佳乃と手を取り合って外に出ると、待ち構えていた様子の村の子供達がワッと歓声を上げる。

それから始まった祝宴は、周辺の村人を交えての賑《にぎ》やかなものになった。

用意されたテーブルの上には、宮殿で用意してくれた料理のほかに村人が持参した祝いの皿がずらりと並んでいる。

敦彦達も席を離れ、人々と話したりしながらおいしい料理に舌鼓《したつづみ》を打った。

その間も、敦彦は佳乃と視線を交わし、頻繁《ひんぱん》に微笑み合う。

バリ島の結婚式は来賓《らいひん》が途絶えるまで続けられる。この日も深夜までガムランの音楽が宮殿内に鳴り響き、日付が変わってもなお宴《うたげ》は終わらない。人々が帰り、ようやく部屋で二人きりになったときには、時計の針が午前二時を指していた。

いち早く着替えを終えた敦彦は、佳乃より一足先に部屋に戻り、入浴を済ませたのちに、やって来たトトと少しだけ庭で談笑した。部屋に戻ると、ちょうど風呂から上がった佳乃が、リビングに戻ってきたところだった。

「おかえり」

敦彦が声をかけると、佳乃がにっこりと微笑みを浮かべた。

「ただいま。ふぅ……やっとすっぴんに戻れた」

敦彦は近づいてくる佳乃に向かって両手を広げ、自分からも歩み寄って彼女をすっぽりと腕の中に包み込んだ。

「お疲れさま。花嫁は特に大変だっただろう?」

擦り寄ってきた佳乃を胸に抱き寄せ、そっと唇を合わせる。

「敦彦もお疲れさま。施設の子供達も来てくれたんだね。敦彦がみんなに囲まれてるのを見たとき、なんだかウルっときちゃった」

敦彦は以前から宮殿の近くにある育児院に多額の寄付をしている。頻繁《ひんぱん》ではないものの、そこにいる子供達とは来るたびに交流を重ねており、皆敦彦を兄のように慕ってくれていた。

「佳乃だって、大勢の人に囲まれて嬉しそうにしてたな。俺のほうこそ、それを見て胸が熱くなったよ」

今から五カ月前、敦彦は佳乃とともにこの島を訪れて新年を迎えた。

そのとき、二人はお互いに対してプロポーズをし、結婚の約束をしたのだ。その後は必要な準備を整え、つい先日入籍とともに東京での披露宴を済ませている。

「みんな、私に気を使ってたくさん話しかけてくれたの。お年寄りや子供達は、身振り手振りを交えて一生懸命お祝いの言葉をかけてくれて……。私、もっと本腰を入れてインドネシア語を勉強しなきゃね」

佳乃が、そう言って口元をほころばせる。ここで式を挙げると決まって以来、彼女は自宅に教材を買い込んでインドネシア語の勉強を始めていた。

何事にも真面目に取り組む佳乃の姿勢を、敦彦は愛おしく思いながらできる限り彼女の勉強のサポートを続けている。

「佳乃は十分頑張ってるよ。自分からも話そうと努力してたし、その気持ちが伝わったからこそ、みんなも佳乃を素晴らしい花嫁だって絶賛していたんだと思う」

敦彦は、皆から「おまえは日本一の幸せ者だ」と言われた事を明かした。

「特にトトのお父さんが佳乃の事をやたらと褒《ほ》めてたな。俺に『佳乃に姉か妹はいないか』って聞いてきたしね。あいにく弟しかいないって言ったら、心底残念そうな顔をしてたよ」

「そ、そうだったんだ」

佳乃が頬を染めて恐縮する。トトの父親以外にも、同じような質問をしてきた現地人はたくさんいた。そんな人達に接するたびに、敦彦はつくづく彼女と結ばれた幸運をありがたく思ったものだ。

「トトも言ってたけど、佳乃、前よりも顔つきが柔らかくなったよな。俺にたっぷりと愛されているせいだとは思うけど、ここのところ特にそうだ」

披露宴や結婚式を控え、彼女は日本でブライダルエステに通っていた。そのおかげもあってか、佳乃は肌の柔らかさを増し、色艶《いろつや》も格段に良くなったように思う。

しかし、顔つきまで変わるのには、何かほかに理由があっての事ではないだろうか？

敦彦がそう指摘すると、佳乃は思案顔で首を捻《ひね》った。

「うーん……特に思い当たる事はないけど……。言われてみれば、最近なんだか身体にいいものを食べたいと思うようになったんだよね。普段よりたくさん食べるようになったし、今日も、ごちそうがいっぱいあったから、かなりの量を食べて、もうお腹がパンパン――」

佳乃が右手で自分のお腹をさすった。そして、小さく「あっ」と声を上げたかと思うと、大きく目を見開いて敦彦を見る。

「どうした？　食べ過ぎてお腹でも痛くなったのか？」

敦彦は心配そうな表情を浮かべ、そう訊ねた。しかし、彼女は首を振って即座にそれを否定する。

「……そうじゃないの……。ただ……そう言えば、もう月が替わったのに、来るべきものが来てないなと思って――」

佳乃がもじもじとしながら言いよどみ、それを見る敦彦はわずかに首を捻《ひね》る。

「来てないって、いったい何が来てないんだ？」

敦彦がさらに首を傾《かし》げると、佳乃は下を向いていっそうはにかんだ様子を見せた。

「えっと……その……毎月来てるものが――」

佳乃がそこまで言うと、敦彦はようやく彼女が言っている意味を理解した。そして、逸《はや》る気持ちを胸に抱えながら、ゆっくりと腰を落として佳乃の顔を覗《のぞ》き込んだ。

「も……もしかして、赤ちゃんができたのか？」

出した声が、明らかに上ずっている。いつになく落ち着きがなくなり、佳乃を抱き寄せる腕にグッと力がこもった。

「まだわからない。でも、今まで周期が乱れた事なんかなかったし、そういえばそんな兆候があったかも――んっ……」

話す唇をキスで塞《ふさ》ぐと、敦彦は佳乃を改めて腕に抱き寄せる。むろん、腹回りを圧迫しないよう細心の注意を払いながら、だ。

「佳乃、すごいよ……本当にすごい……。佳乃は俺の女神だ。ああ……まずは、何をどうしたらいい？　腹帯か？　腹帯が必要だよな？　バリでも手に入るかな？　ちょっとトトのお母さんに聞いてみるか――」

敦彦は、以前どこかで聞きかじった情報を記憶の中から掘り起こしながら、居ても立ってもいられなくなる。

「ちょっ……今、夜中だよ？　それに、腹帯とか気が早いって！　だいたい、まだ妊娠してるかどうかもわからないし、まずは検査薬を買うとか産婦人科に予約を入れるのが先でしょ」

佳乃に諭《さと》され、敦彦は今にも駆け出しそうになっていた体勢をもとに戻した。

「そ、そうか……そうだよな」

我ながら、馬鹿みたいに焦り、浮かれている。けれど、それも致し方ない。

なぜといって、心から愛する女性との間に新しい命を授かったかもしれないのだ。

「いずれにせよ、俺は佳乃と結婚できてすごく幸せだ。日本一どころか、宇宙一の幸せ者だと思う。佳乃、愛してる……これまで以上に佳乃を大事にするって誓うよ」

「敦彦……私も愛してる。あなたとの赤ちゃんが本当にできてたら、こんなに嬉しい事はないわ」

佳乃が、そう言って敦彦にキスをしてきた。

敦彦は繰り返し唇を合わせながら、彼女の身体をそっと腕に抱え上げ、お姫様抱っこにする。

「明日、朝一で検査薬を買いに行こう。今日は疲れただろうから、もう眠ったほうがいい」

佳乃を抱いたまま、敦彦はベッドルームに向かって歩き出した。

妊娠に伴う女性の心身の変化についてなら、以前から事細かに調べており、ある程度は理解しているつもりだ。妊娠初期であるかもしれない今、できる限り心身共に穏やかに暮らし、決して無理をさせてはならない。

今回は結婚式を挙げるとともにハネムーンのつもりでここに来ていた。ハネムーンベビーを狙っていたわけではないが、まさかその前に授かっているかもしれないとは……

敦彦は歩きながら相好《そうごう》を崩し、佳乃の顔を見つめた。彼女の目には、うっすらと涙が浮かんでいる。

「ふふっ……ごめん、私のほうこそ気が早いね」

佳乃がそう言って笑った。

「それは、お互いさまだ」

敦彦は立ち止まり彼女の頬にキスをする。佳乃の目から涙が零《こぼ》れ落ちた時、敦彦は生涯をかけて彼女と、これから生まれ来るであろう子供を護《まも》り抜こうと、改めて心に誓うのだった。

手痛い失恋を癒すため、佳乃《よしの》は南の島へ旅行に。そして…そこで出会った名も知らぬ相手と熱く濃密な一夜を経験する。互いに強く惹かれ合うが、行きずりの恋に未来などない…。そう思った佳乃は黙って彼の前から姿を消してしまう。それから五年。佳乃は転職し、とある企業で秘書として働いていた。そんな彼女の前に、新たなCEOとしてあの夜の彼・敦彦《あつひこ》が現れて!?

B6判　定価：本体640円＋税　ISBN 978-4-434-28510-3

岩田《いわた》凛子《りんこ》は紡績会社の経理部で働く二十八歳。無表情でクールな性格ゆえに、社内では「超合金」とあだ名されていた。そんな凛子に、新社長の慎之介《しんのすけ》が近づいてくる。明るく強引に凛子を口説き始める彼に動揺しつつも、凛子はいつしか惹かれていった。そんなおり、社内で横領事件が発生！　犯人と疑われているのは……凛子!?　「犯人捜しのために、社長は私に迫ったの…？」傷つく凛子に、慎之介は以前と変わらず全力で愛を囁き続けて……

B6判　定価：本体640円＋税　ISBN 978-4-434-27007-9

〜大人のための恋愛小説レーベル〜

ETERNITY
エタニティブックス

エタニティブックス・赤

極甘マリアージュ
〜桜井家三女の結婚事情〜

有允《ゆういん》ひろみ

装丁イラスト／ワカツキ

家同士で決めた〝許嫁〟の約束が、二人の姉の相次ぐ結婚により、三女の花に繰り下がってきた。元は姉の許嫁で、絶対に叶わない恋の相手である隼人と、思いがけず結婚することになった花。そんな彼女に待っていたのは、心も身体も愛され尽くす夢のような日々で……

四六判
定価：本体 1200 円+税

エタニティブックス・赤

野獣な獣医

有允《ゆういん》ひろみ

装丁イラスト／佐々木りん

ペットのカメを連れて動物病院に行った沙良。そこには野獣系のイケメン獣医が⁉　彼の診断によると、カメには毎日の通院、もしくは入院治療が必要らしい。時間も資金もない沙良が途方に暮れていると、彼が「うちで住み込みで働かないか」と提案してきて⁉

四六判
定価：本体 1200 円+税

※エタニティブックスは大人の女性のための恋愛小説レーベルです。ロゴマークの色で性描写の有無を判断することができます（赤・一定以上の性描写あり、ロゼ・性描写あり、白・性描写なし）。

詳しくは公式サイトにてご確認ください。
https://eternity.alphapolis.co.jp

携帯サイトはこちらから！

エタニティ人気の12作品
アルファポリス
アニメ好評配信中！
Eternity
エタニティ
深夜の濡恋ちゃんねる
Sweet Love Story
NUREKOI
エタニティ公式サイトにて
通常版
デラックス♥版
配信中です！
アニメ公式サイト：https://eternity-nurechan.com/
アニメ公式ツイッター：@Eternity_Anime
2021年1月〜
DVD & Blu-ray
順次発売予定
© エタニティブックス原作者・アルファポリ
エタニティ濡れちゃん♡製作委員会

本書は、2019年8月当社より単行本として刊行されたものに、書き下ろしを加えて文庫化したものです。


この作品に対する皆様のご意見・ご感想をお待ちしております。

おハガキ・お手紙は以下の宛先にお送りください。

【宛先】

〒150-6008 東京都渋谷区恵比寿4-20-3 恵比寿ガーデンプレイスタワー8F
（株）アルファポリス　書籍感想係

メールフォームでのご意見・ご感想は右のＱＲコードから、
あるいは以下のワードで検索をかけてください。

アルファポリス　書籍の感想　検索

ご感想はこちらから

エタニティ文庫

専属《せんぞく》秘書《ひしょ》は極上《ごくじょう》CEOに囚《とら》われる

有允《ゆういん》ひろみ

2021年3月15日初版発行

文庫編集－熊澤菜々子・塙綾子
発行者－梶本雄介
発行所－株式会社アルファポリス
〒150-6008 東京都渋谷区恵比寿4-20-3 恵比寿ガーデンプレイスタワー8F
TEL 03-6277-1601（営業）　03-6277-1602（編集）
URL https://www.alphapolis.co.jp/
発売元－株式会社星雲社（共同出版社・流通責任出版社）
〒112-0005 東京都文京区水道1-3-30
TEL 03-3868-3275
装丁イラスト－藤谷一帆
装丁デザイン－AFTERGLOW
（レーベルフォーマットデザイン－ansyyqdesign）
印刷－中央精版印刷株式会社

価格はカバーに表示されてあります。

落丁乱丁の場合はアルファポリスまでご連絡ください。

送料は小社負担でお取り替えします。


ISBN978-4-434-28635-3 C0193